风流树

吴克敬 著

陕西出版传媒集团
太白文艺出版社

目录

第一章　合欢树
1

第二章　梧桐树
67

第三章　苦楝树
123

第四章　皂角树
183

想像一棵树（代后记）
231

第一章

合欢树

1

女人知道，她的身体不说谎。新娘子曹喜鹊在她的婚礼现场，心惊肉跳的有了这样一个体会。

红袄红裤的曹喜鹊是被现役军人冯甲亮娶回坡头村来的。他扯旗放炮地宴请着亲戚邻里，把他忙得满头大汗，抬起头来，正要摘去帽子凉快凉快，却想起帽檐上的红五星，把手往下压了压，又去捉住脖领上的风纪扣，差不多都要解开了，又赶紧系了起来。冯甲亮想得到，他帽檐上的红五星和脖领上的红领章，在太阳的照耀下，于他大喜的日子里，该是非常灿烂、十分耀眼的呢！没有了灿灿的红五星，没有了旗帜一样的红领章，花骨朵似的曹喜鹊会是他的新娘子吗？冯甲亮偷偷乐了一下，把他口袋里装着的双喜烟掏出来，有点儿羞涩，还有点儿畏惧地给他身边的亲友散着。冯岁岁就在这个时候，高喉咙大嗓门儿地喊着冯甲亮，拉着他散烟的手，把他拉到挂着一张毛主席像的布幔前，叫他和新娘子曹喜鹊拜天地了。

仪程是冯岁岁拟订的，他可是坡头村的大会计、公认的文化人呢！这样的大事，他出面张罗，是冯甲亮一家人的体面。冯岁岁拟订的婚礼仪程，首先是新婚夫妻互戴红花。冯甲亮在冯岁岁的怂恿下，依礼羞涩畏惧地给曹喜鹊戴花，戴了好一阵子，才把一朵写有"新娘"字样的大红花，别在曹喜鹊的胸前。他在给新娘子戴花的时候，一直低着头，连看一眼曹喜鹊的勇气都没有，而新娘子曹喜鹊也把她一张好看的脸别到一边，没给冯甲亮看。冯甲亮没敢看曹喜鹊，不知他看到了什么，但是曹喜鹊没看冯

甲亮,却看见了冯岁岁。主持婚礼的冯岁岁,心有灵犀似的,这时也正看着曹喜鹊。他俩的目光,在喧嚷的婚礼现场,刚一相撞,就碰撞得他们的心"咯噔"响了一下,接着呢,就又觉得他们的耳朵有那么一阵子的失聪,任凭喧嚷的人声把搭起的布棚子都能掀翻,可他俩什么都听不见,痴呆呆地,你看着我,我看着你……该曹喜鹊给新郎官冯甲亮戴红花了,他俩却四目相对,而且相对的时间也长了点儿,这就被周围的人看在眼里,不能自禁地起了哄,抛开新郎冯甲亮,把手里拿着"新郎"字样的红花的曹喜鹊,猛地推进了冯岁岁的怀里,使他们猝不及防地抱在了一起。

这一抱是潦草的,是仓促的,但在曹喜鹊的感受里,知道她这一生,是躲不过冯岁岁的怀抱了。

这一幕,是我回乡插队在坡头村亲眼见了的,而我也恰是把曹喜鹊推进冯岁岁怀里的人之一。

进门三天没大小。约定俗成,这是坡头村耍新娘子的规矩。好像不仅是坡头村,整个关中农村,走到哪里都一样。面对刚进门的新娘子,叔伯兄弟耍闹得过火一点儿,不仅没错,而且还会被人鼓动,以为是对新娘子的一种认同,视她为本家人。这太有趣了,大家因此有理由明揣乱摸新娘子,逼迫新娘子把自己叫爷爷呼奶奶,而新娘子可以推挡大家的明揣乱摸,也可以拒绝开口,不过呢,若是这样,就会引发更加胆大妄为的耍闹,新娘子不会当真,大家更不会当真。可是曹喜鹊和冯岁岁,只这不算过火的一次相拥,在他俩心里却实实在在地当了真。

抬头不见低头见,冯岁岁和曹喜鹊在坡头村的举动,在以后的日子里,被大家真切地看在了眼里,看见作为本姓哥哥的冯岁岁,迎面碰上了曹喜鹊,是一定要脸红的,而且会低下头来,能躲着走,就一定躲开了走,不能躲开走,就低下头匆匆地擦肩而过。作为弟媳的曹喜鹊则不然,她是大方的,迎面碰上冯岁岁了,她不会脸红,更不会躲着走,她像初进坡头村做新娘子时一样,脸上会有那么点儿兴奋,那么点儿冲动,迎着冯岁岁直面而来。

曹喜鹊是要迎面走到冯岁岁跟前，还要大大方方地问候冯岁岁的：岁岁哥，好些天都没见你了。

冯岁岁听得见曹喜鹊的问候，也爱听曹喜鹊的问候，但他听到了，回答得却十分含糊，嘴里嘟嘟哝哝的，听不懂他在应什么，这就惹得曹喜鹊还要问候他了。

曹喜鹊口吐兰气：岁岁哥，你看把你忙的！

冯岁岁的确忙，他是坡头村的会计呢。村会计的职责，不仅要管理好村里千人百姓的账本，花好每一分钱，还要做好村里的文书工作，譬如书写村里的黑板报啦，譬如组织村里的青年学习啦……曹喜鹊就爱看冯岁岁书写的黑板报，也爱参加冯岁岁组织的学习。常常是，曹喜鹊站在坡头村的黑板报前，从头一个字读起，读到最后一个字，然后折回来，又从头一个字读起，再读到最后一个字。曹喜鹊听冯岁岁组织的学习，别人可以嘈杂，她是绝对不会的。她睁着如花一样的眼睛，静静地盯着冯岁岁的脸，听他一个字、一句话地辅导，有听不明白或是听不清楚的地方，她当时不问，到冯岁岁辅导学习告一段落，她就靠近他，向他作进一步的询问。

曹喜鹊询问过：岁岁哥，你刚才说杂交玉米能够高产，杂交是个啥意思呢？

冯岁岁没顾得上回答曹喜鹊，参加学习的青年们哄地就笑翻了天，七嘴八舌地，你这么解释一句"杂交"的问题，他那么解释一句"杂交"的问题，越是解释，越是晦涩，越是带着性撩拨，带着性挑逗。然而曹喜鹊不听大家的，她还要再问冯岁岁。

曹喜鹊向冯岁岁坚持着她的询问：岁岁哥，你说呀，玉米可怎么杂交？

上衣口袋里插着两支钢笔的冯岁岁，才是曹喜鹊的崇拜，才是曹喜鹊的信任。渐渐地，坡头村还生出了他们二人的谣言，这些我也都看到听

到了。

我看到听到了后,用一把锋利的小刀,在村子里的那棵合欢树上刻了一颗心,这颗心被一支箭射穿了,射穿的箭头箭尾上,一边刻上岁岁两字,一边刻上喜鹊两字。当时看不出什么,到了来年,又是一度春风暖,合欢树花红叶绿一派葳蕤景象时,我在树身上刻画的字形便慢慢地显出来了。

真是醒目呢:岁岁喜鹊。

但我要说,我绝无恶意,仅仅是一个青年人的恶作剧。

2

欢叫在合欢树上的,还有一窝喜鹊。

没人知道喜鹊,是什么时候把窝垒在合欢树上的。但是大家知道,喜鹊所以选择到坡头村来,选择在合欢树上垒窝,一定是因为坡头村美好的环境了。村头一条大沟,沟底一条小河,沟坡郁郁葱葱,是一片不见首尾的草场。顺着沟河逆水而上,走不出三里,就是莽莽苍苍的岐山。佳人弄玉在山顶吹箫,引来凤凰起舞的故事,就发生在这里,并一直流传着,是坡头村人所念念不能忘记的呢。我返乡插队在村里,不断地听人们传说,而我自己,在以后的日子里,也不断地向人们传说着。这个传说能够证明什么呢?可以证明的是,凤凰来舞,不只是弄玉,是箫声优美,还有就是这里的自然风貌好。改革开放后,坡头村里被称为"半截人"的冯来财,在沟里养了一群羊。县上挂职的科技副县长来村里调研,取了沟河里的水样,取了沟河里的草样,拿到省城西安分析化验,得出的科学结论是,沟河里的水富含多种矿物质,是典型的矿泉水,沟坡上的草,有不少都是中草药。消息一出，冯来财的羊大受欢迎，羊贩子一来再来，不断抬高着羊价，让冯来财狠狠地赚了一笔钱。到了最后，科技副县长的一个发小在西安城开起一家羊汤店，榜书四个大字：来财羊汤，专营冯来财养在沟河里的羊，说这些羊吃的是中草药，喝的是矿泉水。

如此佳妙的环境，有喜鹊飞来，垒巢栖居在合欢树上，就没有什么奇怪的了。

总而言之，因为花红叶绿的合欢树，以及在村里死而复生的那棵大皂角树、挺拔笔直的梧桐树、虬曲苍劲的苦楝树，融为坡头村的一大景观，任何时候，看在眼里都是一个舒坦。自然还有栖居在合欢树上的喜鹊，飞来了，飞去了，喳喳叫几声，喳喳再叫几声，好一派乡村风光。

可是，合欢树上怎么就生出了那么一个利箭穿心的图样？而且相依相偎地又生出"岁岁"和"喜鹊"四个字。

岁岁是谁？

喜鹊是谁？

这是不需多问的，岁岁自然是冯岁岁，喜鹊自然是曹喜鹊。坡头村没人知道是我刻在合欢树的树身的，还以为是合欢树自己生出来的。春暖花开的日子，那个我刻在合欢树上的图样和文字一点点显出来，让坡头村的庄户人好不奇怪。大家都没有乱猜，也没有乱想，都只是好奇地观看着，好奇地传播着，传进了冯岁岁和曹喜鹊的耳朵里，他们俩也到合欢树下来看了，看得他俩也是满眼的好奇。纯朴的乡村人啊，哪里知道这样的小把戏！我所以恶作剧了一把，是因为我原来生活在陈仓城，这样的恶作剧是普遍的。我就读的中学校园，一排一排生着许多棵穿天的白杨树，哪一棵白杨树上，都有调皮的学生用削铅笔裁纸的小刀，刻画着这样一个故事那样一个故事。大家不论刻画的故事真实与否，所以刻画，都只是为了开心。

我在坡头村认真地接受着贫下中农再教育，白天扛着锄头，下到大田里劳作；晚上回到屋里来，吃了晚饭睡觉。我紧闭着我的嘴巴，没有把我在合欢树上刻画"岁岁喜鹊"的事说出去。我不说，却不等于故事不发生变化。

变化最大的两个人，自然是我刻画在合欢树上的两个人。坡头村的人，谁都可以怀疑那样的图形、那样的图样，是合欢树自然生出来的。但是冯岁岁不会，他可是村子里独一无二的高中生呢！高中生的他，绝对堪称坡头村的大文化人，他心里明镜似的，那是有人把他的名字和曹喜鹊的名字刻上合欢树的。是谁刻上去的？聪明的冯岁岁一想就想到了我。有一次，我到他跟前记工分，他拿着我的工分本，半天不给我的工分本记数字，他翻看着我写在工分本封面上的名字，他问我了。

冯岁岁说：项治邦，你的钢笔字不错呢！

我自鸣得意地笑了笑。

冯岁岁接着说：你用钢笔写字就好了，不要随便拿刀子写。

我的脸红了。我不敢看冯岁岁，抬头往远处看着，我看见了村巷里开着一树红花的合欢树，那红得仿佛流血一样的树冠挡住了我的视线，但却并不妨碍我的眼睛，我还看见从合欢树下走来的曹喜鹊……她所以起名喜鹊，以前我不知原因，倒是现在有些明白，她不就像合欢树上高高栖居的喜鹊吗？在她走过合欢树时，合欢树上那对夫妻般好看的花喜鹊，就都活跃在树枝上，舞跳着，啼鸣着，对曹喜鹊表示着它们的亲热。当然了，曹喜鹊也不会立即从合欢树下走过，她也被喜鹊们所吸引着，停下来呼应着合欢树上的喜鹊，张一张手，动一动嘴，与喜鹊做些亲切的交流。

曹喜鹊与合欢树上的喜鹊每一次相遇，都是要亲切交流的，这几乎成了坡头村的一道风景。因为她，还引起坡头村的一些年轻人东施效颦似的，在走过合欢树时，也要与喜鹊们亲切交流的，但效果一般都很差。自己扒心扒肺地要与树上的喜鹊亲切交流，而人家喜鹊们却不理解扒心扒肺之人的风情，更不理解他的亲切，以及他的交流。我有几次就热脸上去，却贴不上喜鹊的冷屁股。

在我的视线里，曹喜鹊十分开心地与合欢树上的喜鹊亲热着、交流着，要我说，我难道对她就没有一点儿妒忌？对此，我自己都要怀疑自己的，怀疑自己的品性。

冯岁岁把我的工分数唰唰两笔记在了我的工分本上，他往我的手里塞着我的工分本，而我因为合欢树下的曹喜鹊，暂时忘记了冯岁岁，这就惹得他催我了。

冯岁岁说：项治邦，你的工分本。

冯岁岁提醒我接住了工分本，他就不再问我在合欢树上刻画的事。我想他一定也看见了从合欢树下走来，又站在合欢树下，与合欢树上的喜鹊热情交流着的曹喜鹊了。大活人一个的曹喜鹊，在冯岁岁的眼睛里，突然就如一只美丽的大花猫，而他一个大活人，突然也就如一只偷食的小老鼠，要躲着曹喜鹊了。

这就是冯岁岁和曹喜鹊的变化：一个变得自然而放松，一个变得畏惧而小心。

手拿着工分本的我，拿眼睛追着逃也似的冯岁岁，很想张嘴冲他大喊一声，承认合欢树上的图形和文字确实是我的创作，但我张了张嘴，就是没有喊出来。

我注意到，不仅我在拿眼睛追着冯岁岁，驻足在合欢树下、看着合欢树上喳喳啼鸣的喜鹊们的曹喜鹊，这个时候也把她的眼光抛过来，追着冯岁岁去了……曹喜鹊的眼光把冯岁岁追了一程，追得冯岁岁快要从她的视线消失的时候，曹喜鹊笑了。

曹喜鹊笑得有点儿没心没肺，但又丰富多彩，让我看了，有种不可捉摸的神秘。

突然地，冯甲亮从西藏写信回来，传递了一个让坡头村人莫名兴奋的消息：经过他的申请，又经过部队首长的批准，曹喜鹊可以去西藏探亲半

月。啊呀呀！不是劳累的地头，就是忙乱的灶头，坡头村的女人祖祖辈辈都是这么过来的。大家只是在村子里，抬头不见低头见，新娘子曹喜鹊进门不到一年的时间，村里人大概都只记下了她的名字，她就有走出村子、走上千万里的路程、到西藏去探亲的好事，这让坡头村的人可是要眼红心跳了。谁还能有这么美好的际遇呢？坡头村除了曹喜鹊，就还是曹喜鹊。她是军人家属，那个时候，只有军人家属才可享有这样的福利呢！

邻家有喜事，自己沾不上边，跑过去看看热闹，说几句开心的话，是坡头村人传之久远的一种习惯。那些天，就在曹喜鹊做着探亲准备的日子，村里人一拨一拨地往她家里拥，分享她该有的兴奋、她该有的喜悦。

邻里们是都抱着这样一份心情去的，但是大家感受到的情况是，曹喜鹊的脸是热的，心却一点儿都不热，好像是，那么令人兴奋喜悦的事，于她可是兴奋不起来，也喜悦不起来。

她是在硬装吗？

在坡头村人的这一种猜测、那一种怀疑中，曹喜鹊熬到了上路的日子。那天她一身新鲜地从家里走出来，在村巷里走着，她抄近路，本可以从村巷的另一头走去的，却小小地绕了一段路，她这么做，不是为了炫耀，而是为了在合欢树下走一走……从春到夏，合欢树总是花开不败，红艳艳像云又像雾，渲染了坡头村的半边天。要出远门的曹喜鹊走在合欢树下，她停了停，抬起头来，认真地看了几眼合欢树，顺带还瞟了一眼我刻在树身上的图形和文字。

曹喜鹊的举动没有躲过我的眼睛，同时我还看见，稍远一点儿的队委会办公室里，有一双眼睛透过了玻璃窗，也在向合欢树下的曹喜鹊瞭望。

那是冯岁岁吗？

我能肯定，一定是他了。

3

保安的声音是粗暴的：搞破坏吗？啊！

冯岁岁说：你想错了，我不搞破坏，我只想让树活下来，活旺实了。

保安的声音仍然粗暴：操你的心去，滚滚滚！我们老板栽的树，要你瞎操心？

冯岁岁说：什么你老板的树？他的名字刻在树身上了吗？

保安说：你的名字刻上去了吗？

冯岁岁说：我的名字还真刻在树身上了哩。

陈仓开发区广场西南角的合欢酒店门外，一阵高腔一阵低声的吵闹透过宽大敞亮的落地窗，传到二楼的总经理办公室来了。吵闹声刚开始的时候，我并不知道是坡头村的冯岁岁，但是随着吵闹一步步地升级，我就听出冯岁岁的声音来了，而且想起我在坡头村插队时，把冯岁岁和曹喜鹊的名字刻在合欢树上的事。

返城后的我读了几年夜大，自己又爱好舞文弄墨，在《陈仓晚报》上发了几篇豆腐块儿的小散文，到报社扩编、向社会公开招聘记者时，我顺风顺水地成了报社的一名在编记者。我热爱这项工作，夜以继日，探听到好的新闻线索，我就风雨不避地赶到现场去采访。我今日到合欢酒店里来，也不是白来的，更不是来和酒店老板交朋友的。我从市上的防疫站获得信息，合欢酒店的卫生状况存在着很大的问题：一家人昨日在酒店给他们年逾八十岁的老爷子做寿，热热闹闹地吃了一顿，到了晚上，参加寿宴的宾朋亲人中，近一半人腹泻不止，住院治疗。我到酒店经理的办公室来，就是来和经理核实这件事的。

白白胖胖的经理和我乍一见面，就很礼貌地给了我一张名片。我把名片扫了一眼，只一扫就使我莫名惊诧：我叫项治邦，他叫项治国。我低头看着，不由自主地笑了一下。白胖的项治国是个心眼儿活泛的家伙，他从

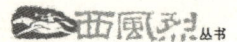

我的那一笑里，揣摩出了一些隐秘。于是，他伸出手来向我要了名片。这很自然，跑新闻的记者身上都有一沓自己的名片，有关系没关系的人，都想发给人家一张，好叫人家碰着了新闻事件，打电话给自己报料。我把我的名片给了白胖的项治国经理，他看了一眼，像我一样，也笑了起来。他笑得有些过，显得很夸张，这是我在记者生涯中常见的一种表情。采访对象出于自身的需要，或是要讨好我、巴结我，都会逮住一线可能，表现他对我的热情和友谊。白胖的项治国，又岂能不抓住我俩姓名上的巧合，来表达他的亲善？

项治国笑着哎呀了几声，扑上来抱住我，在我的脊背上热辣辣地拍打了几下，说：咱这要说前世的兄弟就远了，干脆就是今生的兄弟哩！

我是不置可否的，在他的拥抱中挣扎了几下。他放开我，就还按照他的意愿热切地说着。

项治国说：你治邦，我治国，到头来咱能治个啥呢？

我打断了项治国的话，说：我没想治什么，就只想听你说说昨日寿宴那点儿事。

项治国依然牵连着我俩的名字不松口，他说：认真了不是？你听我说，世界上怕就怕认真二字，这可是一位大人物的至理名言哩。但凡世上认真的人，谁又认真出了好结果，不是犯认真的错误，就是吃认真的亏。就说咱爹咱妈，认认真真地给咱起名治邦、治国，咱有治邦、治国的机会吗？咱没有，咱就只有你拿一支笔，我掂一把勺，你吃笔尖上的饭，我喝炒勺里的汤。

滔滔不绝的项治国以为他很能说，把我说得没了话，就很得意地还想再说下去，却发现我转过身去，往他办公室的窗口走过去了。

说实在话，我没怎么听项治国的滔滔不绝。在他口若悬河说道的时候，我被窗外的吵闹声吸引住了，到我进一步听出是冯岁岁的声音时，很能扯淡的项治国迅速被我撂在一边，凭他油嘴滑舌，我都没有听他瞎扯的心情了。而且，我在来他这里核实寿宴的事之前，已经去过了市防疫站，问过了他们的意见，也去过了寿宴中腹泻者住院的医院，知道所有的人经过紧急治疗都已没了事，一个一个不是这事忙，就是那事忙，都急着办出院了。

项治国对出在他酒店的这档事，配合得十分积极，也十分得体。这样的新闻，我有经验，报道了没有多少积极意义，不报道反而皆大欢喜。我所以还要来核实，实在是对项治国这些饮食经营者不重视饮食卫生安全，把人们健康不往心里放而满怀着一股义愤。这是我说得出口的一个理由，还有一个理由不可言说，只可意会：报社给记者的头上都压着一笔不小的创收任务，我来采访项治国，最终的目的就是想要逼他意会，给我们报社一个版的广告。

是冯岁岁呢！

伴随在冯岁岁身边的，还有曹喜鹊。

我撇开项治国，走到他办公室的玻璃窗前，往下看了一眼，立即认出了他们俩。虽然我从插队的坡头村返回城市几十年，很少再见他俩，而他俩像我一样，也都不再年轻，白发杂乱地爬上了他俩的头，皱纹杂乱地爬上了他俩的脸，但我相信我的眼睛，那就是被我刻在合欢树上的冯岁岁和曹喜鹊。

项治国冲了一杯茶，端了来，和我并肩站在玻璃窗前，把热气腾腾的茶水往我手里送。

项治国说：暖一暖手。

我听从了项治国的关心，把茶从他的手里接过来，双手掬着，依然目不转睛地朝着玻璃窗下的冯岁岁、曹喜鹊和保安们看。他们的吵闹吸引了不少人，里三层、外三层，围得水泄不通，而且是，还有听到吵闹的人，从酒店的大门，或是川流不息的街市上，神秘兴奋地向前聚拢着。

冯岁岁拿出自己的身份证给保安看。

冯岁岁还让曹喜鹊拿出她的身份证,送到保安的眼鼻子底下让他看。冯岁岁一边让保安看他俩的身份证,一边抬起手来,指着合欢树上刻着的图形和字样,让保安和他俩身份证上的名字相比对。

冯岁岁大声地念着身份证上和合欢树上的他俩的名字:岁岁。喜鹊。

保安跟着冯岁岁也念出了声。不过,保安没有念出两个名字之间的句号,他念得连在了一起:岁岁喜鹊。

在保安核对着身份证和合欢树上的名字,并念出声来后,冯岁岁的声音更大了。

冯岁岁说:我没说错吧?这树是我们俩的。

站在冯岁岁身边的曹喜鹊,不失时机地也来帮腔了:是我俩呢,不会错。

保安仿佛知道他们的老板项治国就在二楼的总经理办公室里,本能地抬起头来,向二楼的总经理办公室看了一眼,然后把眼睛放下来,又一次面对着冯岁岁和曹喜鹊。他苦苦地笑了一下,正是这一笑,泄露了他的心机,他承认了冯岁岁和曹喜鹊的说法,但他把身份证还给他俩,依然梗着脖颈,照着他的理由说了。

保安说:是你俩的又怎么样?我们老板花了钱,买回来就是我们老板的,我就要为我们老板负责,就不能看着你俩搞破坏。

白胖的项治国很聪明,他从我的举动中看出了端倪,试探着问我:他们……你……认识?

我能说什么呢?我说:走,咱们下去看看。

项治国吆吆喝喝地,在他们合欢酒店员工的配合下,拉着我突破围观的人群,站在了冯岁岁和曹喜鹊的面前。

与保安吵闹得面红耳赤的冯岁岁,就如坡头村里斗架的公鸡,依旧不屈不挠地抗辩着。

冯岁岁高腔大调地指斥保安:你这娃娃,啊?你讲理吗?

保安是不会示弱的，他说：是我不讲理还是你不讲理？

冯岁岁说：别看你穿上一身老虎皮皮，我就看不透你了？告诉你，我把你看得透透的，你信不信？你也是从农村进城打工的，你要知道，人挪活，树挪死，这么大的一棵合欢树，从乡下挪窝到你家酒店门前，你老板是花钱了，花了钱又能怎么样？花钱买得来一棵树身子，买得来一棵树的老命吗？

保安被冯岁岁的这一通数叨，虽然脸上还保持着一种在他职责范围里的凛然，但嘴上已不十分蛮横了。就在这时，保安看见挤进人群里的项治国和我，他当下很受委屈地给老板诉起苦来了。

保安说：老板，你来了。这人……

保安还想再说什么，被项治国扬了扬手制止了。他一脸的春风，把保安往旁边一拨，站在了冯岁岁和曹喜鹊的面前，很是温暖地叫了一声冯岁岁大伯，接着又是温暖地叫了一声曹喜鹊大妈。

项治国说了：大伯大妈，您老有话慢慢说，今日这天气，可是够冷的呢！

项治国说得没错，天已入冬，阴森森的，刮着西北风，在西北风里，还夹杂着星星点点的雪糁儿。

来了个说理的，而且听保安说是他们的老板，冯岁岁争辩的劲头越发大了起来，不过，他不像对待保安那么大声地嚷了，他放缓了调门，给项治国说，我是个农民，一个老农民。我栽过树，栽过很多树。我知道树挪窝不容易，要想挪窝活下来，多带一点儿娘家的土，树就好活一些。

冯岁岁说了那么一堆话，就还强调了一句：我这话你懂吗？

项治国点着头，似懂非懂地说：什么娘家土？

冯岁岁正要说，曹喜鹊插话进来了，说：就像女人家出嫁一样，娘家陪嫁得多，这个女人就活得有面子。

项治国依然点着头，说：这个我懂。

曹喜鹊说：你还没懂。你听我说，树从原来的地方挪身子，打它生长的老地方多带一点儿土来，树就好活一些。

项治国不点头了，他肯定地说：懂了，我懂了。

冯岁岁趁机插话进来，说：老板懂了就好。我和我老伴没有别的意思，我俩就只想叫树挪了窝还能活下来。我俩辛辛苦苦给合欢树背来了两袋子娘家土，想培在树根上，让合欢树活下来，活得扎实，活得繁茂。

我看见冯岁岁和曹喜鹊脚前放着的两袋土。那是他俩从坡头村背到合欢酒店门前的娘家土呢！像两头土猪一般，静静地卧着，在冯岁岁和曹喜鹊的脚跟前，赶在这个时候，便显得特别的突出和光彩。

围过来的人听了冯岁岁和曹喜鹊的话，不由得为他俩鼓起了掌。

在围观者的掌声里，项治国不知是真感动，还是装感动，他低下头来，看着那两袋土猪似的娘家土，搓着手连说了几声谢谢。

项治国说了几声谢谢后，还在大家的掌声里说了：大伯大妈呀，你们是有心人。

被项治国的几句软话一说，冯岁岁和曹喜鹊的眼软了，眼里涌满了泪水。合欢树上，两只带领冯岁岁、曹喜鹊找到合欢树的喜鹊，乘兴站在树枝上，喳喳喳喳不失时机地叫了起来。

叫喳喳的一对喜鹊吸引了我，我举起照相机，把那一对漂亮的倩影收入了我的取景框里。

4

清蒸鳜鱼端上来了！
油焖大虾端上来了！

还上了肘子肉和米汤辽参，以及几样时令菜蔬，热气腾腾，花红叶绿地堆了一大桌子。这可都是冯岁岁和曹喜鹊听没听过、吃没吃过的名菜呢！项治国的合欢酒店在陈仓城里所以吃香，凭的就是这么几道拿手菜，他没有吝啬，满盘子满碗地都给冯岁岁和曹喜鹊端上餐桌了。

项治国小心地转着餐桌上的玻璃转盘，把那色香味俱佳的菜肴一一介绍给冯岁岁和曹喜鹊，并招呼他俩下筷子。

项治国说：甭客气，都是自己灶头上的。

虽然项治国是这么说的，冯岁岁和曹喜鹊还是迟疑着不捉筷子，他俩睁着慌张的眼睛，都在看我的脸色。

我说：咱不是白吃项老板的，那么重两袋子娘家土，你俩几百里路上背了来，培在合欢树下，你们该吃他项老板一桌好菜的。

有了我的这几句话，冯岁岁和曹喜鹊就不客气了，便你在清蒸鳜鱼的身子上夹一筷头，他在肘子肉上夹一筷头地吃了起来。

项治国附和着我的话，还指派酒店的服务员拿来了一瓶六年西凤，卸除了烦琐的外包装，拧开酒瓶的盖子，给餐桌上的我们每人斟了一大杯。他因此豪气地吆喝着大家，干一个。

多年的农村干部当下来，冯岁岁喝酒的本事是有的。项治国吆喝着干一个，他端起来，也不客气，刺溜一声，就把一大杯辣酒灌进了喉咙里。也许是灌得急了，在喉咙上一呛，把他呛得大咳起来，刚才因为受冷，还因为与保安的吵闹而显得黑红的脸，又上了一层色，一下子变得青紫青紫。一旁小口吃菜的曹喜鹊，不能忍心，抬起手来，在冯岁岁的脊背上轻轻地拍着，嘴里埋怨着他。

曹喜鹊的埋怨是关心的，爱惜的：急啥吗急，有治邦在哩，你慢点儿用。

我点头应和着，说：咱慢慢喝，我陪着你，今日不喝痛快不罢休。

在我的劝说中，冯岁岁果然喝得痛快，一杯接一杯的，惹得一旁的曹

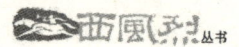

喜鹊不断拿眼白他。曹喜鹊的白眼每翻一下，冯岁岁都看见了，看见了朝她笑一笑，依然很痛快地喝着，酒店老板项治国敬他酒他喝，我敬他酒他也喝。喝了我俩的敬酒，反过头来，他还挨个儿敬我俩酒。这使曹喜鹊有点儿忍无可忍，小声地说他了。

曹喜鹊说：没喝过酒吗？八辈子欠着你的。

冯岁岁对曹喜鹊的埋怨不以为恼，反而非常受用的样子。他说：让你说着了。咱过去也喝酒，但那能叫酒吗？随便提着罐罐打上一斤两斤，没提回家，就把酒气散没了。城里的酒不一样，你看，都是瓶装的，别说酒，仅那包装，就够诱人的。

曹喜鹊还要阻挡冯岁岁的，说：都不摸一摸自己的脸，看是啥年纪？

冯岁岁却不吃劝，说：项治邦在这里，有他陪着，你甭挡我，让我喝。

冯岁岁说着，就又端起一杯满酒，和我碰上了。

我得承认曹喜鹊说得没错，冯岁岁的脸面，就如坡头村所在的渭北高原一样，在岁月的侵蚀下，早已沟沟壑壑，显出了十足的老态。他决然不像我返乡插队时的样子了，那时的他，是多么的青春，多么的清爽，多么的让人心跳啊！这让我再次想起曹喜鹊新婚之日的拜堂现场，耍闹的村里人把曹喜鹊往他的怀里一推，曹喜鹊认定自己和这个口袋里插着两支钢笔的村会计，将有一场躲不过的感情纠葛，是太有道理了。曹喜鹊对冯岁岁的关心，也感染了我，我也来劝说冯岁岁了。

我给冯岁岁说：城里的酒只是包装好看，可好看的包装里边，有时候装的却是假酒呢。

冯岁岁不吃我的劝，他甚至狡黠地冲我一乐，说：你是谁呢？大记者呀！酒店老板能给你上假酒？

上了年岁的冯岁岁和他年轻时太不一样了，那时的他，虽然阳刚健壮，却还带着些姑娘家才有的羞怯和绵软。现在不了，倒有了一种不管不顾的豪爽。曹喜鹊也是，性格上的发展和冯岁岁又截然相反，年轻时所有的那点儿泼辣野性，老了老了，又似乎荡然无存，总是小小心心的样子，说话也是低声下气，慢言细语。她劝不住冯岁岁，就很无奈地埋头不说话了，小心地，在这道菜里夹一小口，那样菜里夹一小口，送到嘴里，细细地嚼，慢慢地咽。

偶然地，曹喜鹊也伸出手，捉住一只玻璃酒杯，送到嘴边，轻轻地吮了一口。

冯岁岁抓住了曹喜鹊轻吮一口酒的把柄，便来了大兴致，嚷嚷着也要和曹喜鹊碰杯了。

曹喜鹊不理冯岁岁，冯岁岁就要起了赖，端着酒杯，撵到曹喜鹊的身边，赖着她，说什么都要碰杯……这是什么呢？这是夫妻才可能有的赖皮和要闹呢！

我蓦然想起，那会儿在合欢树下吵闹时，冯岁岁说过的一句话。他向保安证明着他俩，说曹喜鹊是他老伴儿。

他俩是有情人终成眷属吗？

我心里想着，就问冯岁岁和曹喜鹊：两位啥时候办的事呀？

办事？办什么事？冯岁岁听我这一说，不烂缠曹喜鹊了。他分明听懂了我的话，却又瞪着眼睛看我，一副被我说糊涂了的样子。

我不想遮掩什么，说：办的手续么！

冯岁岁的脸红了起来，不是喝了酒上脸的那一种红，而是从他心里泛上来的红，红得鲜净，红得亮堂。他端着没能和曹喜鹊相碰的那杯酒，悄悄地坐回了他的座位，偷着用眼睛去瞟曹喜鹊，而曹喜鹊也像他一样，有一抹鲜艳的红色正愈来愈浓地爬上了她的脸面。自然了，这也不是喝了酒上脸的那一种红，而是从她心里泛上来的红，红得羞赧，红得坦然。

他俩的红脸儿，在今天的社会上，是很难再见了。那是付出了真情，

19

饱含着真意的红脸儿哩!

酒店外的合欢树上,那对漂亮的喜鹊不失时机地喳喳喳喳又叫了起来。

过分放纵的冯岁岁,把自己喝高了。

喝高了的他埋怨起城市来了,好像现代化了的城市干脆是一只欲壑难填的恶虎,吃着农村种植的粮食蔬菜,吃着农村喂养的猪羊鸡鸭,吃着……吃就吃吧,这没什么,都是应该的。但是吃着吃着呢,胃口大了,来吃农村的土地了,来吃农村土地上数十年、数百年生长着的古树奇木……城市可知道?人老成精,树老成神,你把那么多神请进城里来,你倒是神气成林了,可是农村呢?农村就该被活剥了?生吞了?

不该呀!不该呀!

冯岁岁滔滔不绝,说得泪流满面,眼睛红肿得如两枚青铜的铃铛。曹喜鹊劝他少喝酒、少说话,他听不进去,梗着脖颈,又还一口烧酒、一串子话地说。他说着问了我一个问题。

冯岁岁问:项治邦,你记得的,咱坡头村人是咋说农村和城市的?

我一愣,想了想,没有想起来。

冯岁岁没容我多想,他说:咱坡头村把农村叫小堡子,把城市叫大堡子。小又如何?大又如何?除了人多,没啥不一样,都是堡子喀。

冯岁岁这么一说,我便想了起来,当年返乡插队在坡头村时,村里人说我是从大堡子来的。还说大堡子只会享乐,只会奢华,遇到了问题,遭到了困难,揭不开锅了,就会往小堡子逃。小堡子落后,不见荣华,但小堡子有担当,国有大难,民遭大祸,小堡子勒一勒裤带,就都抗过去了。

这是酒话吗?我吃惊地望着冯岁岁,感觉他与当年坡头村的会计太不一样了。那时的他,不太爱说话,也不太爱出风头;而今天的他,简直可称一位有思想、有见识的乡村哲人。

我很想和冯岁岁碰一杯酒的,但我看他一副醉酒的样子,便收住我端杯的手，只是自己美美地灌了一杯。

冯岁岁说顺了嘴，就继续着充满哲思的阔论。正论说着，话题一转，又问我了。

冯岁岁说：你给我老实说，项治邦，合欢树上我冯岁岁和曹喜鹊的名字，可是你刻上去的？

事隔这么多年，我不想隐瞒了，说：对不起，是我刻上去的。

冯岁岁笑了，他伸出手来，拉住了曹喜鹊，说：你没啥对不起我们。实话实说，我冯岁岁和曹喜鹊还要感激你哩。

曹喜鹊任凭冯岁岁拉着她，脸色红润，看着我轻轻地点了点头。

5

岁岁喜鹊。

我用小刀刻在合欢树上的心形图样和字，经过几个年份的生长，越来越清晰了。上衣口袋里插着两支钢笔的冯岁岁，在队委办公室熬了个小半夜，把村里一个日子的收支账目彻底地清结了一下。账款是平衡的，他满意这个应该有的结果，小心地合上账簿，锁进抽屉里，站起来，揉了揉发困的眼睛，举臂伸了一下懒腰，拉灭电灯，走出办公室，锁上门窗，转回头来向家的方向走去……冯岁岁的家在坡头村的村边上，打队委办公室来去，都要走过合欢树。过去，他千万次地从合欢树下走过，都没有别的感觉，现在不一样了，树身上刻下了他和曹喜鹊的名字，他再从树下走过，不能自禁地会耳热、会心跳。不是一点儿的耳热，不是一点儿的心跳，他体会得到，耳热像是着了火一样，心跳像是擂鼓一样……尽管夜深人静，不闻鸡鸣，也不闻狗吠，冯岁岁从队委办公室里走出来，往他家的方向走,走到合欢树下,脸还是热得厉害,心还是跳得厉害……月光如洗,白天开得灿烂如霞的满树红花,都自觉地收缩起来;还有合欢树的叶子,白天的时候,也是极尽张扬地伸展着,到了晚上,也会如收缩起来的花儿,安静地合缩起来。这就是合欢树的妙处了,白昼是一个样子,黑夜又是一个样子。坡头村的人,无人不爱这棵古老的、又不失美艳的树,大家习惯上称其为绒仙花树。冯岁岁从小生长在坡头村,他熟悉村里人对这棵树的感情,大家称呼其为绒仙花树,他习惯地也称其为绒仙花树。后来,他读高中,在植物学的课本上,又发现了一个名称——凤凰花树。

绒仙花,凤凰花,不论哪个名称,都有那么点儿神秘,还有那么点儿诗意,总之,都是美丽的。

因为村里人习惯了绒仙花树的叫法,冯岁岁发现了凤凰花树的新名称,他就想着为这棵树正一正名,这是因为冯岁岁喜欢凤凰花这三个字,太鲜活,太有诗意了。但他知道村里人的习惯是保守的,不喜欢改变,他也就把他的心事埋在心里,没有表露过,依然与大家一样,把这棵两人合围的大树称为绒仙花树。曹喜鹊嫁到坡头村来了,她的到来,为这棵古老而美艳的大树带来了一个新的名称,她称这棵树为合欢树。

合欢树!合欢树!

这是曹喜鹊嫁进坡头村来的头一年春天,看见满树红花时,站在树下,情不自禁地说出来的。村里人初听她这么叫,都愣了愣,并没有往心里去。但是冯岁岁听到了就感觉很不一样,他还专门查阅词典,做了进一步的考证,以为这个名称真是太好了,好得盖过了绒仙花树和凤凰花树的名称。冯岁岁因此而改口,把他跟着村里人叫习惯了的绒仙花树,以后叫成了合欢树。

借着明媚的月光,冯岁岁抬头在合欢树上,拿眼去找刻画在树身上的他和曹喜鹊的名字。不用太费神,他一眼就找到了,眼瞅着他和曹喜鹊被刻画在合欢树上的名字,冯岁岁开心地笑了。他知道,他的笑容该像合欢树上嫣红的合欢花一样呢!

　　一个身影,像飘动着一件彩衣,从合欢树的背后突然地飘了出来,飘进了冯岁岁的怀里,拥住了他,热辣辣地叫他了。

　　飘进冯岁岁怀里的人,可就是曹喜鹊呢。

　　曹喜鹊呢呢喃喃地叫着他:岁岁哥!

　　本能使冯岁岁把叫着他的曹喜鹊轻轻地拥住了。

　　这是非理性的一拥呢!冯岁岁知道,从乡村伦理,从社会风气,从……从任何角度来看,曹喜鹊都不该飘进他的怀抱,而他也不该拥住曹喜鹊。曹喜鹊结婚了,他也结婚了,都是结了婚的人,咋还敢相拥相抱呢!问题还在于,曹喜鹊的婚姻可是军婚呢!胆敢突破军婚这一红线,等待冯岁岁的,就是一根粗不拉拉的麻绳了,绑他起来,使麻绳如有毒的蛇一般,缠绕在他的身背上,杀进他的肉里去。

　　冯岁岁梦呓似的应了一声:嗯。

　　冯岁岁的"嗯"声未落,他就浑身一个激灵,把他拥着曹喜鹊的手松下来,又忙着去解曹喜鹊缠在他腰上的手了。

　　曹喜鹊的手是不好解的。她说:我明日就要动身了。

　　冯岁岁说:好事,我知道。

　　曹喜鹊说:那你抱着我,把我抱紧!

　　冯岁岁说:我不敢,我不能。

　　曹喜鹊说:是不敢?还是不能?

　　冯岁岁说:都是。

　　曹喜鹊说:你骗人。

　　冯岁岁说:我不骗人。

　　曹喜鹊说:不骗人你抖抖索索什么?

　　冯岁岁说:我抖索了吗?

　　……

事情过去已经三十多年，不承想，冯岁岁和曹喜鹊与我在陈仓城偶然相遇，他俩把这些旧话给我翻出来，让我知道我在合欢树上那个恶作剧式的刻画，竟然给他俩带来这么多故事。

我在承认了我的恶作剧后，向他俩道歉了。

我说：那时候我太年轻了。

冯岁岁说：那时候我们也都年轻哩。

曹喜鹊也说：可不是吗，年轻啊！

就在年轻的曹喜鹊与同样年轻的冯岁岁，在合欢树下有了一次相拥后，第二天天明，曹喜鹊就大包袱小提包、驴驮马载似的离开了坡头村，一路的辗转，一路的颠簸，爬山越岭，去了雪域高原的西藏……不久，我也获得了回城的机会，离开了插队的坡头村。

随军在西藏的曹喜鹊，让留守在坡头村的冯岁岁好不牵挂。那时候的高中生，别说在相对落后的乡村，便是在自以为发达的城市，也都算是大大的文化人了呢。怀揣高中毕业文凭的冯岁岁有着非常高的人生理想，但时势所趋，心强志高又能怎么样？冯岁岁睁眼是坡头村，闭眼还是坡头村，有幸担当起队里的会计，也是他最大的安慰了。可他好像并不安心，有时间了，就手捧一本砖头似的大书，在队委办公室里读，这使坡头村的年轻人就很羡慕和向往了。我就是其中的一个，因为我也是个好读书的人。返乡插队在坡头村时，穿穿戴戴的日用物件我带了些，但其重量不及我所带图书的一少半。冯岁岁是接我来坡头村的人，把我在我家的祖屋里安排下来。冯岁岁帮我收拾着家当，他发现了我随身带来的图书，眼睛立马睁得溜圆，扑扑闪闪，似有火光在燃烧……以后的日子，冯岁岁没少来我的屋里，死缠硬磨地借阅我的图书。

我和冯岁岁因此走得非常近。

曹喜鹊要随军去西藏，冯岁岁与她在合欢树下，发生了那么一次偷偷摸摸的相拥。我要返回陈仓城，冯岁岁不用偷偷摸摸，他大张旗鼓地赶了一趟集，割了一吊子猪肉，称了几样子菜蔬，在他的家里，让他婆娘焖臊子炒菜，请我喝了酒，吃了臊子面，和我很有那么点儿同志式地相拥了一下。

在这里，我得说明一下，冯岁岁比曹喜鹊结婚早了两年。他和他的婆娘说不上和睦，也谈不上矛盾，凑凑合合地过着……当然，这不是因为曹喜鹊，他们夫妻一开始就是这样。

曹喜鹊来得迟，又走得快。冯岁岁想她可能一直就在西藏随军了，但半年没过，曹喜鹊单身一人又回了坡头村。

曹喜鹊离开坡头村时，轰轰烈烈的，娘家人来了不少，家里和村里又跟了不少人，把穿戴得花枝招展的曹喜鹊送了一程又一程……这次回坡头村，却回来得凄凄清清，孤孤单单，朴朴素素。然而，一身绿军装的她回到村子来了，怎么说也是一个新鲜，村里人自然要围上去，围着她的人就都惊讶地发现，在曹喜鹊绿军装的左臂上，系着一圈黑色的袖章，袖章上缀着一朵十分显眼的布质小白花。

这是怎么了呢？

一纸公文传到了冯岁岁的手上。公文揭开了曹喜鹊袖章上的秘密，她的丈夫冯甲亮在西藏光荣牺牲了。

丈夫冯甲亮光荣殉职了，给了曹喜鹊一个机会，她可以接过丈夫冯甲亮的枪，守卫在祖国边疆的西藏的。部队上的首长和曹喜鹊谈话，把这个信息很是慷慨地告诉了她，但她拒绝了。

她没有领受部队首长的这个大人情。

曹喜鹊说：谢谢首长。

部队首长听出了曹喜鹊谢字里的异样，开导她说：怎么说，部队都比农村强。

曹喜鹊说：我不傻，我知道。

告别了西藏，告别了安葬在西藏的丈夫冯甲亮，曹喜鹊缝制了一个黑

袖章，在黑袖章上缀了一朵白色的布花，毅然决然地回到了坡头村。

冯岁岁知道了其中的内情，身为村上的干部，他有义务关心曹喜鹊的生活。光天化日的，冯岁岁手拿一级级传到队委会里的红头文件，寻到曹喜鹊的家里来了。

6

来的不是时候呢。曹喜鹊的公公婆婆，还有她嫁出门的老姐姐和守在家里的小兄弟，全都一脸黑云，烟笼雾罩的，相聚在一起，团结一致，在和曹喜鹊分家。冯岁岁进了他们家的门，看到这个情景，心想转身就走，可是他的腿脚却不听话。而这又是不好责怪腿脚的，是他的眼睛和曹喜鹊的眼睛碰撞在一起了。

曹喜鹊的眼睛是哀伤的，是无助的。

冯岁岁受了这双眼睛的牵引，他是不能一走了事了。为了新成寡妇的曹喜鹊，他大胆地走进他们一家人的中间，向他们问话了。

冯岁岁说：你们这是弄啥呢？

曹喜鹊的小叔子接话了，说：驴槽里伸出个马嘴！我们弄啥你看不出来，要你多舌？

曹喜鹊的公公挡住了小儿子的话，说：吃了戗药吗你？啊，咋给你岁岁哥说话哩？他是村会计呢，他该问咱弄啥呢。

曹喜鹊嫁出门的老姐姐把黑着的脸迅速地换了回来，有了那么点儿的笑意，说：家门不幸哩！我大弟甲亮……我们还能咋样呢？分家过吧。

冯岁岁把从部队转到他手上的红头文件亮了亮，放开声音念了其中几条，都是对烈属配偶优待的措施。他念完了，说他还有事，你们忙你们的。说完了，收起红头文件，就要抽身而去，却被曹喜鹊的公公拦住了。

曹喜鹊的公公说：你是村干部哩。让你碰上了，你就不忙走。

冯岁岁等的好像就是这句话。

曹喜鹊的公公挡下了冯岁岁，说：我儿媳妇成烈属了，那么，我和我儿他妈呢？我们是不是？

政策上的事情，冯岁岁不能马虎，他当即点头，说：谁说不是了？当然是。

曹喜鹊的公公说：那就好，你在家里做个见证，我们不会亏着谁的。

一切都在冯岁岁的眼鼻子下，由曹喜鹊的公公用斗量了家里的粮食，按人头分了开来。接下来，数着家里的房子，还有家里的农具和锅灶上的物件，也都做了适当的分割。冯岁岁看着，没有看出分割的不公，但却看出，分割出来的曹喜鹊要想顶门立户，还有许多的欠缺。这有什么办法呢？一个完整的家分割开来，少这缺那是必然的。

回到队委会，冯岁岁也不请示支书，自己做主，按照军烈属的有关优惠政策，把曹喜鹊分家缺少的东西列出个清单，到镇子上去一件一件买下来，叮当乱响着，背进了曹喜鹊的家。

谣言因此而生，像生着牙齿的恶狗，噬咬着冯岁岁和曹喜鹊。

满坡头村的人都说他俩有一腿。

谣言后来还生出腿来，传到曹喜鹊的娘家，她娘家爹和娘家的兄弟拉来了几辆架子车，到坡头村来，不由分说就把曹喜鹊的口粮装上架子车，还有曹喜鹊的柜子、箱子和床上铺的盖的、灶上用的使的，一股脑儿搬出家门，装上架子车，然后爬上曹喜鹊的房顶，要溜房上的瓦。曹喜鹊闻讯赶回来了……要知道，曹喜鹊是个很要脸面的人，自然也就是个很要强的人，她成了烈属，她有资格享受优待，大田里的活儿不说了，就说她的自留地里要下种，要收割，要灌水，要追肥，她给队委会放个话，队委会没有理由不帮助她。但是，曹喜鹊不给队委会放话，一切的一切，她都自己干了。娘家爹和娘家兄弟们到坡头村来，装她的粮食，抬她的箱箱柜柜，搬她的家什，她是不知道的，此时她正在大田地里，和村里的一帮妇女，春锄麦田里的杂草。脚手不闲的曹喜鹊，在她悲戚地变成一个烈属后，比之以前似乎更加勤奋了。家里地里，她像一头不知疲倦的牛，没黑没明地干着，就不晓得歇一歇。

春天真是好啊！在大田里春锄的曹喜鹊，看得见桃树上盛开的红花，看得见李树上怒放的白花……虽然有谣言的噬咬，但她是不把那些个谣言当事的。她的心情，在和煦的春风吹拂下，感到少有的惬意……突然地，就有消息传到大田里来，有人告诉她，说她娘家爹接她回娘家哩。

曹喜鹊没听明白，说：我娘家爹……接我回娘家？

来人说：你回去看看吧，看看你就知道了。

曹喜鹊没敢迟疑，她把春锄的锄头往肩上一扛，大步流星地就往家里赶了。

传话的人说得没错，曹喜鹊看见了，娘家爹和娘家的兄弟们把她全部家当都装上了几辆架子车，而且已爬上她的房顶，要溜她房顶上的瓦片了。看到这个情景，曹喜鹊是想大喊一声的，但她没有喊出来，只觉得心口上一阵剧痛，眼睛一黑，往前一个扑爬，就重重地跌在娘家爹的面前。

娘家爹失了慌，把曹喜鹊揽进怀里，大拇指甲就掐进了曹喜鹊的人中穴上，旁边的兄弟们也都围上来，一声比一声急地呼叫着曹喜鹊，是兄长的就喊妹妹，是小弟的就喊姐姐，好一阵手忙脚乱，曹喜鹊从昏黑的世界醒了过来。

娘家爹喜出望外地说：你可醒来了！

曹喜鹊却还是一脸的茫然。

娘家爹就又说：爹来，是接你回家的。

曹喜鹊摇头了。她说：爹你不知道，我身上有了。

娘家爹说：有什么有？爹接你回家，给你再找一户好人家。

曹喜鹊依然摇着头，说：爹你听不懂我的话？

娘家爹说：什么听懂听不懂？

曹喜鹊说：我说我身上有了冯家的骨血了！

一会儿的时间围来了许多人，大家把曹喜鹊、她娘家爹和兄弟们围得水泄不通。曹喜鹊说的话，她的娘家爹和兄弟们听见了，围来的村里人也听见了。大家在听见的同时，也都听懂了，知道曹喜鹊不会跟着她娘家爹和兄弟们离开坡头村，于是一哄而上，把抬出门装在架子车上的粮食和箱柜以及一应的家具，都从架子车上卸下来，又都抬回了曹喜鹊的门里，安放在原来的地方。

在大家做这一切时，曹喜鹊的脸上挂着满意的笑。她正笑着，胸腔里一阵翻江倒海，她想忍没忍住，哇地吐了出来，红中杂着白，吐了她娘家爹一胳膊。

曹喜鹊没跟娘家爹回娘家，她坚决地留在了坡头村。冯岁岁把那一切都看在了眼里，他不晓得他当时是一种什么心性，自作主张地请来了公社电影放映队，在坡头村放了一晚上的电影。

看电影时，冯岁岁和曹喜鹊在合欢树下擦身而过，两人说了这样几句话。

是冯岁岁先说的：从部队上，你就不该回来。

曹喜鹊说：该不该，我都回来了。

冯岁岁就又说：娘家爹接你走，你该走的。

曹喜鹊还说：该不该，我不是没有走么。

说了这样两句淡而无味的话，冯岁岁和曹喜鹊就都匆忙地走开了。这样的态度成了他俩以后碰面的基本姿态，开口你说一句，她说一句，脚不停，嘴不停，各走各的。

呼呼啦啦地，原来的生产队散了伙，地分到了户，牲口也分到了户。曹喜鹊生了一个大胖小子，见风是长，虎头虎脑，开口能叫妈妈，开口也

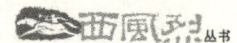

能叫爷爷奶奶叔叔伯伯了。小家伙叫得最顺嘴的，好像就是岁岁伯伯。原因非常简单，曹喜鹊家地里的麦子要收了，总是冯岁岁帮着先收割到场上，再去自己的地里割；下种也是一样，冯岁岁总是吆着牛犁，先帮曹喜鹊把地种下后，才去自己的地里……会叫人的小家伙，尾巴似的跟在冯岁岁的身后，一会儿叫他一声伯伯，一会儿叫他一声伯伯。

小家伙叫伯伯的声音非常甜，冯岁岁知道这一定是曹喜鹊教给小家伙的。

曹喜鹊教给小家伙的本领多了去了，冯岁岁帮他家收割下种，曹喜鹊是要做些好吃好喝给冯岁岁的，煮两个鸡蛋，烙两块油饼，小家伙拿在手上，偎进冯岁岁的怀里，非要他张开嘴，很认真地喂到他嘴里不可。在这个时候，曹喜鹊往往要喜眯得笑出声来呢！

小家伙有个很好听的名字，冯宝儿。

冯宝儿和冯岁岁混得熟，很自然地与冯岁岁的女儿冯杏儿也混得熟了。他俩同一年生，冯宝儿大冯杏儿三个月，他俩一块儿上的初小，一块儿上的初中，到他俩一块儿再上高中时，青梅竹马的一对子突然地生分起来了。这太自然了，他俩人大长了心眼，看见了合欢树上"岁岁喜鹊"的字样，他俩就什么都明白了。

偷偷地，冯宝儿夜半爬上合欢树，把刻在树身上的字样用刀刮了去。不是冯宝儿刮得浅，而是我当年刻得深，冯宝儿刮掉表面的一层，到来年，从刻痕的根子上，又会重新生出来。

冯宝儿刮了好几回，最后总是让他非常失望，不知怎么就刮不干净。

冯宝儿刮不干净合欢树上的图形字样，他就想着要躲自己的眼睛，不去碰触合欢树和合欢树上的图形字样，这个机会让他等来了，那就是他高中毕业没考上大学的时候，母亲曹喜鹊还想让他复读再考的，而他却义无反顾地南下广州打工去了。

7

相同的是，冯杏儿高考也未能如愿，对那棵合欢树以及合欢树上的图形文字，眼不见为净，她选择了与冯宝儿一样的方式——南下广州打工。可是他们人在广州，眼睛却还留在了坡头村似的，总能看见合欢树上刻画的关于他们父母辈的图形字样，或是在梦里，或是在现实中……特别是冯宝儿，他不敢看见大一点儿的树，是不是合欢树都不重要，他走在那些大树下面，都会不由自主地仰起头来，在树身上寻找刻在他眼睛里的那些图形字样。

岁岁喜鹊，岁岁喜鹊……

这可是太折磨人了。闲暇时间冯宝儿在网络上游逛，像是被什么东西附了体，他神差鬼使地敲了"合欢树"三个字，呼啦啦地涌出来好多这方面的条目，他一条一条地阅读下来，正阅读着，有一条信息钻进了他的眼睛里了。

这是一条求购古合欢树的信息。

冯宝儿看得仔细，发现求购合欢树的是家叫合欢酒店的企业，这家酒店的所在地，不远不近，还就在距离故乡坡头村二百公里不到的陈仓城。这可太好了，冯宝儿二话不说，就在这条求购古合欢树的信息后边跟了一条信息过去。

不论南方，不论北方，现在的城市都如一头贪婪的巨兽，它们的胃口真是好极了，几个日头不留意，就会把自己吃肥一圈，虚虚胖胖，让人看了总有一种眩晕的不舒服感。南下广州打工的冯宝儿客居在这座城市里，就是这么看来着。坐在电脑前，他总要对散布在中华版图上的城市进行一番搜索，这成了他的一种习惯。他很厌恶自己这么做，这太浪费时间了，但他对自己一点儿办法都没有，闲暇时间，总会不自觉地把自己挂在互联网上，在那一座一座城市里游玩。如此游玩不息，却也意想不到地带给了

自己一个机会：他所在的企业录用销售人员，他积极报名，参加了一场又一场的考试和面试，笔如泄洪，口若悬河，结合本企业的产品特点和他掌握的各地城市概况，一、二、三、四，条分缕析，说得头头是道。他被千里挑一地录取了，从忙得顾不上放屁的生产线上下来，带着他们企业的产品样本，穿梭在全国各地的城市之间，三四年的工夫，他已成为一个优秀的企业营销人员。市场经济的好处就在这里，谁的市场业绩大，谁的个人收入就多，谁获得的奖励就高，冯宝儿现在有几家银行的金卡钻石卡，叠加起来，已有接近七位数的收入了。他把一小部分寄回给坡头村的孤寡母亲曹喜鹊，留下绝大部分，计划在他生活的广州城，先交预付款，买下一套住宅，把母亲曹喜鹊从坡头村接出来，跟她住在一起。他有条件让受了半生孤苦的母亲享几天清福了。

冯宝儿心里清楚，把母亲接出坡头村，让母亲跟他在城市享福，很大程度只是一种借口。他本质的想法是，要他的母亲曹喜鹊躲开村里的那棵合欢树。

真是瞌睡遇着了枕头，冯宝儿还没实施他的这一步计划，却有求购古合欢树的信息撞进了他的眼睛。他把自己有棵合欢树的信息给求购方传过去，没有多大一会儿，就有信息反馈回来。他们有购买的意向，让冯宝儿报价，并发来古合欢树的照片，以便他们选定。报价对冯宝儿来说是小菜一碟，长年累月地做推销，他有太多这方面的经验，他会给出一个双方可以讨论的价目。现在的城市扩张得太快了，在绿化方面，都嫌栽植小树不过瘾，很想一夜之间，就使水泥钢筋结构的新区绿树婆娑，浓荫匝地。这有什么好办法呢？没有别的，只有移栽大树了。

大树进城！不约而同地，冯宝儿发现他穿梭而过的城市，像开展一项大的运动，争先恐后地把农村中的大树挖出来，移栽进城市里来。

其中就有一些特殊需求，譬如求购古合欢树的那家叫合欢酒店的企业。在此之前，冯宝儿每每看见拉着大树进城的汽车，风驰电掣地从乡村公路往城市里跑，然后用吊车吊起来，再往一个一个的植树坑里移栽时，他的心里一点儿都不高兴，甚至有种莫大的悲哀。他在心里不止一次地埋怨过，你城市好，能把农村的大树都栽进城市里来，你就把农村的人、农村的牛羊鸡猪，都移植进城市里来！看到求购古合欢树的信息时，冯宝儿的心里尽管还有埋怨，但不像原来那么激烈了。他也将成为一个大树进城的帮凶了。

怀揣着这样一种矛盾的心情，冯宝儿顺道回了一趟坡头村，给合欢树四面八方照了相，洗出来，拿到陈仓市的合欢酒店，和他们商量销售了。冯宝儿见着了白白胖胖的项治国，两个人没太费心机，几个回合下来，就谈成了交易合同。原因很简单，一则，是项治国看过合欢树的照片后非常中意；一则，是冯宝儿回到坡头村再见到刻画在合欢树上的字样，感觉更加刺眼，一心要卖。

可是他们两人谈定的合同在坡头村里却卡了壳。

卡壳的根源不在村里的干部。见钱眼开的村里干部架不住冯宝儿几年销售跑出来的嘴巴，很快交了底，同意冯宝儿和项治国的合同。大型的挖掘机，大型的吊车，都轰轰隆隆地开进坡头村，开到了合欢树下，搅扰得合欢树上的喜鹊喳喳地乱飞，这就引得冯宝儿的母亲曹喜鹊颠儿颠儿地跑来了，跑来了的她，啥话先不说，一屁股坐在了合欢树的根子上，怒目圆睁地看着她的儿子冯宝儿。

曹喜鹊瞪了儿子好一阵子，她说：狗东西有本事呀，你要挖合欢树，那就先把老娘的根刨了！

冯宝儿南下广州打工，极少回坡头村，便是回来，也是匆匆地天擦黑进门，天不明又出门。这一次回来，他很有耐心地陪了母亲曹喜鹊几天，特别是他举着电光闪闪的照相机，给合欢树前后左右、四面八方照相的时候，在自家门口远远看着儿子冯宝儿，曹喜鹊的心里甭提多舒坦了。

儿子大了呢！知道母亲的心了咧！

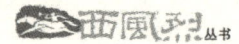

　　狗东西……母亲曹喜鹊高兴了这样骂儿子冯宝儿，不高兴了还这样骂儿子冯宝儿，是亲切，是憎恶，在语气上有分寸。冯宝儿知道回来陪她说话，陪她高兴，她骂冯宝儿狗东西，是心疼冯宝儿没让她白养。现在，她一屁股坐在合欢树下的根儿上，再骂冯宝儿狗东西，就只有憎恶了。这时候的曹喜鹊，心里一下子明白过来，儿子冯宝儿喜眉笑眼地回村来，串通村上的干部，可不是卖合欢树那么简单，他是向娘的心上戳刀子呢。

　　狗东西厌嫌娘哩！

　　轰鸣中的挖掘机向合欢树伸来了钢铁的利爪，轰鸣中的起重机向合欢树伸来了钢铁的抓手……那威风凛凛的利爪和抓手就高悬在曹喜鹊的头顶上，她岿然不动，怒目盯着儿子冯宝儿，她看见儿子的脸红了，红了一阵儿又白了……恰在这时，早已不当村里会计，以后又在村里什么事都不干一心务劳责任田的冯岁岁，也到合欢树下来了。他强硬地分开围在合欢树下的人群，挤到合欢树下，和坐在合欢树根上的曹喜鹊对视了一眼，就也挨着曹喜鹊，和她并肩坐了下来。

　　冯岁岁和曹喜鹊不用抬头看，就知道在他们坐着的地方的上方，是我刻画在树上的"心"形图样，以及"岁岁喜鹊"四个字。这四个字虽被冯宝儿用镰刀刮削过，但他总是刮削不掉，一直生长着，很醒目地生长在合欢树上。

　　围在合欢树前的坡头村人，都把眼睛搁在并肩坐在树下的冯岁岁和曹喜鹊身上，看了一会儿，不知是不好意思，还是别的什么原因，悄悄地躲开来，慢慢地抬着，最后又都落在合欢树上刻画着他俩的名字上。

　　恼羞成怒吗？还是忍无可忍？冯宝儿的牙齿咬得咯吧吧响，便是攥着的拳头，也配合着他的牙齿，在咯吧吧地响了……冯宝儿能怎么办呢？他一点儿办法都没有。他拧转身，举起拳头，在自己的额头上擂了几下，撇开轰轰隆隆的吼叫着的挖掘机和起重机，还抛开他的母亲曹喜鹊、伯伯冯岁岁和坡头村的乡亲，像头受伤的牛犊子，跑向坡头村的村外去了。

8

和冯杏儿联系一下如何？

怀揣一颗受伤的心，冯宝儿离开坡头村，却没有立即南下广州去做他熟悉的营销工作。坡头村的合欢树像个长满了尖刺的怪兽，填塞进他的心里，使他觉得他的心像是开花的合欢树，红亮亮的满是血迹。他不信自己一个大活人，拿一棵古老的合欢树就没办法。落脚在陈仓市、与合欢酒店的项治国经理在酒店的包间里喝着闷酒的冯宝儿，突然想到冯杏儿，他不能自禁地偷偷乐了一下。

项治国看见冯宝儿那偷偷一乐，说：乐什么乐？你倒是想辙呀！

冯宝儿说：有辙了。

项治国说：什么辙？

冯宝儿说：冯杏儿。

项治国说：什么冯杏儿？

一五一十地，冯宝儿给项治国细说起冯杏儿来了。青梅竹马的他们，在两小无猜的时候，在坡头村走得太近了。读书读到中学，朦胧中有了些成人的意识，他们开始疏远了，到他们再发现合欢树上的秘密，便一下子变得仇人似的，互不来往，更不搭话，躲不过碰了面，也是怒目相向。女儿家的冯杏儿为此还问过她的母亲。她母亲人称病秧儿，瘦瘦弱弱的一个人，进了坡头村后，几十年了，好像就没离开过中药罐罐，什么时候从她家的门口过，都会有一股呛人的中药味儿直往人的鼻孔里钻。冯杏儿问她母亲了，母亲也不回避她。

母亲说：男人么，都是野狗一条。

冯杏儿是不懂的：野狗？我爹是野狗？

母亲说：野狗没什么不好。咱们坡头村的街巷里多的是野狗，跑跑跑，逛逛逛，跑累了，逛累了，就都回家了。

冯杏儿说,是埋怨地:妈你说的啥嘛!

母亲说:不说了,你还小,长大了你就知道了。

药罐罐里养着的冯杏儿母亲,在冯杏儿的记忆里,这是和她说得最多的一次话。过后不多日子,她那病秧子的母亲,一口痰卡在喉咙里没吐出来,就把自己憋过去了。其时,冯杏儿在县城的高中读书,她回到家里来,抱着她病秧子的母亲,把自己哭昏了过去。

秋末冬初的日子,胳膊还戴着黑纱的冯杏儿该换季了。过去的日子,是她病秧子的母亲给她准备的,母亲走了,谁给她准备呢?她瑟缩着稚嫩的小身板,从县城中学回家换季来了。父亲冯岁岁没让没了母亲的冯杏儿失望,他把一件新崭崭的粉红色的毛衣取出来,让冯杏儿穿上。这是件手工织的毛衣哩,手织的人用了很多心思,织出了非常好看的针脚和图样,冯杏儿穿上身,就爱得不得了,用手仔细地抚摸着,还和她爸冯岁岁说了这样一句话。

冯杏儿说:我妈在的时候,我都没穿上这么合身的毛衣!

话跟着话,冯岁岁说:你妈手笨么,这可是你喜鹊姨姨给你织的呢!

冯杏儿听着她爸这一说,先是失控地尖叫了一声,继而拧身脱下毛衣,撕出一个线头,不停地撕着就往家门外跑,一边跑一边还拖着毛衣,让拖得长长的毛线头在她的身后拉成一条曲曲弯弯的长线,跟随着冯杏儿,蜿蜒着一直拖到合欢树下。冯杏儿鼓足了力气,把撕扯得已经没了形状的粉红色毛衣,就往合欢树上刻着"岁岁喜鹊"的图样上砸。她砸了一次又一次,砸得还不解恨,就还把树下的泥巴和砖块拿起来往"岁岁喜鹊"的图样上砸了。

冯杏儿默不作声地砸打着合欢树上的"岁岁喜鹊",直到砸打得没有一点儿力气了,这才站在合欢树下哭起来,哭得鼻涕眼泪的。冷风吹来,吹动了她身上仅有的一件小汗衫,她不知道啥时下起雪来的,就那么哭泣着在纷纷扬扬的大雪中,瑟瑟地抖着。

冯杏儿不知道，她爹冯岁岁手足无措地就站在她的身边，而在不远处，曹喜鹊也紧张地扶着她家的门框，也在看着她。当然了，栖居在合欢树上的喜鹊，喳喳啼叫的喜鹊啊，赶在这个时候，也都安静地趴在窝里，睁着骨碌碌乱转的小圆眼睛，吃惊地看着冯杏儿。

过去了许多年，冯宝儿在给项治国说起冯杏儿时，发生过的不愉快依然历历在目。

项治国笑了，冯宝儿也笑了。

南下打工，冯宝儿从流水线上成功转型为一个很有成就的企业营销员，冯杏儿也是，与冯宝儿几乎同时，也顺利转型为一个优秀的企业营销员。因为同为营销员，还因为合欢树上"岁岁喜鹊"的字样，让他俩仍然心存芥蒂，但是已没有在坡头村里时那么尖锐了。他们时不时地会碰一个面，时间允许，心情允许，他们还会坐在一家茶社里，喝一会儿茶，拉一会儿话。

时间和距离消弭着两人曾经的不快。

当着项治国的面，冯宝儿拨通了冯杏儿的手机，俩人各自调侃了几句，便说到了正题上。冯宝儿把他卖合欢树给项治国的事，说了个开头，冯杏儿就都明白了。

冯杏儿说：好啊！

冯宝儿说：好是好，但没卖成。

冯杏儿仿佛先知先觉一般，在电话的那头笑了起来。她说，就你冯宝儿脑子笨，方法有问题。接着又给冯宝儿打气，要他不要气馁，在陈仓好生等着，有酒了喝几杯，没酒了买份报纸，报眼报缝都甭放过，打发你的时间吧，看我怎么办。

冯宝儿还想和冯杏儿仔细说的，冯杏儿却"咔"地合上了手机盖。

冯杏儿说到做到，在接到冯宝儿电话的时候，她还在杭州的西子湖畔，陪着客户在那个叫半边楼的酒店尝湖鲜，她向客人说了声对不起，这就给机场的售票柜台拨打电话，预订了一张回陈仓的机票，然后给客户神神秘秘地编了一个理由，就一连声地说着对不起、对不起，这便埋了单，让客户自己慢用，她则出了酒店，招来一辆的士，直奔机场而去，不待天黑即已到达陈仓市的合欢酒店。

项治国招待冯杏儿，用的是一瓶红西凤，打开来每人斟了一杯，喝进喉咙里，才要再酌第二杯时，冯杏儿说话了。

冯杏儿说：老板好眼力呢！

项治国说：说不上。

冯杏儿说：甭客气，你有一个合欢酒店，我们坡头村有一棵合欢老树，两个合欢聚到一起，不想合欢都不成！

项治国说：借你吉言。

冯杏儿说：光有吉言不成，你还得出些水。

项治国说：我出过了。

冯杏儿说：出过了？那你把我们坡头村的合欢树移栽过来呀？

项治国不言语了，他给冯杏儿、冯宝儿和他又都斟了一杯红西凤。

冯杏儿说：酒咱不忙喝。

项治国就端着酒杯，很听话地仰着他的胖白脸看着冯杏儿。还有冯宝儿，也把红西凤端着，仰起他向日葵一般的脸儿对着冯杏儿看。

冯杏儿先是抿嘴一笑，她让项治国再出一点儿水，不要多，够坡头村年龄六十岁以上的人出去游玩三天就行了。

冯宝儿听明白了，他给冯杏儿鼓起掌来，啪啪啪啪地鼓着，项治国站起来，端起他斟好在杯子里的红西凤，直说冯杏儿不简单、有主意，当即答应，村里老人游玩的费用他出，花多少给多少，只要能把合欢树顺顺当当移栽到他的合欢酒店门前来，他无所谓了。

冯杏儿和冯宝儿也都站了起来，并且也都端起面前的红西凤。

冯杏儿说：咱们一言为定。

冯宝儿和项治国相互看了一眼，都把端着红西凤碰向了冯杏儿。

9

空！怎么就这么空呢？

乘坐冯杏儿承租而来的豪华大巴，冯岁岁、曹喜鹊等坡头村的老人，北上法门寺烧了香，南下楼观台问了卦，东去临潼洗了温泉，顺便在西安的钟楼上撞了钟，下了钟楼去同盛祥吃了羊肉泡馍，去德发长吃了饺子宴……三天的时间，像是做梦一样，一切是那么新鲜，一切是那么亲切，这一切的一切，可不都是老人们梦寐以求的好享受吗？过去都只是在心头想那么一想，在嘴头说那么一说，能把那些妙景都看一看，能把那些美食都尝一尝，想不到老了老了，倒是梦想成真，心跳眼馋地都看了一遍，都吃了一遍。

多亏冯岁岁的好闺女哩！

南下打了几年工，锻炼出来了，长了本事了，心上还挂念着坡头村，挂念着坡头村的老人。

为了老人们逛得开心，逛得安全，冯杏儿没有把车租来就走掉，而是陪着老人们一步不落地走。她始终笑面如春，始终嘴甜似蜜，到了法门寺，她给老人们讲解法门寺里的讲究和故事，那些故事她熟悉得像是经历过一样，讲说得老人们一惊一乍，长吁短叹……因为是女儿冯杏儿的主意，而且又是冯杏儿筹措的经费，再加上冯杏儿不避麻烦，极其耐心和热情地陪着老人们一起走，这使冯岁岁无比的快乐。他快乐着，同车来的老人就都快乐着，其中自然还有一个曹喜鹊。曹喜鹊不是个心疼钱的人，老相好冯岁岁的女儿冯杏儿挣下钱了，给村里的老人花去一些，值！花在该花处，花响了……她还是个不怕麻烦的人，觉得冯杏儿也是，抽出时间陪着老人们一起走，还是一个值啊！在几十个老人的旅游队伍里，冯岁岁倒不怎么张扬，反倒是曹喜鹊很有一种扬眉吐气的感觉，想她嫁到坡头村的日子吧，啥时候这么开心过？一路走来，曹喜鹊为了冯杏儿，更为了冯岁

岁,把腰一直挺着,把胸一直挺着,说话的声音也洪亮了许多。

几十个老人的旅行团,不只冯岁岁,还有曹喜鹊,差不多成了大家伙儿的中心。

有人恭维冯岁岁:你养了一个好女儿哩!

一人恭维,其他人跟上也附和,说:年轻时苦一点儿算什么呢?到老有福享,就什么都够了。

曹喜鹊为冯岁岁高兴啊!她就也要说了:可不是嘛,大家说得对!

冯岁岁在坡头村的老人旅行团里,因为这些因素,他像大家一样,自然是开心的、高兴的,但他却很少说话,便是大家你争我抢地恭维他时,他也是闭着嘴不插话,听大家恭维得过了火,甚至还要躲开一些。正是他的行动牵引着曹喜鹊的目光,她时不时地,要越过围在她身边的其他老人,去找快活着但又沉默着的冯岁岁。都在一个村子里盛着,冯岁岁和曹喜鹊的事,谁不知道呀?大家都是心知肚明的,但是碍着相互熟悉的面子,在村子里不好说啥,自然也就不好起哄。现在好了,脱离了坡头村的环境,大家有心起哄了。

要说这是怪不得大家的,曹喜鹊用眼睛寻找冯岁岁,总是一寻一个准,寻着了呢,她会盯冯岁岁一眼,冯岁岁也会还她一眼。那一人一眼的内容,哪怕是个瞎子,也看得明白。三天过去,老人们游逛得意犹未尽,却又到了返程的时间,没了什么好耍的事情,这就在豪华巴士里拿冯岁岁和曹喜鹊开涮了。

呼呼啦啦地,大家抢着上了旅游巴士,把旅游巴士上的座位都占下来,单留最前头的一排双人座,让最后上来的冯岁岁和曹喜鹊坐。众目睽睽之下,冯岁岁倒是不好意思,而曹喜鹊不管不顾,先坐上去,然后瞥了冯岁岁一眼,逼着冯岁岁不尴不尬地挨着她坐了下来。

正是他俩相挨着的这一坐,惹得有人开口了,说:你俩呀,年轻时没命做夫妻,年老了,做个伴儿倒是蛮般配的。

话头这么一开，跟着就是一阵风，鸭一嘴，鹅一嘴，如果不是碍着冯岁岁女儿掏钱让大家玩的面子，旅游巴士上的一伙老玩货，还不知会对冯岁岁和曹喜鹊玩出什么花样来。

热热闹闹的几日游玩，大家兴高采烈地回到坡头村，冯岁岁和曹喜鹊最先感到村子的变化是空，太空了！不仅他俩感觉村子空，村里一块儿外出旅游的老人们都感觉到了村子的空。

这种空，空得让人心慌意乱，空得让人不知所措。

什么原因让村子变空了？

还是那一对恩恩爱爱的喜鹊，站在黄土打的墙头上，十分无奈，又十分忧伤地鸣叫着，喳喳喳，喳喳喳……冯岁岁看见了鸣叫的喜鹊，曹喜鹊也看见了鸣叫的喜鹊，村子里一起外出旅游的老人们都看见了鸣叫的喜鹊。喜鹊们原来筑巢在合欢树上，有树枝可依，就都在树枝上鸣叫的，这时候怎么放弃了合欢树，而站在墙头上鸣叫呢？

哦……喜鹊栖息的合欢树不见踪影了！

发现了这个问题，冯岁岁一下子明白过来，他女儿抽出时间，费上银钱，租来旅游巴士，陪同坡头村的老人们出外旅游，其用心在这里呢！调虎离山，女儿冯杏儿玩的是这样一套把戏呢！她把当爹的他，还有曹喜鹊等村里的老人以旅游的方式骗离坡头村，好让冯宝儿组织挖掘机、起重机，来把合欢树卖掉。

女儿冯杏儿，还有冯宝儿，把他们的孝心用得可真是地方呀！

冯岁岁的眼睛湿了，曹喜鹊的眼睛红了，他俩的眼里有泪水在旋转。冯岁岁上前一步，堵在了依然春风满面的冯杏儿面前，咬牙切齿地问女儿。

冯岁岁说：你把合欢树卖了？

冯杏儿是还想抵赖的，她躲着老爹的目光。

冯岁岁不让她躲，追着继续问：你女子长本事了，做得出来，就说得出来。

冯杏儿的嘴张了张,她被她老爹逼迫得快要说出来时,冯宝儿斜刺里插进来,来给冯杏儿解围了。

冯宝儿说:咱村不缺一棵合欢树,咱村缺的是钱!

曹喜鹊赶过来了,她边往冯宝儿身边赶,边日娘叫老子地骂:狗日的你,什么缺不缺的,我看你就是缺德!

冯宝儿躲着他娘曹喜鹊,说:合欢树卖了二十万,已经全额上交到村民委员会了。

钱不钱的,冯岁岁不管。他只问合欢树的下落:女子你说,你把合欢树卖到哪儿去了?

嬉皮笑脸的冯杏儿,扑闪着她一对好看的大眼睛,什么都不给她老爹说。

曹喜鹊也是不管钱不钱的,她像冯岁岁一样,关心的是合欢树被他们的一对儿女卖到哪儿去了。她问她的儿子冯宝儿:胆子大呀!你娃敢把合欢树卖了,咋不敢说你卖到了哪儿。

冯宝儿如冯杏儿一样,也是一脸的嬉笑,不给他老娘说实话。

冯岁岁从女儿冯杏儿的嘴里问不出合欢树的下落,曹喜鹊从儿子冯宝儿的嘴里也问不出合欢树的下落,两位年逾花甲的老人一则气愤,一则伤心,为了合欢树,不约而同地都病了一场,吓得冯宝儿和冯杏儿也不敢南下广州,双双守在坡头村。冯宝儿给他妈延医治病,冯杏儿给她爹延医治病,冯岁岁在炕上睡了十五天,曹喜鹊在炕上挺了半个月,到两位老人病好了下炕,出门来站在坡头村的街巷上,已有尖利的西北风从坡头村北的乔山上扑下来,把村里其他树上的叶子刮落到地上,在两位老人的脚下打着旋儿飞,仿佛在向两位诉说它们失去合欢树的凄凉和恓惶。

冯岁岁的家在坡头村的南端,曹喜鹊的家在坡头村的北端,两位老人,一个拄杖从南向被挖走合欢树的树坑边走,一个拄杖从北往被挖走合欢树的树坑边走……失去合欢树无枝可依的那一对恩爱喜鹊，一只盘旋在冯岁岁的头顶上，一只盘旋在曹喜鹊的头顶上，也是一南一北地往合欢树被挖去的坑边飞。

到了那个很大的树坑边，冯岁岁蹲下身子，两手掬着树坑里的土，装进了一个土布缝制的袋子，曹喜鹊也蹲下身子，两手掬着树坑里的土，装进了一个土布缝制的袋子……两位老人在装好土布袋子后，都站起来，动作迟缓地抓起土布袋子，抬起头来，去和盘旋在他俩头顶上的喜鹊说起话了。

冯岁岁说：喜鹊呀，你知道合欢树移栽到哪儿吧？

曹喜鹊说：你知道的，喜鹊呀，你一定知道的！

盘旋在两位老人头顶上的喜鹊仿佛听懂了他俩的话，扑棱着灰黑的仿佛绸子一样的翅膀，喳喳喳，喳喳喳，应了一个欢实。

10

果然是，喜鹊知道合欢树的下落。

这不奇怪，动物学家做过非常认真的研究，发现喜鹊是很聪明的，它甚至可以借助工具，来满足自己的需要，最早也最具说服力的例证，是我小的时候在书本里面阅读到的：口渴的喜鹊发现了一只小瓶子，但它喝不到小瓶里的水，就衔来石子往小瓶里填，填得直到小瓶子里的水位升高，使它能够幸福地喝到水。我想，冯岁岁和曹喜鹊如我一样，也在书本上看到过喜鹊喝水的故事。他俩相信，在喜鹊的引领下，他俩一定能够找到被卖掉的合欢树。

避开儿女的眼睛，也避开了坡头村人的眼睛，在一个清晨，冯岁岁和

曹喜鹊各自背着他俩从合欢树原生土坑里挖来的一布袋土，跟着那对恩恩爱爱的喜鹊悄悄地上路了。喜鹊往哪儿飞，他们就往哪儿走。

这是老辈子传下来的经验哩，一棵移栽了的大树，把娘家的土带得越多，成活的可能性就越大。冯岁岁和曹喜鹊没能阻挡儿女们卖掉合欢树，但他们的腿长在自己身上，他们能走，他们走着去找合欢树，找到了，就把他俩背着的娘家土培在合欢树的根上。他俩现在只有一个心思：找见合欢树。

离开了坡头村的合欢树啊！他们没有别的办法把合欢树再移栽回坡头村，就只有尽一点儿难了的心，找到合欢树，看着失去故土的合欢树活着，好好地活着。

喜鹊真是世上少有的灵虫哩！

跟随着喜鹊，冯岁岁和曹喜鹊开始的时候在路上走得颇为顺畅，他们走出了坡头村，又走过了周村镇，走过了岐阳县，一路向西，往陈仓市的方向，昼行夜宿，饿了就到路过的村庄里去，向村里人讨一口饭吃，渴了就在路边庄稼人修筑的灌溉渠里，掬一口水喝……他俩是辛苦的，特别的辛苦，才几天的时间，他俩把自己糟蹋得与乞讨者没了二致。然而，他俩又是开心的、又是愉快的，只要跟随着喜鹊能够找到让他俩牵肠挂肚的合欢树，他俩有什么苦不能受呢？

而且最为关键的是，他俩是一对有情人哩。

有情人终于能够日夜厮守，受上那么点儿苦，又算什么呢？

苦并快乐着的冯岁岁和曹喜鹊，就这么日日夜夜，相依相伴地走在寻找合欢树的路上。他俩自己已经很苦了，但都不以自己的苦为苦，眼瞅着那对恩爱的喜鹊，在天空努力地飞翔着，一会儿飞得没了影儿，让冯岁岁和曹喜鹊为了它们把心提着，都要碎了呢，都不晓得自己该咋办时，飞得不见影子的喜鹊，又会喳喳喳叫着飞临他俩的头顶，引领着他俩，继续筚路蓝缕、不避苦厄地往前走……冯岁岁和曹喜鹊猜想，那对可亲可爱的喜鹊，是他俩飞在天上的魂灵呢！

冯岁岁说：天无绝人之路，咱们有喜鹊做向导，不愁找不到合欢树。

曹喜鹊说：比人还通人性的喜鹊呀！

冯岁岁说：喜鹊……哦，你不也是一只喜鹊吗？

曹喜鹊说：只是你的喜鹊呢。

冯岁岁说：就是我的喜鹊呢。

两位花甲的老人这么说着，还会羞得自己脸红起来，相互地伸出手来，你拉住我，我拉住你，一步不落地向前走。

曹喜鹊发现飞翔在他俩头顶的喜鹊又飞得没了踪影，她拉了冯岁岁，俩人坐在一块秋收后的田坎上，背靠着一簇风干了的玉米秆，眼望一片绿汪汪出苗不久的麦田，曹喜鹊有话要问冯岁岁了。

曹喜鹊说：你那女子杏儿，鬼打鬼精的，把咱的合欢树就那么骗着卖了。

冯岁岁接过曹喜鹊的话说：你那儿子宝儿也不赖，他和我杏儿串通好骗咱们，一个唱红脸，一个唱白脸。

两位老人这么说着，却并不因儿女们骗了他们而气愤，相反还有一种欣赏的成分在里边。

曹喜鹊说：两个崽娃子失算了呢。

冯岁岁说：失算了啥？

曹喜鹊说：失算他俩卖了合欢树，也把两个老东西卖了。

冯岁岁说：对呀对呀，过去，咱俩哪敢这么近这么亲地在一块儿呀？咱们出来找寻合欢树，倒有机会在一起，日日夜夜、不离不弃地在一起。

冯岁岁这么说着，还伸手把坐在他身边的曹喜鹊往怀里拉了拉，曹喜鹊没有扭捏，小鸟依人般，很自然地偎紧了冯岁岁。

偎在冯岁岁身上的曹喜鹊心里装的问题真不少。她问冯岁岁，咱俩偷跑出去找寻合欢树，咱儿女不知道，可他们知道了会怎么想？他们会撵

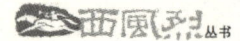

出来找咱俩吗？她的问题一个接一个，问过一个就还问，说是咱们坡头村的亲戚邻里，也不知咱俩偷跑出来的目的，他们知道了又会怎么猜咱俩？问这问那的，曹喜鹊就又问到为他俩引领道路的那对恩爱喜鹊身上了。

曹喜鹊说：真是难为了那对喜鹊呢！

冯岁岁回答着曹喜鹊：是呀，是真难为了它们。

曹喜鹊还说：那对喜鹊，一会儿飞得没了踪影，一会儿又飞了回来，反反复复，它们倒是累呀不累？

冯岁岁说：这我不好说。但我想是喜鹊怕咱俩老胳膊老腿的走了冤枉路，就自己先飞到前头去，探清了道路，再回来引领咱俩走。

曹喜鹊说：你说得对，一定是这样呢！

恩爱着的那对喜鹊像是听见也听懂了冯岁岁和曹喜鹊对它们的议论和赞美，此刻如射出的箭一样，从遥遥的远处，又一次飞临冯岁岁和曹喜鹊的头顶，喳喳喳喳欢叫着，引领着冯岁岁和曹喜鹊又一次往前走了。

要说起来呢，喜鹊引领的道路实在是不好走，有时要翻一条沟，有时要蹚一条河，有时要横穿一段公路，有时又要横跨一段铁路……那样的路，不只是用遥远这个困难就说得过去，但这已经不算困难了，因为冯岁岁和曹喜鹊在喜鹊的引领下，都走过来了。

走过的路可都是好路哩！

冯岁岁和曹喜鹊是这样感叹着给自己壮胆打气的。他俩跟着喜鹊已经走进了陈仓。陈仓会是合欢树的落脚地吗？徒步走进繁华的陈仓市时，冯岁岁和曹喜鹊都这么快乐地想着问题，但却出人意料地发生了一件大事。

这件大事就出在引领他俩一路走到陈仓市的那对喜鹊身上。寻寻觅觅、辛辛苦苦引领他俩飞进陈仓市的喜鹊，突然就都飞不起来了，双双落在他俩的脚下，在地上跌跌爬步，痛苦地直打嗝儿。

冯岁岁和曹喜鹊可是吃惊不小，他俩交换着眼色，有一个可怕的字眼儿涌上了他俩的心头。

喜鹊中毒了!

对此,曹喜鹊表现得比冯岁岁既镇定,又有办法。她从她的口袋里掏出出门时带在身上的小半块儿肥皂,让冯岁岁逮住喜鹊,用手掰开喜鹊的嘴巴,把肥皂掐成一小粒一小粒,喂进喜鹊的嘴巴里,然后抱起喜鹊,像是抱着个婴儿一样,在怀里轻轻地摇……摇了一会儿,喜鹊呕吐起来了,啊哇啊哇好一阵狂吐,把肚子里的吃货吐了个干净,便无助而虚弱地依偎在曹喜鹊的怀里,静静地歇着了。

喜鹊歇着了,曹喜鹊却不让冯岁岁歇,她指派他去讨些吃的喝的来。中过毒的喜鹊要想恢复起来,没点儿干净的吃货和水可不行。冯岁岁的口袋里是装了几个钱的,一路走来,他没舍得乱花钱,这是曹喜鹊定下的规矩,把钱都留着,留到找见合欢树,如果合欢树需要花钱,就花给合欢树好了。所以,他俩一路几乎都是讨吃讨喝过来的。为了那对可爱的喜鹊,冯岁岁花钱买了纯净的矿泉水,买了香脆的爆豆儿,拿给曹喜鹊,看她像喂婴儿一样,小心地喂给那对引领他俩来到陈仓的喜鹊。

把肚子里含毒的食物吐出来,吃喝进纯净脆甜的食物和水,喜鹊慢慢恢复了精神,眼睛睁圆了,翅膀又展开了,而且又有了欢欣的喳喳的叫声……喜鹊倒是要再接再厉,继续它们奋勇向前的引领,引领着冯岁岁和曹喜鹊早日寻到合欢树,但是冯岁岁和曹喜鹊不干,他们深知"磨镰不误割麦工"的道理,非得使喜鹊养足了精神,养得比以前的气势还要足,才放它们飞起来引领他们走。

城里不比乡下,乡下落后,但乡下环保纯粹,自然亮堂;城里繁华,但城里肮脏污染,灰暗利己。一对多么有灵性的喜鹊啊!从坡头村一路飞来,经过了多少村庄,遇到了多少沟河,穿过了多少田野,都没有问题。可是一进陈仓,就遇到那么严重的情况,让冯岁岁和曹喜鹊不能不担心,不能不小心。

可亲可爱的喜鹊啊,是他俩的恩鸟哩!他俩可是不想再让喜鹊受那样

的罪了。

千里之行，剩下最后一程，不能有一点儿的马虎大意。冯岁岁和曹喜鹊小心地服侍着那对喜鹊，不敢有一点儿的怠慢，不敢有一点儿的差池，唯恐一不小心，使他俩的恩鸟再遭一次劫难，而且他俩意识到，繁华到家、奢侈绝顶的陈仓，对于恩鸟喜鹊，以及他们自己，有着太多难以捉摸的危险，恩鸟喜鹊的食物中毒，敲响的只是一记警钟，谁能料到下来还会有什么灾祸？

冯岁岁的心志忐着，他问曹喜鹊：喜鹊一路引领咱们走来都好好的，啥事情都没有，到了陈仓，才刚进来，就先中了一场毒，唉！

曹喜鹊亦忧心忡忡，她回应着冯岁岁：陈仓……陈仓啊！

冯岁岁不等曹喜鹊感叹完，他又说了：喜鹊不太适应陈仓哩。

曹喜鹊说：谁说不是呀。

冯岁岁就又说：那咱俩的合欢树呢？它能适应陈仓市吗？

曹喜鹊说：但愿适应得了。

11

合欢树就移栽在了陈仓市。

合欢树被移栽到的合欢酒店，距离冯岁岁和曹喜鹊小心将养那对喜鹊的地方一点儿都不远。冯岁岁和曹喜鹊把那对喜鹊精心养护了几日，确信喜鹊已经恢复了原来的精神，这才放飞了喜鹊，在喜鹊的引领下，走了不到半晌的时间，就走到位于开发区的合欢酒店门前，遇着了被移栽在这里的合欢树。

项治国央求我把调查酒店食品卫生问题的报告压下来，我答应了。我答应的条件是，让项治国给寻找合欢树而来的冯岁岁和曹喜鹊找个安身的事做，让他们在他的酒店里择个菜、洗个碗什么的，有一份工打，糊住他俩的口，也好照顾移栽在酒店门前的合欢树。冯岁岁和曹喜鹊并不知道我和项治国的交易，他俩在项治国特设的酒席上提出了这个要求，我在旁边帮腔，项治国就没有理由不答应了。

项治国说：我移栽合欢树，就是要树活着的。两个老人也要合欢树活着，我们想到一块儿了。

冯岁岁跟风应和，说：谁说不是呢。

曹喜鹊想的是她和冯岁岁一路背进陈仓市来的娘家土，她说：我们背一袋娘家土不容易哩，我的肩上都勒出了泡，泡破了，又勒出了茧……千里路上不捎针，硬硬扎扎的娘家土，越背可是越沉哩！

项治国还是不太懂娘家土的意思，他问了：什么娘家土？

我插了一句话：合欢树原来生根的土，老家人就叫娘家土。

我这么一说，项治国一下子懂了，他招呼着酒店里的保安，提了冯岁岁和曹喜鹊背进陈仓的合欢树娘家土，又让两位穿着大红旗袍的酒店服务员，搀扶着冯岁岁和曹喜鹊从酒店门里出来，来给合欢树培娘家土了。

绕着合欢树的树根，冯岁岁指挥着年轻力壮的保安挖出一个环形的沟槽，然后把他和曹喜鹊背来的娘家土均匀地填埋进去，脚跟脚地踩，踩实了，又覆盖上一层土。

就在冯岁岁和曹喜鹊他们为合欢树培娘家土的时候，引领他俩而来的那对喜鹊也没闲着，两只羽毛油光铓亮的花喜鹊，不知从哪儿找到一根近乎三尺长的树棍，张开嘴，一只叼着树根的一头，双双用嘴抬着，翩翩然然地凌空而飞，飞到了合欢树的树顶上，又绕着树冠，翩翩然然地飞了几遭，寻寻觅觅地找着一个树杈较密的地方，很是合茬地把树棍架在了上边。

这太新鲜了！像是起屋架梁一样，喜鹊把在合欢树上垒窝的头一根大

梁架起来了。

从酒店里吃饱饭、喝足酒、剔着牙缝走出门的一位食客，最先看见了这一幕，他惊诧万分地指着天上的喜鹊喊了。

食客喊：快看！快看！

顺着食客手指的方向，我也看见了横抬着一根树棍的喜鹊，我的脖子上挂着个照相机，没敢迟疑，迅速举起来，对着翩翩然然飞来，往合欢树上架着树棍的喜鹊，嚓嚓嚓嚓就是一阵狂拍。

这是稀罕事哩，在有喜鹊自然生存的乡村，可能并不少见，但在飞禽不能自由飞翔的城市，就很难见了。我把喜鹊筑巢架梁的照片选择了五幅，以特写的形式发表在《陈仓晚报》上。所引起的轰动可是太大了，整个陈仓，上到政府官员，下至平民百姓，几乎无人不在议论，无人不在关心，有博客发烧友，以及微博发烧友，把我发表在《陈仓晚报》上的照片和文字翻拍下来，挂到博客和微博上，使这件自然而然不算很大的新闻，像架在了一口热锅上，越炒越热，热得听闻了这件事的市民，有时间没时间，都要到合欢酒店来，目睹在合欢树上辛勤筑巢的那对恩爱喜鹊。来的人多，合欢酒店的生意就好，连日来，合欢酒店的门前，人如潮，车如流，让又白又胖的项治国老板脸上像打了蜡一般，发着光亮，笑呵呵迎进送出，忙得都要脚朝天了。

满腹生意经的项治国老板知道，这是冯岁岁和曹喜鹊带给他的红运，没有他俩寻找合欢树，就没有这对喜鹊的到来，没有这对喜鹊的到来，能有这样的效果吗？

可爱的喜鹊啊，是项治国合欢酒店不用花钱的形象大使了！

宝贝……大大的宝贝哩！

为了用一对宝贝喜鹊，给自己的合欢酒店带来更大的影响，赢得更大的利润，项治国把冯岁岁和曹喜鹊也当宝贝待了。他指示公司财务列出一项特殊支出，劝说着冯岁岁和曹喜鹊跟他去了一家名气很大的裁缝铺，让裁缝铺的师傅,为冯岁岁和曹喜鹊各自量身定做了一身唐装。

这家裁缝铺不临大街,在一条非常偏僻的小巷里,铺面虽偏,但裁缝铺师傅的手艺却非常好。过了几日,冯岁岁和曹喜鹊再一次在项治国的热情带领下,曲里拐弯地去了那家裁缝铺,把定制好的服装换穿在身上。不穿不知道,这一换穿上,让他俩几乎有种重生的感觉。开始,他俩都只在镜子前傻呆呆地看自己,把自己看得心惊肉跳,躲开镜子,再互相来看时,俩人的脸红得像涂了一层油。这是出人意料的,太出人意料了。不仅出乎冯岁岁和曹喜鹊二人的预料,也出乎项治国的预料。黑裤子大红团花的丝绸唐装往曹喜鹊的身上一换,她一下子像变了一个人,突然变得年轻了,漂亮了,像是一位极有品位的电影明星。冯岁岁也把他的黑底团花的丝绸唐装换上身,与曹喜鹊一样,双双对对,很有点儿异曲同工的美妙。

他俩相视一乐,都没说话,而脸上像涂了鸡血,红红的,相互看着,把他们看得不好意思地埋下头来,小心解着衣服上的扣子,想要从身上往下脱。

项治国把他俩拦住了。

拦住他俩的项治国要他俩并肩站在一起,他俩听话地站在了一起。项治国乐得一拍手,大大地赞了一声,说:夕阳红啊!你们俩,一对再好不过的新婚老夫妻哩!

冯岁岁和曹喜鹊听项治国这么一说,先还害羞地分开了几步,但他俩经不住项治国的推搡,就又站得很近,而且还不自觉地把手拉在了一起。

项治国得意于他的这一创意,想象冯岁岁和曹喜鹊这一身行头,和这一副派头,在他的合欢酒店里出出进进,给他酒店的经营不知又会带来怎样的好处!

项治国想过了,他不能让冯岁岁和曹喜鹊躲在后厨,去择什么菜,去洗什么碗,他要他俩从后厨走出来,去服侍照顾他花了大价钱移栽来的合欢树,以及在合欢树上筑巢的那对可爱的喜鹊。

项治国在这么做前和我通了话。

项治国说：我的大记者呀，你说我能不给你一个人情吗？

我不知他的葫芦里卖的什么药，哼哈了两句，说：那我谢谢大老板。

项治国说：该说谢的人是我，你把那对喜鹊报道出去，让我的酒店生意火得不得了。我想说给你些钱吧，怕你太廉洁拒绝我，伤了我的脸。我该咋办呢？我想到了洗碗的冯岁岁、择菜的曹喜鹊，我真傻，咋能安排他俩做那粗活呢。

我没听懂项治国话，说：啥意思吗？给我说明白。

项治国呵呵乐了几声，说：我要发挥他俩的特长，让他俩腾出手来，专门负责合欢树的养护，还有就是照顾好那对喜鹊。

我对项治国的说法不存异议。

我说了：你自己雇佣的员工，你自己安排。

项治国开心他的这个安排，一则讨了我的欢心，使他在好揭企业黑洞的媒体里，有了一个我这样得力的笔杆子；二则养护好合欢树，饲养好喜鹊，能保证他的合欢酒店有个持续热火的发展。

冯岁岁和曹喜鹊喜欢着老板为他俩的破费，在裁缝铺里羞羞答答地问项治国了。

是冯岁岁先开的口：老板，这衣服很贵吧？

曹喜鹊接着还问：是啊，花了老板不少钱？

项治国说：钱是什么？串在肋骨上吗？花的时候要动刀子，锯开肋骨往下捋？不是，钱是流水，流来流去的，就是一个花。

冯岁岁和曹喜鹊终觉破费，说：我俩穿不起哩。

项治国这就把我抬出来了，说：我和项治邦打了商量的，我不能不给他面子，你们两个老人呢，怕也得给他点儿面子呀。

12

哎哟喂，这是怎么了？

尽管项治国提前和我商量了包装任用冯岁岁和曹喜鹊的方案，可当我再一次来到合欢酒店，看到包装版的他俩，我还是惊诧得目瞪口呆。但是他俩有了一些日子的适应，似乎业已习惯了项治国对他俩的包装和任用。我的再次到来，使得他俩表现得很有点儿"他乡遇故知"的意味，俩人兴冲冲地迎着我。

曹喜鹊抻了抻唐装的衣摆和衣袖，挺起胸征询我的看法：怎么样？好看吧！

这才是曹喜鹊呢，我返乡插队在坡头村时的曹喜鹊，泼辣大方，温婉宜人。她因找寻合欢树而初到陈仓时的怯惧消失了，经过一段时间的适应，她就又还是原来的她了。

她穿唐装真的很好看。我认真地点了头，说：你是穿衣服的人，你早该这么穿哩。

曹喜鹊得到我的鼓励，说：早这么穿，我给谁穿嘛！

旁边的冯岁岁也又变回他在坡头村时的沉稳和寡言。我听曹喜鹊这一说，拿眼去看他，把他看得竟然不好意思起来。

曹喜鹊伸手拉了冯岁岁一把，让他和自己站在一起，嘴张了张，想说什么没往出说，就用藏在拖地黑裙里的脚偷踢冯岁岁。我虽然被同事和朋友认为有点儿愚，但还没愚到什么都不明白的地步。冯岁岁和曹喜鹊的神情钻进我的眼睛里，他俩就是什么都不说，我也看出八九成了。

曹喜鹊用脚偷踢冯岁岁，冯岁岁也不躲，但他闭口不说话，我就只能先说了。

我让他俩站齐了，再站近一点儿，我要给他俩照一张相。他俩配合得很默契，好像早有期待似的笑一笑，顺顺溜溜地站在了一起，刚一抬头，

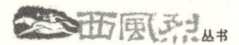

我就迅速地按下了快门，把他俩收在了照相机里。数码相机就有这一样好处，太便利了，照好相就能在照相机的屏幕上显示。我把冯岁岁和曹喜鹊合照放出来，自己看了一眼，先自乐了起来。

我说了：你俩的合影怎么样？好看吧！

他俩却没有我那么乐，说：项老板给我俩做下唐装时，就这么说了呢。

站在我照相机前的冯岁岁和曹喜鹊话音未落，就同步撵到我的身边，来看照相机显示屏上他俩的合影了。因为步调一致，还因为一起弯腰，结果在眼睛看向照相机显示屏的一瞬间，俩人竟把头碰在了一起。

碰得可是不轻哩！

冯岁岁龇牙咧嘴，曹喜鹊皱眉噘嘴，各自举手揉着碰疼的脑袋，却还眼巴巴地盯在照相机的显示屏上，他俩看得叫一个出神，看得叫一个欢喜。

回过神来的曹喜鹊教唆着冯岁岁。她说：你给治邦说么。

冯岁岁却还犹豫着：实话实说吗？

曹喜鹊说：你看你那点儿出息，做都做过了，还能不实说。

满面红光、又白又胖的项治国不知从哪里冒了出来，插进我们的话里来了。他是真不知道冯岁岁和曹喜鹊的情况，所以对我们说的话也就听得云里雾里，一开口，说得牛头不对马嘴。他那个人一贯咋咋呼呼，一贯大大咧咧，把手早早地伸着，冲着我大呼小叫地撵上来，埋怨我来之前也不给他打声招呼，让他失礼了。这就是项治国了，见面一段开场白，拉关系，套近乎，他驾轻就熟。几句客套话说过，他把我手里的照相机抓到他手上，向显示屏瞄了一眼，立即就大呼小叫地喊起来。

项治国说：我不恭维大记者的手艺，但你拍得也太好了，把冯叔叔、曹阿姨的精气神都拍出来了，简直……简直可以说，就是冯叔叔、曹阿姨的结婚纪念照！

我笑了，从项治国的手上夺回照相机。我说：要你乱点鸳鸯谱。

项治国惊讶了，说：我……乱点鸳鸯谱？

我说：你呀，还是年轻，没经验啊。

项治国就是项治国，他没把戏说的话太当话。他依然照着他的思路，嘲讽我真是逗，太逗了！开玩笑吗？项治国坚持着他的话题，他所以要坚持，这是因为他在合欢酒店的员工宿舍，很大气地给曹喜鹊和冯岁岁腾出一小间来，让他俩如夫妻般住在了一起。应该说，这是项治国对曹喜鹊和冯岁岁的优待了。在寸土寸金的陈仓，项治国在热闹繁华的开发区开办一个酒店是很不容易的，他恨不能让酒店的每一平方米店面都成为他赚钱的宝地，他有心腾出一部分来，让他酒店的员工住宿，这已是难能可贵的了。

项治国的合欢酒店有多少员工呢？后厨的大师傅，加之红案白案，有小半百人；前店的咨客门迎有小半百人；多的是包间服务员和穿梭在后厨前店之间的传菜员，正常的情况下，少不了一百来人……近来，因为他从坡头村移栽来的合欢树，还因为落户在合欢树上的那对喜鹊，合欢酒店的生意一天比一天火，项治国又招进了不少新员工，而且是，酒店门头上的电子显示屏还不断地滚动宣传，继续招募着员工。优胜劣汰，这是项治国做事的风格，为了他的员工守纪律、懂规矩，他还在清晨的时候，风雨无阻、雷打不动地都要在合欢酒店门前举行团队纪律锻炼。我来的这个时候，项治国正组织他的酒店员工列队在一起锻炼着，大厨们一律白色的衣帽，咨客们一律蓝色的制服，传菜员和包间服务员又一律中式裤袄，他们中间最惹眼的是门迎了，都是身条儿高挑，面皮儿白净的大姑娘，一色儿的绣花旗袍装。他们集合在一起，做操，喊口号，浩浩荡荡，仿佛纪律严明的军营，操练得很有章法，十分吸引路人的眼球。项治国就是这样治理他的合欢酒店，如同治军。

斜刺里插来的项治国乱点鸳鸯谱，被我嘲笑了一下，他是不会服的。

所以就在员工们的操练声里，给我强调他的社会经验了。

项治国说：财神爷似的曹喜鹊和冯岁岁来了，还有你，还有那一对喜鹊，都来了，我就不能对不起他们、亏待了他们，特别是曹喜鹊和冯岁岁，一定要让他们食宿得舒服了才好。

项治国和我辩解着，我一点儿都不以为意，就只半认真半戏谑地告诉他了。

我说：你可不能让他俩犯错的！

项治国看出了我的戏谑，他把他的目光从我的脸上挪到了冯岁岁和曹喜鹊的脸上，带着求证的意味说话了。

项治国说：你俩真不是夫妻呀？

冯岁岁没有回避项治国的询问，说：过去不是。

曹喜鹊很爽快地接过了冯岁岁的话，说：现在是了。

他俩是不是真夫妻，在我心里早已有了谱。为了一棵合欢树，被我刻上他俩名字的合欢树啊，他们在一对喜鹊的引领下，千辛万苦寻到陈仓来，我就知道他俩已不是我恶作剧时刻在合欢树上的两个人了。他们熬过漫长的岁月，终于走到了一起。我高兴他俩走到一起，那既是对我早年恶作剧的一种谢幕，也是对他俩感情生活的一种弥补。不过，我想要他俩说出来。

冯岁岁和曹喜鹊说了出来，项治国转脸又对着我，手之舞之地说我了。

他说：你是大记者哩，可不敢虚假报道。

我任凭项治国嘲讽我，笑哈哈地指拨着冯岁岁和曹喜鹊，要他们站过来，站到合欢树前。我对他俩说：合欢树可是你俩的大媒人哩。

冯岁岁和曹喜鹊认同了我的话，他们手拉手，站在了合欢树前，极为恩爱地靠在一起，幸福地微笑着，看着我举在手里的照相机。我认真地调试着焦距，想要再次为他俩拍一张好照片。蓦然，我的相机取景框里飞来了两只喜鹊,是引领冯岁岁和曹喜鹊寻到合欢树的喜鹊哩,先是它俩振翅飞着,飞着,忽然就又有几只喜鹊飞进了我的取景框,而且越来越多,密密麻麻,大有铺天盖地之势,迅速地向合欢树飞来。

虽然是初冬的日子,但这一天的天气非常好,万里无云,太阳光灿灿地照着,很有点儿小阳春的味道。成群结队的喜鹊,一百只、上千只,突然地飞临陈仓的上空,向合欢酒店门前的合欢树飞来,让沿途的市民无不感到惊喜和欢悦。大群的喜鹊在天上飞,大群的人跟着飞翔的喜鹊在地上跑,大家大呼小叫,尽情地表达着自己的喜悦。近了,近了,向合欢树一路飞来的喜鹊,先到的已经飞到合欢树的树梢上了,我借此机会迅速地摁动了快门。

我知道,成群结队的喜鹊向合欢树飞来,是给落户在合欢树上的那对喜鹊来做一次集体支援的。我在坡头村返乡插队的日子,见到过这样的情景,当时,我只是觉得惊喜,觉得新鲜,不知道成群结队的喜鹊是干什么。我就自己心头的疑问,在坡头村问了冯岁岁,他给我说了,那个让人惊讶的景象是喜鹊这种鸟儿的生命本能。凡是新落户的喜鹊都是一对一对的,一对辛辛苦苦,自己给自己选一个树杈,自己给自己衔来树枝,一千次,一万次,飞去归来,给自己筑起一个窝巢。但这是不够的,到了最后的日子,它们要以喜鹊特殊的唾液,和上一块特殊的泥巴,衔在嘴上,飞到新筑成的窝巢里,这只喜鹊一嘴,那只喜鹊一嘴,一百只喜鹊一百嘴,一千只喜鹊一千嘴,它们全都如高超的建筑师一般,用自己唾液拌和的泥巴,在树枝搭筑的窝巢里,再垒砌出一个泥塑的碗巢来。

这个泥塑的碗巢是喜鹊夫妻生蛋哺育后代的产床哩。

为合欢树上的喜鹊夫妻垒砌碗巢的喜鹊纷纷飞来,很自然地,也引起了合欢酒店及附近人的兴趣,大家都好奇地聚拢到合欢树下,扬着头,或惊喜,或迷惑,但又全都目不转睛地看着。

冯岁岁和曹喜鹊虽然知道喜鹊为何集体而来,可也十分欣喜地举目望着。我不知道，也没看见，在蜂拥而来的人群里，有两双眼睛没有跟着天空飞翔的喜鹊们转动，他俩的眼睛像焊接在了冯岁岁和曹喜鹊的身上，只是盯着他俩看。

这两双眼睛，有一双是冯岁岁的女儿冯杏儿的，有一双是曹喜鹊的儿子冯宝儿的。

两个卖掉合欢树的年轻人，也寻到已经移栽在陈仓的合欢树下了。

13

冯宝儿来找我了。

冯宝儿一见我就说：你还不认识我吧。我是曹喜鹊的儿子，我不能跟我妈一直待在陈仓里，我妈有啥情况了，你能给我说一声吗？

冯宝儿这么一说，我能怎么办呢？我在我的办公室里，从办公桌上放着的一包金丝猴烟盒里，抽出两支来，把一支叼在我的嘴上，把另一支送给了冯宝儿。他接住了，也叼在了嘴上，但我看得出来，他原是不抽烟的，抽烟的人的动作没他那么生疏别扭。我没表示态度，冯宝儿就和我点着了金丝猴烟，他抽了一口，就把自己呛着了，咔咔咔一阵大咳，把脸咔得一片紫红，好不容易收住口，就又给我说了。

冯宝儿说：按辈分，我要把你叫叔哩。

冯宝儿找过我不久，冯杏儿也来找我了。

冯杏儿给我说的话，像是与冯宝儿打了商量，语句上、意思上几乎一模一样。不过，在她找到我给我说了几句话后，从我的办公室走出时，又说了几句话。这几句话是很值得玩味的。

冯杏儿说：一辈人有一辈人的活法。我们年轻，不懂得我爸他们那一辈人。

我像对待冯宝儿一样，对冯杏儿的造访，依然抱着不怎么热情，也不怎么冷淡的态度。我听他俩分别给我嘱托，我嘴上没说什么，但心里是认同这两个年轻人的，他们是尊敬和孝顺自己父母的，哪怕他们设计卖掉了合欢树。

两个年轻人都有他们自己的事做，身子是很忙的，心也跟着身子忙，他俩给我嘱托过后，就都离开了陈仓，去了他们打工的南方，去跑他们各自的产品营销。而留在陈仓的冯岁岁和曹喜鹊依然恪尽职守，在合欢酒店的门前，厮守着从坡头村移栽而来的合欢树，以及引领他俩来到合欢树下，并在合欢树上为自己安下新巢的那对喜鹊。

这没有什么好说，厮守合欢树和合欢树上落脚的喜鹊，是项治国老板分配给冯岁岁和曹喜鹊的一项神圣的工作。

同样的一个道理呢，冯岁岁和曹喜鹊厮守着合欢树以及落脚在合欢树上的喜鹊，也是厮守着他俩心里的一段神圣的情感，作为夫妻的冯岁岁和曹喜鹊，一心一意地厮守着合欢树和喜鹊。他们发现，像发面蒸馍一样，不断膨大着的陈仓，即便是在不宜植树的冬季，也都没有停止植树活动，特别是像合欢树那样的古树和大树。

大树进城！

陈仓的媒体没日没夜、大力宣传的一项建设城市的新政就是这样。陈仓的新政是这样，居住在陈仓的市民没人觉得不好，而且还都非常支持，大赞政府的决策好，有气魄，是大手笔。可是曹喜鹊和冯岁岁却不这么看，他们厮守着合欢树，又看着轰轰隆隆的大汽车，一天又一天，不断线地从四面八方的乡村，把古树大树往城里移栽，他们是困惑的，而且还有更多不解。他俩的那些想法，起先我一点儿都不知道，但在那个雾霾天，我出门采访，采访进行得比较顺利，结束后，刚好要经过合欢酒店，便想起了冯岁岁和曹喜鹊，就决定歇一歇脚，到合欢酒店那儿看一看。这一

看，我才有了初步的了解。

这一天的雾霾十分严重，灰蒙蒙、雾蒙蒙一片。入冬以来，陈仓好像就没有几个好天气，偌大的一座城市仿佛湮没在一团无边无际的黑云里，车在黑云里穿行，人在黑云里走动，还有耸立在街道两边的高楼大厦，全都影影绰绰，模模糊糊。我走在路上，呛得我鼻孔发痒，喉咙发干，一会儿一个喷嚏，一会儿一个咳嗽，不仅是我，走在路上的人，谁不一样呢？都是鼻孔发痒，喉咙发干，一会儿一个喷嚏，一会儿一个咳嗽，整个陈仓市仿佛就只有汽车的低吼声，以及人的喷嚏、咳嗽声。我别别扭扭地走着，这就走到合欢酒店的门前了。

好几天没去合欢酒店，没看曹喜鹊和冯岁岁，还真是想见见他俩，和他俩说几句话，拉几句家常。

起初，由于有雾霾的掩护，我向他俩走来的时候，他俩并没有发现我。当然了，冯岁岁和曹喜鹊也都湮没在雾霾中，他俩依然穿着项治国为他俩特别裁制的唐装，忠实地厮守在合欢树下，喷嚏咳嗽地说着他俩的话。正说着呢，两只喜鹊从合欢树的窝巢里飞出来，先在合欢树上蹦跳着，啼叫着，蹦跳啼叫了一会儿，悠悠然然都扑飞下来，一只落在了曹喜鹊的肩上，一只落在了冯岁岁的肩上，喳喳喳喳，喳喳喳喳，叫个不停。好像是，喜鹊有了意见，对曹喜鹊和冯岁岁提呢。而冯岁岁和曹喜鹊仿佛也听懂了喜鹊的意见，停下说话，来和喜鹊逗了。

似乎通人性的喜鹊知道了曹喜鹊和冯岁岁对它们的心，便晃晃悠悠地，分别站在他俩的肩上，这一只喜鹊喳喳喳喳叫几声，那一只喜鹊喳喳喳喳又叫几声。我向他们走着，很清楚地听着喜鹊的叫声，但我听不懂喜鹊为什么叫！在叫什么！而冯岁岁和曹喜鹊是不一样的，他俩好像听得懂喜鹊的叫声。

冯岁岁说：你们啊，想咱坡头村了吗？

曹喜鹊说：说呀，得是想咱坡头村咧？

喜鹊喳喳喳喳应着曹喜鹊和冯岁岁。

冯岁岁就还说：这城市除了大，还有什么？其实不比咱坡头村好哩。

曹喜鹊说：可不是么，喜鹊啊，你们烦不烦城市呢？反正我是烦城市了。

喜鹊依然喳喳喳喳应着曹喜鹊和冯岁岁。

冯岁岁说：这城市啊，就是一只大老虎，把啥都能吃了去。

曹喜鹊说：比大老虎还恶，吃了不吐骨头。

喜鹊不知听懂了冯岁岁和曹喜鹊的话了没有，还是喳喳喳喳应着曹喜鹊和冯岁岁。可是曹喜鹊和冯岁岁说不下去了，咳嗽喷嚏，喷嚏咳嗽地难受着，咔咔咔咔、咔咔咔咔、咔咔咔咔……没头没尾，把他俩咳得几乎喘不上气来。我插着这个空儿，给他俩打招呼了。

我说：你俩神气哩，都和喜鹊说上话了。

我突然的到来，让冯岁岁和曹喜鹊好一阵欢喜。他俩埋怨我不够朋友，多少天了都不来，是嫌他俩吗？我否认着，说才几天呀，还说自己忙，身不由己。我们拉拉杂杂地说了一阵，这就又说到合欢树上了。

是冯岁岁和曹喜鹊先说到合欢树上的，他俩太希望合欢树成活了。他们提心吊胆，唯恐移栽进陈仓的合欢树水土不服，到了春天发不了新芽，开不出新花。他俩在陈仓的街头，看见许多被移栽来的大树都挂着一种塑料袋装的液体，像是给患病的人注射点滴一样，拖着长长的胶管，在树的躯干上扎了，一点一滴地输入到树身里去。冯岁岁和曹喜鹊发现了，也打问清楚了，就建议老板项治国也买了那样的药液来给合欢树扎了。

冯岁岁和曹喜鹊对合欢树可真是用心啊！我看见了他俩采购回来药液，这时正好提在手上，准备往合欢树上扎。

冯岁岁的问题真是不少，操心过了合欢树，又还操心起陈仓移栽进来的其他大树。他问我：大树进城！我在你们报纸上看到了，是政府的一项决策。城市建设需要大树，你把农村的大树都移栽进了城市，乡村呢，乡

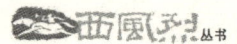

村就不需要大树了吗？

冯岁岁的女儿冯杏儿和曹喜鹊的儿子冯宝儿，在离开陈仓时，来找我，把他们的父母托付给我，我没明着给他们表态，但我从心里是接受了的。在人海茫茫的陈仓，我是冯岁岁和曹喜鹊离得最近的人，自觉我对他俩是有责任的。因此，时不时地，我会拐到合欢酒店来，找他俩拉拉家常，而且我有了应酬，也愿意到合欢酒店来。听了冯岁岁首先提出的这一声质疑，我的心有那么一阵强烈的震颤，我想回答他的质疑，却一时找不出适当的措辞，就只有糊弄他了。

我说：可不是吗？城市建设需要大树，乡村也是需要大树的。

曹喜鹊插话了，说：大树都是小树长大的，乡村里的小树都能长大，城市里的小树就长不大吗？

曹喜鹊的质疑看似小儿科，可我要回答却十分困难。我在努力地措辞着，还没组织出个完整的句子来，我却发现冯岁岁和曹喜鹊并没想深入地讨论那些问题。他俩还有自己的事做，他俩要为合欢树打吊针了。

那根尖利的钢针先是捏在冯岁岁的手里，他比画着，都要挨着合欢树根上的一块树皮扎下去了，他却又心疼肉疼似的收起手，没有往里扎。没敢往合欢树上扎针的冯岁岁直起身来，望着曹喜鹊，要起了一点儿小赖皮，把针直往曹喜鹊的手里交。其时的曹喜鹊还没留意冯岁岁的变化，她正眼睁睁看着冯岁岁给合欢树扎针，在钢针挨着合欢树树皮的那一瞬间，她猛地倒抽了一口冷气，身子还痉挛了一下，仿佛那尖利的钢针不是扎向合欢树，而是扎向了她。冯岁岁没能把针扎进合欢树，拿起来往曹喜鹊手里推，到这时候，她还没从刚才的感觉中拔出来，直到毫无意识地把钢针接到了手，然后才有所意识地又推向了冯岁岁。

他俩的举动让我有点儿想笑，但我没笑出来，伸了手去，把他俩推来推去的钢针拿到我手里，很认真地扎进了合欢树根部的一块树皮里。

14

时间过得说快不快，说慢不慢，呼啦啦冰雪消融，就又是一个阳光明媚的春天了。

厮守着合欢树并在树上落巢的那对喜鹊，真是让冯岁岁和曹喜鹊太操心了。他俩后来发现，一些移栽进陈仓的古树大树，不仅人为地扎了针，而且还人为地向树的根部埋进一根两根细细的塑料管子。他俩打听过了，越是古树大树，越是名贵的树，越要特别护理，打吊瓶是一种措施，向根部埋设塑料管子，又是一种措施。技术人员说了，这就像人一样，人要呼吸，大树也要呼吸，医院里年老多病的人，在病情不好的时候，常要借助这样的塑料管子帮助呼吸的。树也是这样，不得已的时候，人为帮助树木呼吸，是有益于大树成活的。获得经验的冯岁岁和曹喜鹊，这一次建议老板项治国来为合欢树埋设呼吸用的塑料管，项治国却不知哪一根神经出了问题，没怎么支持他俩，他俩便自掏腰包，自作主张，采购了专业的塑料管子，埋给了合欢树。

在这期间，落巢在合欢树上的喜鹊又悲惨地遭遇了一次危机。危机呢，又难以避免地出现在了饮食上。当然，城市环境的恶劣也很成问题。不过还好，冯岁岁和曹喜鹊用他俩惯用的办法，给食物中毒的喜鹊喂肥皂粒儿，把危机中的喜鹊又一次救了过来。至于恶劣的城市环境，冯岁岁和曹喜鹊就无能为力了。

操心着合欢树，以及合欢树上那对喜鹊的冯岁岁、曹喜鹊乐观地发现，情况看来都还不错，有危机，也有希望。在和煦的春风里，合欢树发芽了，嫩黄的叶芽儿像是挺立在合欢树上的小蜻蜓，振动着薄薄的翅膀，在新生出来柔如发丝一般的树枝上翩然起舞。再过几个日子，红得如火的合欢花也该缀满枝头了。这些，可正是冯岁岁和曹喜鹊所乐见的呢。

这是一喜，他俩还有一喜哩，那就是落巢在合欢树上的喜鹊了。随着

暖暖的春风，喜鹊夫妻生下蛋了，而且昼夜孵化，三九二十七个日夜，终于孵化出了一对毛茸茸的小喜鹊。

然而，这样的喜悦没能持续多长时间，问题便来了一次大爆发。合欢树的嫩叶儿还没有完全长成，就显出一片凋敝状来，一日一日地枯萎着，没有几个日子，就都干枯在了枝头上。

冯岁岁和曹喜鹊想要合欢树再生出枝条来，他俩把问题汇报给老板项治国，项治国如他俩一样焦急，他同意他俩去找这方面的专家，来为枯萎了的合欢树会诊。冯岁岁和曹喜鹊在陈仓市里跑，打问着这方面的专家。然而，让他俩遗憾的是，任凭他俩怎么打问，也没打问出这样一个有用的专家来，而且他俩在追访途中，看见那些进城来的古树大树，有许多如同合欢树一样，都面临着枯死的命运。

拖着沉重的双腿，冯岁岁和曹喜鹊赶在一个晚霞红透了半边天的傍晚，徒劳地回到了合欢酒店门前的合欢树下，他俩看见了一幕怎么都不想看到的惨状。

那对引领他俩寻找到合欢树的喜鹊死了。

清晨，冯岁岁和曹喜鹊在走过合欢树时，那对抚育小喜鹊的喜鹊还是何等地欢悦呀，它们和自己哺育的小喜鹊在窝巢边上快乐地啼叫着，冯岁岁和曹喜鹊还噘起嘴唇，学着喜鹊的叫声，与它们呼应了几声。

但就在他俩走后的半个下午，飞来了两只斑鸠。

做了父母的老喜鹊其时都不在合欢树上，它们夫妻飞出窝巢，去给可爱的两只小喜鹊觅食去了。

凶悍的斑鸠趁着这个机会，把在窝巢里喳喳待哺的小喜鹊残酷地啄死后，又叼着小喜鹊的脖子，把它们凌空叼起来，抛尸在了合欢树下。

身为父母的老喜鹊这个时候赶回来了，它们发现小喜鹊被斑鸠虐杀而死，怒从心头起，扑向它们辛苦垒筑的窝巢，与强占了它们窝巢的斑鸠要死没活地厮打起来。

这一场打斗从合欢树上打起，一直打到了地面上，当时围拢来了许多看热闹的人，他们生活在城市，哪里见过这么凶、这么惨烈的打斗。书本上早有"鸠占鹊巢"的典故，可现实中太少见了，大家围观在一起，无人不目瞪口呆。这时的合欢酒店还不是上客的时候，后厨的大师傅，前台的咨客门迎，还有传菜员、包间服务员，都在酒店里逮着那点儿难得的机会，搭蒙下眼睛，养他们的精神，没人知道门外发生的悲剧。到他们醒来后发现这一状况，报告给老板项治国，大家失急慌忙地赶到现场时，喜鹊和斑鸠的争战已告结束。两只入侵而来的斑鸠被喜鹊毫不客气地啄秃了身上的羽毛，蜷缩在地上，奄奄一息。

　　奋勇的喜鹊也是，有许多羽毛被斑鸠啄掉了，蹒跚着脚步，踱到被斑鸠夺去生命的小喜鹊身边，扑下身子，把小喜鹊的尸骨揽进它们的翅膀下，静静地趴卧着，一动不动……

　　回到合欢树下的冯岁岁和曹喜鹊，被眼前的惨象震惊得一句话都说不出来，但他俩又分明感受到了自己的呐喊，心上的呐喊啊！

　　啊，我的喜鹊啊！

　　啊，我的合欢树！

第二章

梧桐树

1

　　树这东西，像人一样，高兴的时候，它是会笑出来的。当然了，树也有不高兴的时候呢，甚至还有伤心的时候，到了这个时候呢，树也会哭出来的。当然，这需要风和雨的鼓动与帮助，风来了，树叶子哗哗啦啦笑得那叫一个欢实，雨来了，树冠上滴滴答答哭得那叫一个伤心。只是，人可知道树的欢乐？人可知道树的忧伤？人啊人……

　　自以为是个文化人的冯举旗怀揣着一个不死的文学梦想，得空写篇千把字的小散文什么的，寄给我，让我想办法给他在报纸上变成铅字。我得承认，冯举旗的文字是不错的，写的小散文都很有味，像我起头引用的那几句话，就是抄录了他近些日子寄给我、我给他发在《陈仓晚报》副刊的文字。我吃惊于这段话的质地，太吸引人了，我读着的时候，感觉那一个一个的汉字仿佛一只一只攥着的小拳头，挥舞起来，直打我的眼睛，把我的眼睛打得又酸又痛，短短的一篇小散文还没看完，我已经泪流满面，不能自禁地收拾起一个记者必要的行头，搭车到坡头村来了。

　　回到坡头村，我是一定要去找冯举旗的。

　　返乡插队在坡头村好几年，在那里我有许多要好的朋友，冯举旗是一个，冯举旗的父亲冯求是也是一个，当然还有孙天欢、孙天乐兄弟俩，以及孙二平、颜秋红他们夫妻。我回坡头村来，看望冯举旗是一个由头，此外还有孙天欢的那一通鼓动是又一个由头。冯岁岁和曹喜鹊为了一棵合欢树寻觅到陈仓来，被我三番五次地报道，弄得人人皆知。改革开放后，孙天欢从坡头村走出来，在县城开了家农贸公司，他订阅着《陈仓晚报》，自然就也知道了冯岁岁、曹喜鹊和合欢树的新闻。为此，他到陈仓市里来办事，顺道看了冯岁岁和曹喜鹊。他看了他俩后，还咋咋呼呼寻到我，说我离开坡头村也不回去看看，大家以为你把坡头村忘了呢，实际却没有，有了机会还是愿意帮助大家的。他把我一通批评，又一通表扬，末了鼓动我，要我回坡头村看看，乡里乡亲的，大家说不定怎么喜欢你哩。有这两条理由，我回坡头村来了。

在坡头村，很自然地，我没有找到冯举旗。

冯举旗在周村镇上的镇中学里，我在坡头村找他，没有找到，但认识我的村里人说，他现在当上镇中学的校长了。听到这个消息我是高兴的，可是又听村里人说，他如今仍然光棍一个，这我就高兴不起来了，甚而还为他生出一种巨大的哀伤感来，哀伤一个乡村中学校长怎么还会打光棍？

在坡头村，或是在别的什么村庄，别的什么人打光棍，我是一点儿都不奇怪。农村青年一窝蜂地北上南下，到北京、天津，到深圳、广州等需要劳动力的城市去打工，剩下个别胆小怕事、又身无长技的人，找个女人的确困难，所以拐卖妇女的事，不论打击的力度有多大，却都打击不尽，原因很简单：有需求，有市场。可是冯举旗是谁呀，他大学毕业后回乡教书，当上了中学校长，他怎么能打光棍呢？

冯举旗打光棍是不正常的，他凭什么呀？

冯举旗有固定的工资，有正当的职业，而且还写得一手好文章，这可是一个优秀男人所具有的辉煌之外，又额外多出来的一道光环哩。曾经的我就因为会写几句甜言蜜语，把自己喜欢的女孩煽得晕晕乎乎，捧着我出版的书籍，像捧着一束不会凋谢的鲜花，乐哈哈地扑进我的怀抱，先是做了我的新娘，后来就又做了我孩子她娘。当然，现在的形势变了，不一样了，可是写得一手好文章的男人还是很受女人家青睐的。别的人我不好说，冯举旗在《陈仓晚报》的副刊上隔三岔五地刊发一篇小文章，这就引得我们报社的几位知性女子拜读了他的文字,要议论他了。首先议论的是他的文字,夸他的文笔简约,却十分有情味;议论着,就还议论到了他的生活,猜想他的生活该是美满的,幸福的。她们这么议论着的时候,大多是在报社的内部食堂里,一次让我听见了,就还插话进来。我说,我认识冯举旗,你们谁要对冯举旗有意思,我可以成全你们,让你们当他的相好去。我一番调侃的话,没有引起女同事们的不满,她们嘻嘻哈哈地,往嘴里夹着菜,又送着饭,却还堵不住嘴,要我一定不能食言,她们都有认识冯举旗的意思,在茶馆里坐坐,在酒吧里泡泡,真的不错呢!可是,人家冯举旗有没有那个意思呢?我的女同事们在号吵着要结识冯举旗,要和冯举旗泡酒吧,要和冯举旗坐茶馆时,我留意着郎抱玉,她也在女同事们的中间,但她没有插话,只是专心专意地夹着她的菜,刨着她的饭。当然,这不等于她不关心女同胞们的号吵,她都听进去了,而且可以肯定,她听得可是很用心哩,这从她一会儿皱一下眉头,一会儿停下咀嚼的嘴巴,显出一副若有所思的模样可以看得非常清楚。别人不知其中的缘由,我是知道的,郎抱玉和冯举旗在大学是同学,而且不是一般的同学。花前月下的,俩人把什么都做了,搂搂抱抱,耳鬓厮磨,你亲我一嘴,我亲你一嘴,说的话不只使他俩耳根子发热,便是深埋在肚子里的两颗心也都突突地发着烫哩。后来工作了,冯举旗在市委办公室工作,郎抱玉在报社工作,俩人还是热恋不断,差不多都到了谈婚论嫁的地步呢。

可惜了,一对山盟海誓的情侣最后劳燕分飞,冯举旗要回坡头村,郎抱玉拉不住,活生生割断了一段鸳鸯情。这一次我回坡头村来,见了冯举旗,知道他竟然还是光棍一个,这让我不仅为他和女同志郎抱玉的那段恋情大为叹息了。

从坡头村往周村镇走,要翻村头上的那条大沟,冯举旗的家就在村口的沟边上。我走到他家的门前,驻足站了一阵子,正是这一站,让我的心里一阵发酸,像喝了太多的醋水一样,把心淹得又酸又痛。插队在坡头村

的时候，我没少进冯举旗家的门，那时他们的家不能说是全村最好的，却也不输哪一家，土打的院墙，土垒的房屋，都覆盖着清一色的小青瓦，看上去既规整，又爽洁，非常地乡村。冯举旗的母亲在，冯举旗的父亲也在，人全家全，非常温暖，非常和睦。我到了他们家，无论是不是吃饭的时间，冯举旗的母亲都要给我弄一口吃的，说我年轻，正长身子，可不敢在嘴上亏了；接着抱怨知青下乡是造孽，好好的，长在城里，长在父母跟前，得罪谁了？把人家娃娃撵到乡下来吃苦受罪……听着冯举旗母亲的抱怨，我有几次眼睛热喷喷的，差点儿滚出眼泪来，为了掩饰就只有埋下头来，狼吞冯举旗的母亲端给我的吃货了。

不瞒大家说，冯举旗的母亲端给我的吃货一点儿都不特别，甚至非常的土，都是坡头村人日常的食物，一块馍馍，一片锅盔，可我日后一旦想起来，都要香得满嘴生津的。

当然了，我每每寻到冯举旗家里来，绝不是贪图冯举旗的母亲端给我的吃货，绝对不是。我所以一次一次地来，是来找冯举旗的父亲冯求是的。那个时候，冯求是像现在的冯举旗一样，担任着周村中学校长的职务，我来找他，是要向他求教一些学习上的疑问的。

下乡插队并不是我自愿，形势所迫，谁能免得了。但我插队在坡头村，不知是读书的梦没破，还是别的什么动力鼓励着我，我坚持着我的学习，语文、数学、理化，有空没空，我都要挤出空闲来，把带到坡头村来的一些旧课本认真地阅读和演算下去。但是有些问题阻碍着我，我阅读不懂，或是演算不下去，就去冯举旗的家找他父亲冯求是，要他给我讲，而他也是诲人不倦，娓娓道来，仿佛抽丝剥茧，总能使我从学习的困境里走出来。

冯举旗那时还小，三四岁的样子，虎头虎脑的，我在向他父亲求教时，他也参加进来，瞪着一双乌溜溜的圆眼睛，把我看上一阵，然后又去看他的父亲，一脸对知识的迷惑，一脸对知识的热爱。

那时候是个"文盲"盛行的时代，所有人都以文盲自居，所有人在公众场合里相见，都要先自觉报一声家门，说自己是个文盲，大字识不下一箩筐。谁有知识谁反动，谁有文化是谁错。冯举旗那当着中学校长的父亲冯求是肯定不这么看，他发现我热心学习文化知识，就特别地喜欢我，每一次在我求教以后，他送我出他家的大门，冯举旗跟着跑来，他就会把他的手轻轻地抚摸在冯举旗的头发上，低头给他说。

冯求是说：你呀，可要向项治邦学习哩！

老校长过去说的话，言犹在耳，可我再也看不到他了，他和他的老伴都撒手人寰，到另一个世界去了。我想知道，老人家在天有灵，可否知道，他们的儿子冯举旗现在还打着光棍？同样的是，他们可否知道，他们在坡头村留给冯举旗的家，已破败得让人不忍目睹了。土墙墙头上的小青瓦颓落到了墙根，青瓦盖顶的房屋有几处也塌下了洞眼，还有，栽在他们家门前的那棵梧桐树呢？

哦，当时长得已有碗口粗的梧桐树，在坡头村密密匝匝的许多树木里，是鹤立鸡群的，梧桐树的身子挺拔高挑，像刷了一层绿漆似的，油光光，亮光光，我每次去冯举旗的家，走到他家门口，都要忍不住伸出手来，去梧桐树上摸一把。我听冯举旗的父亲冯求是谈过，他说这棵梧桐树是他师范毕业回村来，在村里小学当教师的那一年栽下的。人常说，"栽下梧桐树，自有凤凰来"。他希望自己就是一棵迎风摇摆的梧桐树，引来凤凰，让凤凰得到教育，然后再飞出去，飞得越高越好，飞得越远越好。

梧桐树，冯举旗父亲冯求是的梧桐树啊，被冯举旗写成了一篇小散文，刊发在《陈仓晚报》上，现在就拿在我的手里，我来找冯举旗，找他文中的梧桐树，但却不见了梧桐树的踪影。

梧桐树去了哪儿呢？

2

梧桐树移栽到周村镇镇中学的大门口来了。

从坡头村往周村镇上去有六七里的路程，没有公共汽车坐，我就走着去了。在坡头村插队的日子，我没少走这条路，那时候的路不像现在，既没有通公交，也没有硬化。那时候，就只是人畜走出来的一条土路，雨天满是泥水，旱天又满是土末，走一趟不容易。但我不能不走，日用的肥皂洗衣粉，还有牙膏牙刷什么的，坡头村里没有卖，再难走，都要去周村公社的百货商店里去添置。这是我插队坡头村时常去周村的一个理由，还有一个理由，我知道，冯举旗的父亲冯求是也知道，那就是我找老校长请教了。我的身体随着下乡插队的大流到坡头村来了，但我的心还在陈仓城里，还在被搅得很臭了的知识海洋里。冯举旗的父亲冯求是回到坡头村来，我就撵到他家去求教，冯举旗的父亲冯求是没有回来，还在他当校长的周村中学，我就只有撵到周村中学去求教了。

冯举旗的父亲冯求是对我的学习精神很欣赏，让我在那个灰暗的时代，获得了如同阳光和雨露一般的滋养。周村中学教师力量非常薄弱，冯举旗的父亲冯求是看见我很上进，而且还有比较扎实的知识基础，就在我插队的最后时期，为我在周村中学谋得了一个代课教师的名额，让我有条件更容易地接触他，向他随时随地地求教学习了。因此，有很长一个时期，清早起来，太阳还没有出来，我便急匆匆从坡头村往周村中学去；晚上，太阳下了山，我又从周村中学急匆匆回坡头村。我把这条路走得那个熟，常常是，因为困倦闭着眼睛走，也能不偏不倚、端端正正地来了又去，去了又回。

远远的，我就看见周村镇中学的红砖围墙了，而且也还看见了校门口的那棵梧桐树。

这个时候，我还不能保证那棵看上去高高大大的、枝繁叶茂的梧桐树，就是从坡头村冯举旗家门前移栽过来的，也不知道是谁移栽来的，但我一眼看见那棵梧桐树，便立即感到一股热流从心底生发出来，流荡到我身边的每一个细处，我忍不住眼睛发涩，鼻子发酸，差点儿流出一串泪水来。

赶着这个时候，冯举旗的父亲冯求是又一次充塞进了我的所有感官神经，让我不禁脱口而出，感激不尽地叫了一声："老校长！"

把自己的全部热情都倾注给了乡村教育的老校长冯求是，对我的帮助是巨大的，但我知道，他对他的学生的爱护和成长，所做的努力更加巨大。那是一个谁有知识谁反动的时代。冯求是从事教育工作，就是教给青少年知识的，按那时的认识逻辑，他应该就是反动的，而且也是需要改造的，可他却显得十分天真，对此有点儿懵懂无知，非常守则地做着他的校长，非常认真地教育着他的学生，他说过，误人子弟是最大的犯罪。

然而遗憾的是，当时的风气并不支持老校长的作为，不仅是周村中学，全国的学校里，老师的教学风气很不正常，学生的学习风气也很不正常，闻名全国的"白卷英雄"就是那个时代的典型代表。冯求是没职没权，他管不了全国教育的问题，但对他任校长的周村中学是一定要扭转的。身为老师，不履行老师的职责，还是什么老师？身为学生，不努力学习，还是什么学生？冯求是不太信那个邪，他要带领全校的教师狠抓学生们的课堂学习的。我所以被冯求是推崇，有幸成为周村中学的一名代课老师，就完全出于冯求是的这一指导精神。

在周村中学里，我切身体会到了老校长冯求是的教学魅力，太吸引人了。农村中学的学生求知欲望还是非常强烈的，我敢说，在那个时代，有老校长冯求是的努力，周村中学的教学和学习风气该是全国最好的呢。上边没有统一的教学材料，冯求是就带领学校的老师自己来编印。我的蜡版刻得不错，老校长冯求是就把刻写蜡版的任务交给了我，热天的时候，我会刻得一身大汗，老校长冯求是没有别的办法，他就拿着一把大蒲扇，站在我的身边，一下一下地给我扇风送凉；到了冬天，天又冷得我的手捏不

住刻蜡版的钢针笔,老校长冯求是就烧了开水,装在一个盐水瓶里,给我拿来,让我双手掬着盐水瓶取暖……要我说,在我后来考取了大学,毕业后在《陈仓晚报》工作,于众多编辑记者中,公认是一个多面手,可不就是在周村中学短短的一段时间磨炼出来的!

为了提高学生的学习积极性,老校长冯求是还把他的一手绝活使出来,那便是他的手影表演了。那时候的娱乐活动少之又少,偶尔的一场电影,也都是大家看了多少遍的《地雷战》《地道战》什么的,大家都看烦了,而老校长冯求是的手影永远是新鲜的、独一无二的。周村中学的老师和同学们,在紧张地工作学习一段时间后,就会要求老校长冯求是给大家来一场手影表演。大家有要求,他也就会满口应承下来的,而且积极地准备,选在一个周末的傍晚,来为大家进行手影表演了。

手影表演的条件是简单的,薄薄的一面白色纱布往老校长冯求是宿办合一的房门上一挂,他站在门背后,借着房门里的灯光,伸出双手,在白白的纱布后面,变幻出许多有趣的事物来,首先跑来的是一只小鸡,后面跟来的就是一只小猫,小猫的后面跟来的又是一只小狗……家畜家禽是老校长手影表演的主要内容,不过,虽然还是小鸡、小猫、小狗什么的,但他每表演一次,都有一次的不同,后来我看了进口的美国卡通作品,譬如《猫和老鼠》,还譬如《唐老鸭》什么的,就很有老校长冯求是手影表演的韵味。总而言之,老校长冯求是的手影表演是非常成功的,在一片嘻嘻哈哈的笑声里,老师和同学们放松了下来,在以后的日子里,就都能集中精力很好地开展教育和学习了。

偏偏地,老校长的手影表演让人大感意外地出了问题。

是个什么问题呢?现在说起来,几乎就是一个笑话了。老校长冯求是又一次给老师和同学们在他宿办合一的房门口表演手影,一段小鸡、小猫、小狗的表演过后,老校长创造性地做起了人物表演,这些人物都不是中国人,但又都是中国人最为熟悉的几个,他们是布尔什维克的领袖列宁、斯大林，此外还有被我们国家批判为修正主义者的赫鲁晓夫。

这没什么好说的，老校长冯求是为了准备这场手影表演，做了充分的准备。表演列宁的那一折子，他依据的蓝本是前苏联电影《列宁在1918》；表演斯大林的那一折子，他依据的蓝本是前苏联电影《斯大林格勒保卫战》；唯独表演赫鲁晓夫的那一折子是他自己的创作，没有人知道他所依据的是什么，但这又有什么不可以的呢？他把三位前苏联的布尔什维克的领袖，从不同场景、不同角度，全都表演得惟妙惟肖，让观看表演的人好不开心。现场的情况是一会儿一阵掌声，一会儿一阵掌声，特别是大家都比较熟悉的一些场景，就更能引起共鸣，在他表演时，根据剧情，还都会异口同声地要念出来。譬如师生在观看列宁的那一折子时，就都会学着列宁的口气，很是嘹亮地念出了列宁的道白：

牛奶会有的，面包会有的，一切都会有的。

可是问题还是出来了。第二天，老师和同学在校园里发现了一张大字报，白纸黑字，用词十分激烈，批判老校长冯求是公然宣传修正主义的东西，并号召全校有革命斗争精神的师生勇敢地站出来，揪出窝藏在周村镇中学的"苏联修正主义分子"的孝子贤孙冯求是，让他老老实实、规规矩矩地交代他的罪恶思想，从灵魂深处闹革命，以求得到革命群众的谅解，迅速站到人民的一边来。

形势急转直下，糊好的高帽子戴在老校长冯求是的头上了，糊好的大牌子挂在老校长冯求是的脖子上了，批判会开得既热烈又激烈，先是批判他鼓吹修正主义，批判到后来，就又批判他的"白专思想"，在周村中学不抓革命，只抓教学，是彻头彻尾的反动分子。

老校长冯求是被押在学校的操场上，被批判得脸色发白，一副十分虚弱的样子，我在一旁看得好不心酸，但我是无能为力的，只有干着急，一点儿办法都没有。不过，全国的形势在这个时候发生了翻天覆地的变化，一言不发的老校长冯求是只接受了这一场批判，就被上边叫停了。

"四人帮"的垮台救了老校长冯求是，他可以重整旗鼓，放心大胆地在周村中学抓教学了。推荐上大学、上中专的政策取消了，实行统考统招，这使周村中学占了不小的便宜，有许多年轻的教师和学生乘着这次浩浩荡荡的东风，考进了大学，考进了中专。

我是其中的一个。在我打好铺盖行李，要离开坡头村时，在周村中学忙得四脚朝天的老校长冯求是赶回村里来送我，这使我十分难堪和羞愧。我是想着要向老校长冯求是告别的，我还要当面感谢他，可我……正在我难堪得满脸通红时，老校长冯求是笑着给我整理我已背上肩头的行李，跟我说着话，消解着我的难堪。

老校长冯求是说：看着你考上大学要走，我是真高兴哩！

我想跟着老校长冯求是的话，说一说我没去周村中学向他拜谢的心事，但被老校长接下来的话堵了回去。

老校长冯求是说：你啥话都甭说，我心里明白着哩。周村中学需要你这样求上进、有激情的老师。你要离开了，是到大学深造的，我不能挡你。你走吧，学成了再回来，不是更好吗？

我脸上的羞红褪下去了，我向老校长点了点头。但我没有履行我对老校长点头的承诺，大学毕业后，留在了陈仓城，没有再回周村中学。

心里想着可亲可敬的老校长冯求是，我的脚步，就也踏踏实实地踏进了栽在周村中学门前的梧桐树树荫下。

3

张开双臂,我抱住了梧桐树,还把脸深情地贴在它青翠光滑的树皮上。没有哪一棵树能和梧桐树媲美了,要不然,传说中的凤凰何以只拣梧桐树而栖。我的脸贴在梧桐树上,还能感觉到一种人的体温,烫烫的,十分温暖,这让我又一次想到周村镇中学的老校长冯求是,在他的帮助下,我顺利考上大学,在离开坡头村时,他在梧桐树下轻轻地拥抱了我,那是对我的关爱,也是对我的祝福。许多年过去了,我觉得,我此刻拥抱着的梧桐树所传达给我的那一股温热的劲儿,就还是当年老校长拥抱我的那个感觉。

紧紧地搂抱着梧桐树,我还抬头顺着树干向上张望,我看见了两只刻在树干上的眼睛。

我搂抱着梧桐树上的两条胳膊一松,向后退了几步,依然仰着头,眼睛眨也不眨地看着梧桐树干上显得苍老了的眼睛。我没有任何证据,但我却有许许多多的理由,认定这就是老校长冯求是的那棵梧桐树,而且还认定梧桐树上两只刻上去的眼睛,就是老校长冯求是的眼睛,我由不得自己,感到一股热流在眼眶里涌动,而且已有两颗晶莹的泪珠冲破了眼眶的羁绊,滚落到了我的脸上。

我没有注意,在我与梧桐树深情交流的时候,早有一个人从周村中学的大门里走出来,静静地站在我的身后,静静观察着我的一举一动。

这个人不是别人,他正是老校长冯求是的儿子,现任周村中学校长的冯举旗。

冯举旗是听到了学生任出息的报告,而匆匆赶来的。

任出息给他说了,有个城里人在学校门口搂抱梧桐树,还把脸贴在梧桐树的树身上……大树进城,冯举旗在报纸和电视新闻节目里早就熟悉了这个新词,而且也从乡村的实际生活里,不断体会到这个词的蛮不讲理和霸道，坡头村刻着"岁岁喜鹊"的合欢树，就是因为这个新词的蛊惑，被盗卖进了城。此外，他还听到召陈村的大槐树，桃李村的大榆树，东张村的大杜梨树……先先后后都被城里人看准，而后又都千方百计地盗卖了去。冯举旗对此是有意见的，他在学校的老师和同学之间多次说过，城市太贪婪了，什么都向农村伸手，好像农村就是一头任凭城市宰割的大肥牛，想要耳朵了割耳朵，想要尾巴了割尾巴，把头好好的大肥牛，割得只剩下一双睁着的眼睛和一颗还在跳动的心。真不知道城市哪一天狠下心来，把大肥牛的眼睛也剜了去，把大肥牛的心脏也割了去，大肥牛没命了，城市就还能好好地活着吗？冯举旗的论调在周村中学周边的乡村流传得很广，几乎无人不知，他后来还进一步补充自己的论调，说是生长在村里的大树老树，可就是乡村的心脏、乡村的魂魄，哪怕我们走出了乡村千里万里地去，我们成了没有根基的游子，但我们忘不了根植在故土上的那些大树，一棵一棵参天的大树就生长在游子的心里，一年又一年，一代又一代，游子牵挂着故土上的大树，大树也牵挂着远方的游子，游子们回家来了，远远地看见了在故土迎风鼓荡的大树，游子的心就踏实下来了，游子就知道他回家了。

周村中学的教师和学生都深受校长冯举旗的影响，他们都反对把遍布在乡村的大树挖刨出来，卖进城里去。任出息是复读班的一名女学生，她长得高挑而又白皙，如果要在周村中学评选校花，任出息当之无愧地会被推选出来。在我搂抱住梧桐树并深情地依偎着时，她坐在教室里正在上一节语文课。作为复读班的学生，这节课她上过三遍了，复读一年上一年，都是同一个老师上，任出息一连复读了三年，她把那个老师的讲读已经可以不漏一字地背诵出来，所以她听得一点儿都不专注，甚至有点儿信马由缰，身在教室里坐着，心却不知跑到哪儿去了。恰在这时，她透过教室的窗玻璃看见了搂抱梧桐树的我，她第一个印象是，我项治邦可是一个从城里来倒卖大树的树贩子？她一下子警觉起来，想到了校长冯举旗说过的话，她忽地站起来，给正在上课的语文老师连个招呼都没打，就急急忙忙地从教室里跑出来，往冯举旗的办公室里跑了。

跑出教室的任出息不知道被她扔在身后的教室里，那个讲得满嘴白沫，却讲得一点儿乐趣都没有的语文老师，把他的眼睛和嘴都张成一个"O"形，还有同在一个班上复读的几十号同学，也都吃惊着任出息的举动，纷纷站起来，和吃惊着的语文老师，一起看着任出息向校长办公室奔去。

过去，任出息去校长冯举旗的办公室，她会在办公室门外站一会儿，让自己的心跳平静平静，然后再向校长冯举旗报告，得到冯举旗回应，她才推门进去。这一次，她到了校长冯举旗的办公室门口，也喊报告了，但她喊得很急促，而且也没有等冯举旗应声，就把虚掩着的门推开来，并立即告诉冯举旗，说是有人在学校门口搂抱梧桐树哩。

现在的乡村中学问题一大堆，教学经费短缺，师资力量薄弱，教学质量上不去，哪一件事都会让冯举旗头痛不已。因此他正为这些事在办公室伤着脑筋，任出息推门进来，报告了他这样一个消息，让他一时还懵懂得不知所以。于是，他问了任出息一句。

冯举旗问：你说……你说有人在学校门口搂抱梧桐树哩？

任出息说：我怀疑那人在打咱学校梧桐树的主意！

冯举旗听出了问题的严重性，他放下手里的活儿。他正干的活儿是一份文件，这份文件是他自己草拟的，他已经字斟句酌地修改了好几遍，但他还想再认真地推敲一遍，把这份文件尽可能地搞完美，然后送给镇党委，同时也给县教育局抄送一份。在这份文件里，冯举旗对乡村教育的问题进行了多方面的探究和整理，譬如师资力量，譬如教育经费，还譬如生活问题。他还从周村镇中学的实际出发，有针对性地提出了自己的意见。冯举旗希望他的担心和关切，也能引起镇领导和县教育局领导的重视，并能采取必要的措施。文件的最后还涉及了教师婚姻和家庭问题。他以周村中学为例，写到适龄男教师的比例远远大于女教师，他们血气方刚，跃跃欲试，都希望找到自己的另一半，可是现实是残酷的，他们找不到自己的另一半。冯举旗看得见，那些急于找到自己另一半的男教师的眼仁子都是血红的，像有火在燃烧，还有他们的脸面不约而同地生出疙瘩来，红赤赤白蜡蜡，让人看上去，真是要有多么触目惊心就有多么触目惊心。偶然地分配来一个适龄的女教师，在这样一群饥不择食者的包围下，全都吓得如敏感的兔子一般，在县城或是更大的城市——陈仓、西安的什么地方，攀上一门快婿，这便脚底抹油，溜之乎也。

就在前些日子，周村中学报道了一位本科毕业的女教师，一个星期都没过，就向冯举旗告假走了。这一走，冯举旗给人家打电话，人家女教师把电话号码都换了。

女教师走时，满含着眼泪的眼睛里，也满含着惊恐。她说了一句使冯举旗伤痛不已的话。

女教师说：咱们中学是个狼窝吗？

狼窝！冯举旗几天来为这个词苦恼不已。他得承认，女教师说得不无道理，她的到来，让光棍男教师们一窝蜂地献殷勤，你让人家姑娘怎么招架得了。

逃跑了的女教师把周村中学比喻成"狼窝"，而光棍男教师们也为周村中学起了个雅号，美其名曰"和尚村"。

光棍男教师们对周村中学的叫法，冯举旗是深以为然的，即便是担任校长的他，可不也是光葫芦的"方丈"一个吗？

冯举旗决心向镇上的领导和县教育局领导，以文件的方式反映周村中学的实际，他就是这么决定下来的。

把最后就要敲定的文件往桌边一推，冯举旗站起来，匆匆往学校门口走去，在他的身后，紧紧跟着的还有报告消息的任出息。再往后边，还有打了下课铃，蜂拥而至，从四面八方跑来的教师和学生们。

我感受到了学校门口的变化，回过头来，第一眼就看见了满眼狐疑的冯举旗，以及他身边站着的任出息，和陆续跑来的其他教师和学生们。

我必须承认，冯举旗生活得太像老校长冯求是了。我脱口而出，叫了他一声：举旗呀！

冯举旗显然还没认出我来，他迟疑地问了一句：你是？

我没等他的话落音，就说：我是项治邦。

冯举旗向前跨了一步，有点儿冲动地说：是你呀！大记者。

任出息发现我们互相认识，她的脸上便蓦地生出许多喜气来，还有围拢来的教师和学生们，在这一刻也都站住不动了，他们的脸上，也都如任出息一般，生出他们这个年纪该有的那种喜气来。

4

你说娃不学好怎么办？

打！

打谁？怎么打？

还能打谁？你说，还能打你吗？

在坡头村做知青时，我没少听老校长冯求是和村里的学生家长讨论这个问题。那个时候，盛行的是"学习无用"，盛行的是"学工、学农""停课闹革命"。这使处在学习阶段的学生们差不多都有那么点儿无法无天，什么样的事儿都做得出来，突然一哇声地把一个老师揪出来，戴上纸牌批判斗争；突然又一哇声冲到周村的大街上，高呼着口号，指戳着一街两行的雕花门窗，说那是"四旧"，这便噼里啪啦地一顿砸，砸得稀巴烂后，就又高呼着口号，指戳着房顶上的五脊六兽说是"四旧"，这就又端出高高的木梯爬上房顶，噼里啪啦地一顿砸，把那些砖雕的屋脊也砸得稀巴烂……老校长阻拦过他的学生乱砸乱打，也保护过他的教师不被学生揪斗批判，但结果是，他被学生们揪出来批判了，他被学生当作"四旧"挨砸挨打了。对此，老校长冯求是一点儿办法都没有。时势如此，他没有办法，就还想在学生家长的面前讨办法，所以就有了我在坡头村听到的，老校长冯求是和学生家长们的这样一种对话。

对学生家长说给老校长的办法，他敢用吗？他能用吗？

很显然，老校长冯求是是不敢给学生用的，但他可以给自己用。因而很多时候，在学生们不受约束、任意乱来时，老校长冯求是就站在学生们的对面，他抬起巴掌来打自己了。他不打别处，只打自己的脸，"啪"的一下，"啪"的一下……学生们不停止自己的胡作非为，老校长冯求是就不停下打自己耳光的手，常常是，他会把自己的脸打得先是一片白，然后又是一片红，最后又会是一片青。

学生们毕竟都还小，有颗稚嫩的心，不怎么敢看老校长冯求是打他自己耳光。他们胡作非为时，只要看见老校长冯求是抽打他自己的耳光，他们都会有所收敛，然后坐进教室里，老实地坐在课桌前，听老师给他们讲解算术题，教他们读语文生字。

我受校长冯求是的抬爱来周村中学代课时，学校里的情况，比之以前好了许多，学生们都知道了学习的重要，也懂得了知识的重要，老师们的教学是认真的，学生们的学习也是认真的，但也无法排除个别老师和学生不能把放出去的心收回来，认真的教学，认真的学习，其中有位青年教师，还和一位年龄大了的学生悄悄地谈起了恋爱。这事被老校长发现了，在一个集体早操的时候，老校长冯求是把大家集中起来，以班级为单位，列队站了黑压压一大片。老校长冯求是没点名地批评了师生恋爱的事，他说得激动，说到后来，就又一次地抬起巴掌，"啪、啪、啪"地打起了自己的脸。

老校长冯求是说了:有良心的也抬手打一打自己的脸,看咱做的事好不好?对不对?

那是老校长冯求是最后一次打自己的脸吗?我不知道。但当时我实在看不下去,从队列里跑上去,抱住老校长的右手,不让他打自己的脸,可他又抬起左手,还往自己的脸上打,我放下右手去抱左手,刚抱住左手,他又抬起右手打自己的脸。教师中又跑上来两个人,和我一起,抱胳膊的抱胳膊,抱腰的抱腰,这才有效地制止了老校长冯求是打他耳光的举动。

在周村中学的校园里,冯举旗陪着我到处去走,让我不由自主地想起了许多过去的事情,特别是老校长冯求是,他不能体罚学生,就以打自己耳光的方式,警示他的学生。我把这件事告诉了冯举旗,原以为他会惊讶,但却没有,他表现得非常平静,好像我所说的老校长冯求是不是他的父亲,而只是一个与他没有任何血缘关系的人,这使我有点儿纳闷。在校园里慢慢地走着,我发现处处都有老校长冯求是留下的踪迹:一排排老旧的砖砌教室,一排排老旧的课桌,以及硬土的操场,和操场上的木杆篮球板、水泥乒乓球台,过去了那么多年,除了一些小修小补外,全都是原来的样子。

在周村中学,我没有别的话题和冯举旗说,我的心里满是老校长冯求是,再开口,我还说的是老校长,哪怕冯举旗对我说老校长没有多少兴趣。

我向冯举旗问起了梧桐树。

我说了:举旗,你说梧桐树是老校长移栽来的?

冯举旗回答着我:是我爸移栽来的。

我又说:老校长是什么时候移栽来的?

冯举旗说:是他病重的时候。

学生们都放学了,周村中学静了下来,我和冯举旗边走边说,我俩没有注意,太阳已经落在遥远的西山顶上,它在天空燃烧了一天,也许是太

困了，仅仅地枕了一小会儿，便刺溜下山，只把西边的天际线涂染得彩霞飞扬。我要求冯举旗，让他把我走了后的老校长冯求是给我认真说一说，而且特别叮嘱他，把移栽梧桐树的事给我说仔细些。

冯举旗没有让我失望。

他沉默了一阵子，我想他也许是回忆吧。果然，当我俩慢慢踱着步，从周村中学的校园走出来，又一次地走到梧桐树下的时候，他开口说起来了。

5

把家门口的梧桐树移栽到周村中学来的决定，是老校长生前做的最后一件事。

热爱着乡村教育，并把毕生精力都投入到周村中学的老校长冯求是，眼看就要奔六十岁了。时间对每一个人好像都很公平，不会给这一个长了，又给那一个短了，一样地随着地球在太阳的作用下，一圈一圈地转着，从少年转到青年，又从青年转到中年，再从中年转到老年。老校长冯求是对此是没有怨言的，而且一点儿意见都没有，但他依然割舍不下放在心上的乡村教育，他觉得那一份担子像是结在他心上的一颗鲜艳的果子，要他摘下来，就几乎是摘他的心一样难受。而且他已敏锐地发现，改革开放后快速发展的乡村教育，在经历了一段甜蜜的时期后，不可避免地将要面临一段相对苦涩的日子。乡村教育留不住教师，主要是好教师，在市一级或者省一级获得个优秀教师的称号，就在乡村学校待不住了，如果还是个语文、数学、理化教研方面的拔尖人才，那就更成了香饽饽，本人不愿在乡村学校里留，城里的学校又千方百计地挖，给高报酬，给大房子，老婆子女带上，一窝子往城里搬……周村中学就有三个这样的教学能手，都是在老校长的关心下成长起来的，也都阻挡不了城市的诱惑，先先后后地告别了周村中学，举家进城去了。

三个教学能手，一个是教数学的，一个是教物理的，一个是教化学的。他们三个，用老校长冯求是的话说，就是周村中学的三根柱子。当然，他没说他也是一根柱子，一座好的建筑有四根柱子，才能很好地顶起来，抽掉一根，就必然会向一边倾斜。但是非常可悲，周村中学的三根柱子呼啦啦抽身而去，这叫老校长冯求是可怎么办呢？

要退休了，眼睛睁着不管不就是个办法吗？但这就不是冯求是了。

老校长急得满嘴的燎泡，前边教物理和化学的两位教学能手，一个给老校长冯求是还打了声招呼，一个连招呼都没打，就都被高待遇挖走了，剩下一个教数学的教学能手，据可靠人士传话过来，也正紧锣密鼓地准备进城去。老校长冯求是不能看着数学教学能手也走掉，他要做他的工作了。

周村镇有了二十多年的快速发展，民风民俗及文化方面都有些进步，好像都非常开放。正是这开放让老校长冯求是有了许多苦恼，他所看到听到的，似乎都不怎么理想，倒是镇街上的小楼仿佛雨后的蘑菇，或高或低，或肥或瘦，一街两行地往出生着，十天半个月不到镇街上转，就有点儿难以辨认的恍惚感。乡村百姓的日子过到今天，变化得叫人陌生，农忙时他们会回到村庄里去，忙上一些日子，把农活忙过去了，就又都拥进镇街上来。原来三、六、九逢集，现在天天都是大集，吃吃喝喝的饭店酒肆，耍耍闹闹的歌舞厅、麻将馆，比比皆是。老校长冯求是选择了一个周末，傍黑在镇街上一家叫"客再来"的饭店，订了一个小间，约了数学教学能手，要苦口婆心地劝劝他了。

老校长冯求是想着他要先到饭店的，但他还是晚到了一步，数学教学能手早就来到饭店等着他了。老校长刚一踏进他预先订下的包间，就见数学教学能手笑眯眯地迎上来，把菜单往老校长手里一推，对老校长说：校长你点，拣好的点，我埋单。

老校长冯求是反对数学教学能手，说：我请的客哩，怎么能是你埋单？

数学教学能手说：校长对我有栽培之恩，我要走了，怎么说都该请校长一顿饭的。

闻其言，用五雷轰顶来形容，也差不了多少。老校长冯求是手里拿着菜单，愣愣地站在原地，动都不会动了，用眼睛盯着数学教学能手，盯了好一会儿，把数学教学能手盯得都低下了头，老校长才像缓过一口气来，他问数学教学能手了。

老校长说：都准备好了？

数学教学能手说：都准备好了。

老校长说：不去行吗？

数学教学能手说：把人家的房门钥匙都拿到手里了。

老校长说：我跟镇上领导、县局领导都说了，像你们有特殊才能的老师，咱们也可以特殊对待。

数学教学能手说：这不是特殊对待的问题。

老校长说：那是啥问题？

数学教学能手说：我得有学生教呀！特别是好的学生，咱们学校有吗？我不想把我的所学空耗在咱们这儿。

还能怎么说呢？老校长冯求是没有话说了。他比数学教学能手更清楚，不只是他们周村中学，乡村中学如今都面临着生源不足的问题。乡村中有点儿办法的家长都把孩子转到城里读书去了，留在本乡读书的孩子，个别突出的，早有城里的学校打探出来，不惜血本地挖走，家长放心不下，他们就给家长租房子让家长陪在孩子身边。全省的高考状元，理工科的、文科的、外语的，几乎都是城里的中学培养出来的，其中就有从乡村中学挖去的尖子生。

好的老师要挖，好的学生要挖，你让乡村中学还怎么往好办嘛！

怨气归怨气，老校长冯求是一点儿办法都没有，他约了数学教学能手来吃饭，本来是做对方的工作，让他留下来的，不承想，几句话后就再说不下去了。不过饭还是吃了，酒还是喝了，但那饭吃得像是嚼蜡，酒也喝得像是灌药。

数学教学能手走了。让校长更想不到的是，数学教学能手带着两个尖子生，也跟着他一起走了。

郁闷不堪的老校长冯求是，就在数学教学能手走的那天，去校门口送他，看着他走，走得看不见了，便下了一个决心，要把自己生在坡头村家门口的那棵梧桐树移栽过来，栽在周村中学的校门口。

下定这个决心的时候，冯求是给他的儿子冯举旗打了一个电话，让他回来一下。老校长没说他要移栽梧桐树，只说他觉得自己的胸腔右侧不舒服。

老校长冯求是没有哄他儿子冯举旗，他的胸腔右侧，也就是肝脏那儿，的确是不舒服，甚至有种隐隐的痛，就像他的老伴儿到了生命晚期时一个样。老伴儿是患了胰腺肿瘤去世的，他怀疑自己也可能是。

冯举旗这时候已从大学毕业，在陈仓市委的秘书班子里工作，他的文笔不错，处理起材料来算得上得心应手。听到父亲冯求是的电话，他想到了去世的母亲，担心父亲像母亲一样把自己耽搁了，想要采取补救措施都不能。事不宜迟，冯举旗请了假，迅速回到坡头村来，见到父亲冯求是，他开口就问。

冯举旗说：爸，你别吓我！

冯求是说：爸不吓我娃。

冯举旗说：不吓你娃你咋说你……

冯求是截断冯举旗的话，说：不吓你，你能这么快回来？

冯举旗说：爸，你说的啥？

冯求是就笑了说：我不会吓娃的，我叫你回来只有一件事，你给爸把咱家门口的梧桐树移栽到周村中学的门口去。

老父亲决定了的事，冯举旗知道他挡不住。既然挡不住，就不如不挡，顺着父亲的思路，对他不啬也是一种孝顺。因此，依着老父亲的指示，冯举旗请来村上几个人把家门口的梧桐树挖出来，移栽到了周村中学的门口。期间，不断地有电话打来，让冯举旗没事了赶紧回市委，领导有事叫他哩。冯举旗是个扎实认真的人，他把梧桐树移栽到周村中学校门口后，就向父亲告辞，要回市委机关去。但老父亲没有同意他的要求，而是让他继续陪着他到县医院检查了一下。没有检查不敢确定，检查了一下就很确定，冯求是肝上有问题，而且还是晚期，已不能手术治疗了。

刚刚强强的一个人得到这个结论后，躺倒在病床上，就再也没爬起来。直到临终，老校长拉着儿子冯举旗的手，给冯举旗说了。

冯求是说：你能再听爸一句话吗？

冯举旗没说话，噙着眼泪，重重地点了点头。

冯求是说：你知道爸把梧桐树从咱家门口移栽到周村中学校门口的意思吗？

冯举旗依然噙着眼泪，这一次没点头，他摇头了。

冯求是说：爸放心不下周村中学。爸把梧桐树移栽在校门口，吸引不来别的人，你就回来吧，回到咱周村中学做个教师，好教师！

看着被病痛折磨着的老父亲，冯举旗说不出话来，他依旧噙着眼泪，对父亲点了点头。

6

晚走一天，你给咱们周村中学的师生做场报告如何？

冯举旗给我提出了这样一个要求。按说，对他的要求我是应该答应的，因为就在冯举旗向我提出这个要求时，我立即想到老校长冯求是，我是可以把老校长的故事讲给师生们的，但我却迟疑着没有立即答应冯举旗，而冯举旗也没有让我立即回答。他说了，你可以考虑一下，不过你得答应我，跟我一起参加咱们中学一位教师的婚礼吧。对此我能怎么说呢？我说我又不认识人家。冯举旗说，算我代他邀请你怎么样？我能怎么样，我答应了。

在周村中学，我与冯举旗通腿儿住了一个晚上。

听说我答应参加他们的婚礼，那位青年教师赶在我和冯举旗入睡前，还找了来，给我发了一份请柬。在请柬上，我知道了他和新娘的名字，他叫李玉田，新娘叫李玉兰。我笑了，开了他们一句玩笑。

我说：你们是兄妹吗？

李玉田拿眼去看冯举旗，一脸的羞愧之色。冯举旗面无表情，他没接李玉田的眼光，而且也没有看我，他把他的目光从我们的头顶上越过去，以至越过了敞开的房门。我是糊涂了，猜不透我开的玩笑是不好笑呢？还是开得哪儿不对？但我没有多想，跟着我的玩笑话，又还加了一句。

我说：兄妹可是不兴结婚的。

想不到我的这一句玩笑像是一声炸裂的爆竹，把给我送请柬的李玉田吓得不轻。壮壮实实的一个小伙子一下子站都有点儿站不稳，脚不是脚，手不是手，尴尴尬尬地拿眼又看了一眼冯举旗，然后给我仿佛蜂鸣似的说了两句感谢的话，便如一只受惊的兔子慌慌张张地溜了出去。

我责怪冯举旗了：当个校长，架子可是拿得够足呢！

冯举旗解释说：你不知道。

我没有放过他,说:我不知道什么?

冯举旗依然不想告诉我,他说:明天你就知道了。

床不是很宽,我和冯举旗通腿儿躺下,侧着睡,腿想打个弯儿都不能。冯举旗拉灭了灯,黑暗中,他给我说,对不起了。他有什么对不起我的呢?是他刚才的态度吗?还是这窄窄的一张床?我不知道,却也不想使冯举旗的心里存着歉疚睡觉,那样是睡不踏实的。于是,我给冯举旗讲了我在周村中学代教时,我自己的一件事,我想让此事冲淡一下冯举旗心里的愧疚,让他可以睡得好一些。

所谓寒窗苦读,没经历过那样的情景,是绝对想象不出来的。我这么开了个头,但见黑暗中的冯举旗把他闭上的眼睛又睁开了,很是期待地侧目看着我。

那是我到周村中学代课的头一个早晨,我到得很早,跨进学校大门的时候,校园里黑乎乎什么都看不见,但我听得见校园深处有斧子破着柴火的声音,有一下很脆,有一下却很闷,咔!扑……咔!扑……这个时候,是谁在破柴火呢?我循着那一声清脆、一声沉闷的斧子声,走近了看,发现干得一头汗水的人,正是把我抽调到中学来的老校长冯求是。我没说啥,但老校长已经发现了我,我想从他的手里接过斧子,也来破一阵柴火,却被老校长挡了回去。他嘱咐我,头一天代课,你去吧,把你准备的讲义再熟悉熟悉,讲好了,学生就会服气你,听你的话。我不听老校长的话,还想从他的手里夺斧子,但被他很坚决地推开了……我一步一步地离开,离开得很远了,可我依然看得见老校长冯求是抡起来的斧子,在黑暗中闪动的亮光,以及斧子砍在柴火上的声音。

咔!扑……咔!扑……一下清脆,一下沉闷。

因为老校长冯求是的坚持,周村中学没有给老师分灶,都和学生混在一个灶上吃喝,早早晚晚,不说做饭,只是几百口人喝水,就是一个大问题。在灶房的一角搭着一个开水锅,十桶八桶地添进去,烧得要滚起来,没有一捆像样的柴火，是不可能的。农村的中学就是这样，学生们少有在灶上搭伙的，多的是从家里背着锅盔馍来，拿个搪瓷缸子，在开水锅里舀上开水，一口干馍，一口开水，一顿饭就打发过去了。因此，学校什么都能缺，就是不能缺柴火，缺了柴火就烧不出开水，没有开水，学生们就没法开饭。

还是老校长冯求是的倡议，一来为了节约学校本不富足的经费，二来为了减轻学生们的经济负担，他带头顺着坡头沟进山，砍柴回来给学校的大灶上用。我跟着老校长冯求是上了好几回北山，可我再怎么用力，砍回来的柴火都不如老校长冯求是的多，而且一路往学校里运，肩挑背扛，更是不如老校长冯求是的多。我眼里的老校长冯求是，脸是黑糙的，手是黑糙的，不知道他的人，是不会把他看成一个中学校长的，只会把他看成一个地地道道的砍山汉子。

另有一次，我跟着老校长冯求是钻山砍柴火，回程的时候，他问了我一件小事情。

老校长问：你把学生娃的火盆踢了。

我给老校长点头承认了。要知道，其时正有一捆柴火小山似的压在我的背上，都快把我压趴了，肩膀头上火烧火燎地疼，头上脸上又有汗珠子滚豆豆地淌，我是咬着牙的，不咬牙就坚持不下来。因此，我开不了口。

老校长看着我没开口，就还说：学生娃在教室里拢堆火，也是没办法的事哩。

我踢学生拢在教室里的火盆子，已经过去好几天了。其实老校长冯求是不说，我已知道了自己的不对，并和学生们进行了很好的沟通。

那时候的天，到了冬季，比现在不知要冷多少，而乡村似乎更甚。学生们摸黑来学校读书，除了背着的书包，还都提着一个火盆。这样的火盆极为简陋，都是用破的脸盆、破的瓦罐等什么无用的东西，穿上几根铁丝，噗噗烧着暗火提着来的。乡村学校的教室又低又破，窗户上没有玻璃，糊的纸不几天就会被风刮得一个一个的洞眼，学生们提一个火盆进来，倒不觉得什么，但是你一个火盆，他一个火盆，几十个火盆提进了教室，教室里情景就不一样了，仿佛一个巨大的炕洞，到处都是烟，一股一股地从学生们的脚下弥漫起来，爬到学生们的头顶上，又互相地纠缠在一起，肆无忌惮，没完没了，你被呛着了，咔咔咔一阵咳嗽，他被呛着了，咔咔咔一阵咳嗽……我把备了半夜的教案夹在胳肢窝里，到我代课的班上来，刚进教室，就也被很重地呛了一口，立即也如呛着了的学生一样，咔咔咔地咳嗽起来。我咳嗽着，学生们也咳嗽着，教室里满是嘹亮的咳嗽声。大家咳嗽着也还罢了，有个学生咳嗽着，还抬手指着我，又是笑，又是咳嗽，这使我本来就不痛快的情绪，仿佛架在学生火盆上的一把干柴，忽地大烧起来，火冒三丈地赶到笑话我的那名学生身边，抬起脚来，一脚踢翻了他的火盆。

　　我踢得太用劲了，踢得也很不得法，结果惹火烧身，把几个烧得通红的火棍踢得反弹回来，烧着了我的袜子和裤脚。当时我就觉得脚面一阵灼疼，哎哟一声，刚要弯腰下去收拾，那个被我踢翻了火盆的学生先我一头匍匐在地上，用他冻得红肿的小手，在我燃着火的袜子和裤脚上捏着，直到把火捏灭……我的脚是肉长的，他的手也是肉长的，为了捏灭我袜子和裤脚上的火，他红肿的手也被烧伤了，但他没有吭声。我意识到他被烧伤了，抓起他的手，让他张开手来，果然发现他的大拇指、中指和食指都有被火灼焦的地方。我的心疼了一下，拉着他的手往教室外边去，到我的宿舍里。我的宿舍里有我插队在坡头村，从城里带来的碘酒和紫药水。我把他拉着刚出教室门口，便低头发现他的脚上穿的还是草鞋，这让我吃惊不小，惊问了他一声。

　　我问：大冬天的，你怎么穿的草鞋？

　　我的问话，引起教室里其他同学的一片回答。我听大家说：一年四季，他都穿的草鞋。

我给冯举旗说着我在周村中学的往事,他有一句没一句地应着,都是模棱两可的样子,直到我说起那个冬天穿草鞋的学生时,冯举旗才认真起来,黑暗中,他盯着我说了一句话。

冯举旗说:刚才那会儿你没认出来?

我说:什么认出来没认出来?

冯举旗说:李玉田呀!

我在额头上拍了一掌,恍然大悟地说:那个学生是他?!

对了,李玉田给我递他的结婚请柬时,他的拇指肚子和中指指肚都有一块不太大的疤痕,那不就是我踢他火盆的时候留下来的嘛!

一股沉重的负疚感袭上心头,我没就我在周村中学的往事说下去,可我不知道为什么,一点儿睡意都没有,一个身翻过去,没过一会儿,一个身又翻过来……我忍不住又给冯举旗说起话来。这次,我说的还是一个人,一个叫郎抱玉的人。

我说:你知道吗?你发在《陈仓晚报》上的散文,郎抱玉可是都看了,她看得认真,看得有她的心得哩。

我只说了个开头,还想往下说来的,冯举旗却拿话堵我的嘴了。

冯举旗说:睡吧,我困了。

7

咔!扑……咔!扑……

是斧子劈在柴火上的声音把我叫醒的。这种一声清脆、一声沉闷的声音,我是太熟悉了,原来在周村中学,常常都是听着老校长冯求是早起劈柴的声音,我才从被窝里爬出来,现在是谁呢?我在被窝里摸了一下,没摸着冯举旗，因此我想，那熟悉的劈柴声一定是冯举旗弄出来的。

父子两代校长啊！

昨晚睡得本来就晚，睡下了，又一会儿醒，一会儿睡的，直到天明才睡踏实了，但我不好意思再睡下去，在冯举旗的劈柴声里爬起来，胡乱地刷了牙，洗了脸，就从冯举旗宿办合一的屋子里出来，向着烟囱里冒着黑烟的灶房看去，发现冯举旗劈柴劈得正上劲，他把身上的长衣服都脱下来放到了一边，只穿着一件黑色的背心，黑汗黄汗地对付着一堆柴火。在他的旁边，还有一个穿着碎花裙子的姑娘，把冯举旗劈下的柴火揽成一堆，抱到那口烧水的大锅前，往锅底下的火里架着。

这是个太熟悉不过的情景呢！当年我在周村中学代课时是这样，二三十年过去了，怎么还是这个样子呢？我摇了一下头，想着我们国家到处都在变，变得日新月异，让人目不暇接，却还有一个周村中学似乎没有多少变化，因为变化不多，看上去就十分落后。

我向冯举旗走了去，冯举旗还埋头在他劈柴的劳动中，倒是从他身边抱柴到大铁锅前烧火的姑娘眼尖得很，早早地看见了我，迎上来招呼我了。

穿着碎花裙子的姑娘我认识，她就是向冯举旗告我树贩子的任出息。

任出息冲我一脸的红，笑得极为腼腆，她说：项老师好！

我学着我在周村中学代课时的礼节，回了任出息一句：任同学好！

这是个久违了的礼节，不是在周村中学的校园里，我是回不出那一句话的。我给任出息回了一声，让我自己不好意思地乐了起来，任出息也上牙咬着下嘴唇，一脸的乐不可支。劈着柴火的冯举旗，正是听到我和任出息的一问一答，这才直起身子，望着我也乐上了。

冯举旗调侃着我，说：很地道啊！

我也不谦虚，说：稀罕了吧！给你说哩，在周村中学吃粉笔灰，我比你可还要早哩。

冯举旗没在这个话题上与我争，他迅速地转换了一个目标，说我昨晚没睡好，他是想要我在天明时多睡一会儿回笼觉。他这么说着，还向我道了声对不起，说该不是他劈柴的声音把我吵醒的。我不置可否地摊了摊手，向他走得近了些，把他握在手里的斧子接了过来，掂着看了看，发现这把斧子不论斧柄，还是斧头，都还是老校长冯求是当年用的那把，只是斧刃短了一点儿，可是依旧那么锋利，那么有分量。

我接着冯举旗的举动，照着一根柴棒就是一斧子，当下就把那根柴棒劈了一截下来。

冯举旗给我喝彩了：行啊你！

我老实地说：都是跟着老校长学来的。

在我与冯举旗一边劈着柴火，一边说着话的时候，任出息悄悄地把冯举旗脱在一边的长衣服拿在了手里，她的脚边有一个鲜绿鲜绿的塑料脸盆，脸盆里有她兑了洗衣粉的半盆水。她把冯举旗的长衣服一半都泡进水里了，却不由自主地捧起来，凑在鼻尖下轻轻地闻了闻……任出息的这个举动，冯举旗因为背着身没看见，而我正好面对着，便看了个仔细，这使我莫名其妙地想起一个词来：师生恋。

是啊！不是师生恋，任出息怎么会做出那个举动呢？

我把冯举旗很是诡秘地扫了一眼，发现他一脸的真诚与真挚，这让我很是不安，在心里责怪着自己，便在手上使着力，用心地来劈一根斧子下的柴棍。我劈得专心，却又不能自禁，还要偷眼去看给冯举旗洗着长衣裳的任出息。

我的偷看引起了冯举旗的注意，他也回头来看了。他看见了任出息泡在脸盆里的长衣裳，他的眉头皱起来了。

冯举旗的语气是批评的：给你说过几次了，不用你给我洗衣服。

任出息没有听冯举旗的批评，她依然认真地搓洗着冯举旗的长衣裳，洗得鲜绿色的脸盆里，原来清亮亮的半盆水都成了黑乎乎的半盆汤了。

任出息洗着衣裳说：你中午还说参加玉田老师和玉兰的婚礼呢，这身衣服你穿着能去吗？

冯举旗的脸色，因为任出息的埋怨蓦地泛起一层红晕，是那种让人揭了短而还想掩盖的不尴不尬的红。我瞥了一眼冯举旗，把他瞥得更是不好意思。但他端着一个校长的架子，虎着烧红的脸还要批评任出息了。

冯举旗说：我给你说过了，你是学生，你把学生的职责尽好就对了，不要操老师的心。

冯举旗怎么说都不能阻止任出息。她的手依然埋在那个绿色的塑料盆里，认真地搓洗着冯举旗的长衣裳，把那件失颜掉色的长衣裳洗得现出了原来的亮色来。

任出息没听冯举旗的话，让冯举旗在我面前有点儿下不来台，他便撑到任出息跟前，想把那个绿色的塑料盆端过来，可他的手还没伸到塑料盆上，却又被任出息端着躲到了一边。

冯举旗的脸色难看起来了，有一种无可奈何的恼火。

我担心冯举旗给一个女中学生发火，就撑了他两步，拽了拽他的胳膊，把他拉开来，给他说：咱还有一堆柴棒要劈哩。

没法发作的冯举旗从我手里重新拿过斧子，照着柴棒子没头没脑地就是一阵狠劈，把柴棒子劈得狼藉一片。任出息把冯举旗的长衣裳洗得真干净，她洗着，把面子翻着看了看，又把里子翻着看了看，看着如新的一样，她满意了，脸上笑笑的，泼了塑料盆里的水，拧干净了，把长衣裳搭在一边用来晾晒衣裳的粗铁丝上。

三三两两的教师，还有三三两两的住校中学生，这时候端着这样颜色、那样颜色的洗脸盆，以及漱口的杯子和毛巾，陆陆续续地往烧得滚沸的开水房里来了。

我无意胡思乱想，但我眼看着在粗铁丝上旗帜一样飘舞着的长衣裳，还有走开来的任出息，真的不知冯举旗下来和任出息还会有怎样的发展和冲突？

一声喜鹊的啼叫，在我为冯举旗和任出息担心着时，钻进了我的耳朵。我知道，喜鹊就在周村中学校门口的梧桐树上，它们啼叫得那么清脆，那么响亮。

8

在喜鹊一声一声的催促中，我和冯举旗从周村中学的校门里走出来，走过了梧桐树的浓荫，向一旁的周村镇镇街上走了去。

李玉田和李玉兰的婚礼选择的是一个星期日，地点就在镇街上规格相对高级的飞凤大酒店。我知道，很早的时候，周村就是集镇了。周村所以很早就立为集镇，首先在于它的历史，再者就是它的规模了。周村的历史可以追溯到远古时期的青铜时代，我在坡头村插队的时候，就见识过一窖青铜器的出土。出土地点就在周村北面的一处农田基本建设工地上。什么是农田基本建设呢？现在不这么说了，那时候是一项发展农业生产的国策，就是趁着农闲的时候，组织农民对原有的土地重新规划，重新修整。有一句流行当时的口号很能说明问题："立下愚公移山志，敢教日月换新天"。怎么样？口气不小吧。周村一带，包括我插队的坡头村，距离乔山山脉非常近，沿山下来有一条一条的深沟，夹在深沟区间的，就是坡度或大或小的一块块走水地，雨不能下得大，稍微一大，就会形成洪水，把地表上的熟土刮走。所以，这里进行的农田基本建设，就是以平整土地为主了。在平整土地的过程中，很偶然地挖出了一窖青铜器。消息传得很快，四乡八村的人蜂拥而来，一睹出土"宝贝"的芳容。我裹挟在众人之间，非常幸运地观看了那个盛大的场景。后来，我在媒体的报道上知道，二百多件的青铜器中，有件周厉王使用过的青铜簋，非常了得。因此证明，周村的历史是非常久远了呢！几千年发展下来，周村公认为古塬上的第一大集镇，南来北往的客商繁荣着镇上的商业，方圆百里说起周村，任谁都是羡慕的，而且也是向往的。然而，过往的一切，让重新来到周村镇街上的我，还是顿然感到过去的落后，以及如今的发达。

过去的周村街道是质朴的，甚至可以说是土气，而如今是洋气的、开放的，可我却做不出孰优孰劣的判断，倒像是打心眼里怀念的，依然还是过去的质朴和大气。

有人招呼我和冯举旗了。

招呼我俩的是位穿着粗俗的青年女子，她问了冯举旗一声校长好。问过了，又问我是城里来的大记者吧？她问出来后，也不等我们回答，就又问一声大记者好。这个女子快嘴快舌，问了我和冯举旗好后，依然小嘴不停地问我俩其他一些问题。

艳俗女子问的是冯举旗哩。她问：校长是去吃玉田、玉兰的喜宴吧？

冯举旗阴着脸，没有回答艳俗女子的问话。但那女子一点儿都没见怪，脸上的笑像她的衣着一样，艳俗着又把冯举旗问上了。

艳俗女子说：校长不公平哩！我和屈建文结婚时，给校长也是发了请柬的，校长硬是不来。玉田、玉兰和我们有啥不一样吗？他们的婚礼你倒来了！

这是谁呀？女儿家家的，怎可以把校长冯举旗堵在镇街上这么说话呢？要知道，古风流传很盛的周村镇一带，人们是非常重视文化，非常尊重读书人的，而冯举旗不仅是个有文化的读书人，还是一个有文化的校长哩！无论如何，也不会有谁这么对待他的。艳俗女子让冯举旗十分尴尬而不快，但他好像又不能发作，于是就只有躲了，脚步匆匆，很是狼狈地落荒逃开。

我跟着冯举旗向前逃着，却逃不开那艳俗女子的追问。不过，她没有再追问冯举旗，而是追问的我。

艳俗女子说：大记者呀，你是主持公道的，你给我和屈建文评一评理。

我被艳俗女子的追问拽回了头，向她认真地又看了一眼，发现她的身后是一个装修得比她还要艳俗的洗头屋。她的追问是犀利的，因为犀利，不仅惹得我回了头，还惹得玻璃窗后挂着的粉色帘子一掀，透出一颗人头来。我看见那颗人头，是我在周村中学认识不久的屈建文，这让我有点儿明白过来，口口声声说着屈建文和她的艳俗女子，与屈建文该是一对子呢！落荒逃窜的冯举旗把我落下了十来步，我像他一样，不敢纠缠在艳俗女子的话里，这便转回头来，追着冯举旗而去，把他追上后，竟然不可思议地也向冯举旗问起像艳俗女子一样的问题来。

我问了：那女子也是你们学校的学生？

冯举旗的脚下有一块西瓜皮，他不回答我的问话，却抬脚把那块西瓜皮踢得往前蹿了一大截。

我也没等冯举旗说话，就还问了：屈建文就在女子身后的洗头屋里，他一个人民教师，咋好白天大日头地钻在洗头屋里？

抬脚动步的冯举旗把周村镇镇街踏得很响，三步两步的，就又撵上了被他踢着的西瓜皮，这一次他没有再踢，而是抬起脚来，狠狠地踩在西瓜皮上。他或许是用力偏了，在把西瓜皮踩成几小块时，也把自己滑了一下，不是我的手伸得及时，肯定会滑上一跤呢。我们身后的艳俗女子一定看见了冯举旗的这一险招，便被惹得不能自禁地笑了起来，是那种哈哈哈哈没有节制的大笑。好在李玉田、李玉兰操办婚礼的飞凤大酒店不远，从艳俗女子的追问和笑声里逃出来，拐了一个弯，就是装饰得喜气洋洋的飞凤大酒店了。

穿着西服打着领带的李玉田和穿着白色婚纱的李玉兰，双双站在飞凤大酒店的门口，笑靥如花地迎接着一拨一拨为他俩贺喜的客人。冯举旗和我的到来，使李玉田和李玉兰很有一种受宠若惊的欢喜，我俩离着他俩还有几步远，就见李玉田捉住李玉兰的小手，给我俩深深地行了个鞠躬礼。这对我俩可是个特殊礼遇呢，因为我俩走来时，看见所有的客人往酒店里进时，他俩都只是点点头，握握手，没有对谁行鞠躬礼。对这样的特殊礼遇，我虽然不能照样还，但我仰着笑脸，很自然地恭喜着他俩，也祝福着他俩。但是冯举旗没有，脸色还是遭到艳俗女子追问时的那一种铁青，那一种冷凉。我伸手捅了捅冯举旗，他一定知道我捅他的用意的，但他依然故我，铁青着、冰凉着他的脸色，给热脸相迎的李玉田、李玉兰没说一句恭喜祝福的话。

冯举旗这是怎么了？他还没有从艳俗女子的追问里回过神来吗？

我是要猜想的了，但我的猜想被婚礼主持人的唱礼声打断了。新郎李玉田和新娘李玉兰踏着婚礼进行曲的节拍，在婚礼主持人的引导下，以及众宾朋热烈的掌声中，携手双双走到装点得花红柳绿的婚礼台上，向来宾鞠躬致礼，向两家的老人捧茶换口，我就是这个时候被请出来代表来宾祝词了。我有这个准备，在心里已打好腹稿。走上台来，我先说了新娘李玉兰，说她就像天使。父母生养了她，一定希望她像天使一样美丽，像天使一样智慧，而她自己，在成长的过程中，也会给自己插上一双隐形的翅膀，这双翅膀，一只叫理想，一只叫爱。紧接着，我就又说了新郎李玉田，说他是一匹天马。父母生养了他，是想让他天马行空，扶摇直上。而他也是，在成长的过程中，给自己插了一双隐形的翅膀，这双翅膀和新娘的一样，一只叫理想，一只叫爱。今天，天使和天马把他们的翅膀轻轻地合起来了，合起翅膀的天使和天马站在婚礼的殿堂，站在亲朋的面前，他们没有别的祈求，他们只为了一个让人心动的字，那就是爱！让我们祝福新人，祝他们爱到白头偕老，爱到地老天荒！

新郎李玉田和新娘李玉兰在我的祝福声里落泪了，我还看见新人的父母也落泪了。

我享受着宾朋们热烈的掌声，从婚礼台上走下来，坐到冯举旗的身边，我拿眼看他，以为他会为我的祝词夸耀两句的，但是没有，他站起来，没等婚礼主持人点他的名，他就以新郎李玉田单位领导的身份走上婚礼台，发表他的讲话了。

显然是，冯举旗此时的脸色与婚礼的现场是不协调的，而他下来的讲话，就令婚礼的现场更加别扭。

婚礼主持人把麦克风递给走上婚礼台的冯举旗，他吹了一口气，那口气吹得太大了，以致都爆了麦，让婚礼现场的宾朋没来由地都惊了一下。然后他说了，是扳着指头说的，说了周村中学的老师屈建文，说了周村中学另一位老师孙皓辉，下来便说了站在婚礼盛典上的李玉田，接二连三地，老师和自己的学生恋爱结婚，作为校长，我真的不知是该祝贺，还是应该脸红！说到这里，冯举旗抬手在自己的脸上摸了一把，他说他的脸发烧了。话音未落，就又举手在自己的脸上很响地抽了两巴掌。他的这一举动，让李玉田和李玉兰，还有在场的宾朋，都感到特别的意外和震撼。为此我还想起冯举旗的父亲冯求是，老校长当年当着学生的面抽自己的耳光，今天，又是校长的冯举旗，又抽起自己的耳光了。不过还好，冯举旗只抽了自己两耳光，就不再抽了，但他把声音提高了八度，把大家的耳鼓震得嗡嗡响。他说，从今往后，谁还在学校里与自己的学生谈恋爱，就不要怪我没有提醒你，哪怕你拿着刀子以死相逼，在你丧命前，还是在我丧命前，我都要先把你的教师皮给你扒下来！

热闹的婚礼现场静下来了，是那种让人心惊、让人窒息的静。新郎李玉田的头低下来了，新娘李玉兰的头也低下来了，婚礼现场上，还有一些人的头低下来了，还有几声压抑着的抽泣，在静得叫人难受的大厅里传了出来。

9

鬼使神差，我改变了自己的初衷，决定来为周村中学的师生做一场报告了。冯举旗在李玉田、李玉兰的婚礼上的那一通讲话，在我听来，是发自肺腑的，虽然不是太好听，甚至十分伤人，但又怎么样呢？难道在一个乡村中学，能让师生恋这样的事无休止地发展下去吗？为了给冯举旗搭把手，撑一撑腰，一个自觉有点儿资格的老新闻人，破天荒地上了报告台，来为师生们做报告了。

我不敢妄自尊大，在周村中学师生的注目下，我开口说了自己心里的一个真实想法。我说我是听过一些报告的，在陈仓城里，谁要乐意听报告，哪一天都有的听，什么什么文化学者，什么什么社会名流，什么什么精英大腕，张大了嘴巴，这也报告，那也报告，听起来是热闹的，有没有用呢？又的确难说。我今天来，坐在老师和同学的对面，要向大家做报告，非常地心虚。我不是名流大腕，更不是精英专家，我能给大家报告什么呢？我想过了，我是在咱们周村中学代过课的，我就说说我自己的一些生活经历，希望能对大家有所帮助。

我不是个会说大道理的人，很自然地把我和冯举旗通腿儿睡觉时说过的那些小事，核桃枣儿地报告给了大家。譬如我踢了李玉田火盆那样的事，因为心存愧疚，报告得十分真诚，大家也听得十分安静。在这样的氛围里，我更进一步地把自己打开来，说我羡慕在座的同学们，你们都是有中学时代的人，而我却没有。我没有，不是我不想有，而是那个时代的问题，许多像我一样的知识青年，响应时代的号召，学工学农，上山下乡，失去了在中学读书的机会，到今天想起来，还是莫大的悔恨。人之一生，每一个阶段有每一个阶段的使命，特别是在中学读书的这一段时间，这是人生从幼稚走向成熟的时期。就像建筑师修建一座大楼，必须把地基打好，中学就是打基础的时期，人一生没有基础可不行，打不好基础更不行。

　　我把我自己打开来报告给了周村中学听报告的师生，我把自己都说感动了，但我发现，听报告的师生却并不如我一样感动，这使我有了一丝丝的慌乱，怀疑自己的报告做得平淡无奇，不能触动听报告的师生。就在我慌乱的时候，进入到了自由交流的阶段，我希望在这个时候，听了报告的师生们能踊跃地向我提出问题，而我来回答给大家，以弥补我报告的不足。可是，却出现了冷场。

　　因为冷场，我感到额头上很没出息地渗出一层细汗，我拿眼寻找着冯举旗，希望他宣布报告会结束，让我在众目睽睽下较为体面地下台。可是坐在身边的冯举旗像没事人一样，不接我瞥来的眼神，也不宣布报告会结束。不过还好，听报告的任出息站起来，她带头向我提出问题了。

　　站起来的任出息先还扭捏了一阵，等到平静了自己的情绪，抬起头来提问时，提出的问题让我真是吃惊不小。

　　任出息说：项老师好！你说在你该读书的时候，你没有上过中学，但你发展得不是很好吗？

　　这是个问题吗？我被任出息问得哑口无言，答不出一句话来。

　　任出息问出了她的问题后，稳稳地坐了下去，睁着她的一双清亮的眼睛，看着报告台上的我。我是难堪的，脸上有笑，但可以想见，我的笑比哭更难看。我回答不了任出息，但却不影响周村中学的学生们提问，好像是任出息的问题就是一条导火线，他们跟着任出息，一个一个地站起来向我提问了。

　　先是个男孩呢，他提问题时，可能因为激动，也可能因为害羞，脸儿红红的，声音不大不小，而且还有点儿慢条斯理，说他把周村镇大富起来的人做了一个调查，发现富了的人都没怎么读书，反而是读了书的人却都没能富起来。他这么说，让我太吃惊了，虽然我不能同意他的观点，但也找不出反对的理由。而他还在不紧不慢地说着，说是周村中学过去学习好

的老学长们，一个个侥幸地考上了大学，拿到了大学毕业的文凭，结果怎么样呢？找个工作都难，差不多都给没怎么读书的人打工去了。

这名男生的问题让我想起我曾为报纸搞的一次调查，题目是《读书当下穷，不读书永远穷》。那个调查在《陈仓晚报》刊登出来后，社会上的反应超乎想象的大，有打电话给报社的，也有投书给报社的，各种各样的声音讨论得热烈极了，许多讨论都超出了那个调查报告的初衷。是的，我的初衷只是想要对一度甚嚣尘上的新的"读书无用论"做一个调查和分析，让大家清楚上学读书的成本尽管很高，但不读书肯定是错误的，一个人，怎么可以文盲下去而不读书呢？

措辞着语句，我要回答这名男生的提问了，但却有另一个女生站起来，用提问把我的回答堵在了嘴里。这个女生就坐在任出息一边，她站起来，晃了一下脑袋，使她原来垂落在面颊上的长发飘起来垂落到了脑后。

她说了：学生怎么就不能和老师相爱？怎么就不能与老师结婚？许广平和鲁迅呢？他们是师生吗？

一直以来很能沉住气的冯举旗，在我身边霍地站起来，大声地宣布，报告会到此结束！

在陈仓城里，作为一个资深媒体人，我曾受邀做过几场报告，对象有在区一级党校学习的学员，有报社组织的通讯员培训，也还有两所城市重点中学，效果不能说多么好，但都还是不错的，怎么却在周村镇这样的乡村中学，造成如此不堪的局面。台下听报告的师生听到冯举旗几近愤怒的指令，站起来，三三两两地走散着，而我还僵僵地坐在报告台上，仿佛一截没有灵魂的木桩，呆呆地，呆呆地坐着。

冯举旗提醒我了：走吧。

杂乱的脚步声散去了，报告台下已没有了一个人，可我还是一眼不眨地看着台下。我听见了冯举旗的提醒，我说：对不起，我的报告演砸了！

冯举旗没接我的话，再次提醒我：走吧。

106

冯举旗提醒得不错,我是该走了,不仅是走离报告会的会场,还应走离周村中学。

我站起来,应了冯举旗一声,说:走吧。

我这么应着冯举旗,一站起来,就走出了周村中学。我和冯举旗是约定好了的,做完报告我就走,所以我头也不回地走出周村中学。冯举旗没有再挽留我,他跟着我一块儿走了出来,这便又一次地走到了梧桐树的浓荫下。要不是树上的喜鹊赶着点儿啼叫一声,我是会低头匆匆走过的,喜鹊叫了,我就仰起头来,但我却没有看见喜鹊,看见的只是刻在梧桐树上的那双眼睛。冯举旗给我说了,这双眼睛是老校长把他叫回来,让他把梧桐树从他们家门口移栽到周村中学门口时,老校长自己刻上去的。老校长那个时候已经病得很严重了,他往梧桐树身上刻那双眼睛时,上牙咬着下嘴唇,用一把小刀,认真地在梧桐树身上刻着一双眼睛,到他把那两只眼睛刻好时,他的上牙都把下嘴唇咬破了。当时的情景是,梧桐树上的眼睛流着青绿的汁水,老校长的嘴唇上流着鲜红的血水。

老校长冯求是看着儿子冯举旗把梧桐树栽起来,端端正正地栽好在周村中学的校门口,这才给冯举旗说出了他压在心底里的那句话。

老校长冯求是说:你是我的娃,你就老实回来,当个老师,我的眼睛看着你哩。

这几乎就是老校长冯求是的临终遗嘱,不几天,他就撒手去了。作为儿子的冯举旗,乖乖地从他工作的陈仓市委大院回来,在周村中学做了一名中学老师,直到他也像老校长冯求是一样,当起周村中学的校长。

我看着老校长冯求是刻在梧桐树身的眼睛,低语了一声:老校长的眼睛像是越睁越大了。

我不知道冯举旗看着梧桐树上的眼睛还有没有别的感觉!我看了一会儿,就觉得我的眼睛发酸,而且也还模糊起来。我不敢再看,慢慢地往下挪着目光,挪到平视的时候,任出息的身影却鲜亮地闯了进来。

任出息是从校门口走来的，她走得很急，正走着，却突然停了下来，向梧桐树下的我和冯举旗看了一看，又像她走来时一样，迅速地转过身，匆匆地走了去。

她是来向我道歉的吗？我是这么看她的，因为我从她瞬间的那一眼里，看见她的眼里满是歉意，而且还充满了一个乡村中学女孩特有的清澈与单纯。她回头走着，只走了两步，却又抬脚跑了起来，飞快，大步，没有一点儿的扭捏做作，也不担心我和冯举旗盯在她后背上的眼光。

我给冯举旗说：你有麻烦了。

我给冯举旗说了这句话后，没等他说什么，就又补了一句上来：郎抱玉离婚了。

10

我没有说错，冯举旗确实遇到麻烦了。麻烦不在别人，就是他的学生任出息。

是我离开周村中学的那天晚上呢，任出息来找校长冯举旗了。过去来找冯举旗，她都是要喊报告的，即便是那次我到周村中学搂抱着梧桐树，被任出息误以为树贩子而紧急报告冯举旗时，她到他宿办合一的房门口，也都喊了报告的。但这一次，她没有喊报告，而是在木板门上举手轻轻地敲了三下。冯举旗那个时候斜靠在床上，在看一本名为《手铐上的兰花花》的书。这本书刚刚获得鲁迅文学奖，作者就是周村镇上的人。起初的时候，他只是一个木匠，对文学有着一种先天性的情怀，后来鲤鱼跳龙门，到省城的西北大学上了三年作家班，这便留在省城，先在媒体工作了许多年，如今回归文艺团体，搞起了专业的创作。三五年的时间，创作之丰，获得多项文学大奖，被评论界惊呼为"井喷现象"。获奖后，记者采访他时，他不无自豪地声称，文学就是他的情人。冯举旗喜欢这位作者，读了他的一些作品，更把他视为自己的文学挚友，刻意地找来他的所有作品，想要认真地阅读一番。冯举旗抓紧时间，在灯下阅读得入迷，倏忽听到有人敲门，这便下床来，趿拉着鞋子，向门前走着，手都挨着门闩了，就又听到了三声轻轻的敲门声。

这是任出息在门外的第二次敲门。

冯举旗把门拉开来，一股灯光打出去，打在任出息的脸上。作为一校之长，又兼任政治课老师的冯举旗，太熟悉这张朝气蓬勃的脸了。她被公认为周村中学的校花，暗地里，有她的同学，还有她的老师，都给她传过条子、写过信，但她那张白生生的脸儿仿佛一块冻实了的冰板，对谁都没有好脸色。可是面对了他冯举旗，就不同了，每一次见他，脸不红不说话，冯举旗给他们班上政治课，她面对着他，脸儿一直能红一堂课。冯举旗不是看不出任出息给他的红脸，他是懂得的，懂得了就只有回避。这让冯举旗好不苦恼，好像是他越是回避，任出息越是主动，就在我到周村中学之前的一个晚上，做着复读班政治课代表的任出息，来给冯举旗交班级作业来了。

报告——晚自习后，任出息到冯举旗宿办合一的门外如常给他喊报告了。

冯举旗也如往常一样，软软地说：进来。

任出息一手托着作业本，一手推开了虚掩着的门。这与往常一模一样，不一样的是，任出息从门里进来，又把门小小心心地掩了起来，然后碎步走到冯举旗坐着的办公桌前，把一摞卷角翘页的作业本搁到桌面上，站着没有走，两只空了的手相互纠缠着，揉一下，搓一下，又扭一下，目光不看冯举旗而是低头在自己的脚尖上，一声不响。

冯举旗微微地笑着，很温暖的那种样子，他伸手移来一把没有靠背的

小杌子，给任出息说：坐坐，你坐。

任出息坐在了杌子上，但她坐得很浅，差不多只有一半的屁股担在上面，依然低着头，说：冯老师，我那篇作业你看了？

冯举旗的心"咯噔"跳了一下。他佩服这个复读生的措辞水平，什么她的那篇作业？凡是学生的作业，冯举旗自然是看了的，他所授课的学生的作业，他怎么能不看呢？不仅看，而且看得十分认真，好的他还要写批语表扬，不足的他要清晰说明。但是任出息说的那篇作业，可不是他授课的作业哩，是她夹在作业本里，对冯举旗的一份真切的表白。任出息在那份表白里，真诚地表达了她对冯老师的爱慕。她赞赏冯老师的敬业精神，崇拜冯老师的教学能力，热爱冯老师的人格魅力。但是冯老师太清苦了，数十年如一日，献身乡村教育事业，把自己的青春耽误了，"如果……"任出息把"如果"写得墨很重，仿佛写着时还流了泪，把两滴咸涩的泪水滴落在那两个字上，让那两个字洇开来，非常的鲜明，非常的醒目。她在给自己鼓着勇气，下着决心，在"如果"两个字的后面，很谨慎、很工整地写了这样一句话：我想把冯老师的青春补回去，冯老师你呢，你同意吗？

这份被任出息说成作业的表白，冯举旗在看的时候，他的脸是烧的，心也是烧的。他甚至想到了郎抱玉，那个他大学时的初恋女友，她给他也写过一份表白。郎抱玉的表白是夹在一本《鲁迅文集》中，于大学的图书馆里交给冯举旗的。尽管郎抱玉表白的措辞与任出息的不甚一致，但所传达的那一份感情是一样的。她们都很大胆，也都很真挚地表达了她们内心的爱。冯举旗不是石雕的，更不是木刻的，异性的爱慕，他自然会热血沸腾，并给予对方应有的回应。譬如郎抱玉，冯举旗收到她的表白后，很快与郎抱玉好了起来。在大学的校园里，他们出双入对，卿卿我我，到大灶吃饭，谁到早了打两份，并排放在饭桌上，等着另一个来，来了一起吃。上图书馆阅读，谁到早了占两个座位，等对方来了，商量讨论他们的读书心得，以及下一步的阅读方向，要读沈从文呢，就都读沈从文，要读老舍呢，就又都读老舍。毕业分配到陈仓，冯举旗招录进了市委办公室，郎抱玉招录进了陈仓晚报社，工作在一个城里，他俩还延续着大学校园里的恋情，而且还不断升温，相互商量着，都要租房结婚了。冯举旗被老父亲冯求是叫回了坡头村，留下来接了他的班，当了周村中学一名青年教师，这便生生地把一对好姻缘拆了开来。看着任出息写给他的"作业"，冯举旗想着郎抱玉，他的心有种说不出的痛。冯举旗自己知道，他老大不小了，他需要异性的爱，需要异性对他的抚慰，特别是在工作不很顺心的时候，或者是在夜深人静的时候，就更加渴望异性的温暖，然而……拿着任出息写给他的"作业"，冯举旗的手抖颤了起来，把那片从作业本上撕下来的纸页抖颤得哗哗地响，闭上眼睛不敢多看，拉开抽屉，压在抽屉里的一叠文稿下面。

冯举旗是一校之长，他怎么能接受一个学生的爱呢？

不能够啊，绝对不能够，不仅他不能够，任谁都不能够的。此前，学校的老师中有两位和他们的学生谈了恋爱，结了婚，为此造成的社会舆论太不好了，这使冯举旗羞愧，脸上无光。他没有别的办法，对任出息，他只能装糊涂，装无知。

冯举旗给任出息说：什么作业？你还有什么作业我没看吗？

任出息笑了，笑得她把低着的头抬起来，看着冯举旗，看得大胆而热烈。她说：你看了，你全都看了，你就说句话吧，甭使自己难受了。

冯举旗的脸沉了下来，说：你是一个中学生，中学生的任务是什么？好好复习，参加高考。

任出息却没被冯举旗的黑脸吓住，她更进一步地表白说：我能考上吗？冯老师，咱们中学谁都可能考上大学，我不能，这我知道，你也知道，我有那个决心，但没有那个力气……

冯举旗打断了任出息的话，说：没考你咋知道？

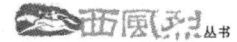

任出息说：三年了，这还不算考吗？冯老师，我实话给你说，我考一年考不上，来学校复读，我考一年考不上，又来学校复读，你知道为什么吗？我是为了你，只要我能看见你，看见你在我的眼睛里，我就很满足，很幸福呢。

冯举旗从坐着的椅子上站起来，他绕过任出息，把虚掩的门拉开来，给任出息说：时间晚了，作业上还有什么问题，天明后可以再讨论。

讨论，冯举旗打发任出息的词是讨论，这太有意思了。

任出息记下了冯举旗说的"可以讨论"的话，今夜到冯举旗的房子里来，和他再讨论了。没喊报告，而是以敲门的方式跨进冯举旗房子里的任出息，自己动手，把她过去坐的那把木机子拉过来，踏踏实实地坐在上面，开门见山地给冯举旗说了。

任出息说：我退学了。

冯举旗吃惊地应了一声：退学？退什么学？

任出息说：退了学，我就不是你的学生了。我不是你的学生，我就不犯你的校规，我就能够爱你，获得你的爱！

如此明目张胆，如此心迹坦荡，让冯举旗已不是吃惊了，而是震惊。他霍地站起来，声音压得很低，但却充满了一种愤怒的意味，说：胡闹！你简直就是胡闹！

任出息却不示弱，说：我没有胡闹，我是一片真心。

冯举旗依然是低吼地责备，说：你如果还想让我当周村中学的校长，你就乖乖地出去，好好地复读，行吗？算我求你了。

任出息骄傲地笑了一下，她从木机子上站起来，给冯举旗扮了个鬼脸，然后转过身去，走出了冯举旗的房子。

11

曾经的恋人郎抱玉也突然关心起了冯举旗。

我把冯举旗撰写的乡村中学实况拿回报社,结合我在周村中学两日的调研,以及后来又跑了几个乡村学校了解到的情况,写出一篇分析,发在报社主办的内参上,郎抱玉看到了,就手里拿着当期的内参来找我。报社的办公场所不像政府或是别的什么机关,都是一间一间隔得很封闭的小房子,有什么秘密能够很好地关在房间里,不为他人所发现。报社的办公场所是开放式的,在一间大平台里,用标准化的塑钢隔断和玻璃隔档,整齐划一地隔出一个一个的小空间,几十个人,一人一个小空间,张望着面前的电脑屏幕,苦心孤诣,斟字酌句,敲打着自己的新闻稿。在这样的环境下,谁能有什么秘密和遮掩的呢!因此,郎抱玉拿着内参来找我的那一种急切,很自然地都被报社的同人看见了。

表现总是淡定的郎抱玉,拿着内参找我时不仅是急切的,甚至还有那么点儿失态。她匆匆向我走来时,因为急切,还因为失态,把与我相邻的几位同人,撞得都抬起了头,睁眼望着她,不晓得她是怎么了,抑或什么事让她受到了刺激。她倒好,对大家追来的眼光不管不顾,直扑到我的侧旁,把内参往我的眼前一推,这就问我了。

郎抱玉问:你去周村中学了?

我应着她,说:去咧。

郎抱玉问:周村中学的情况是你内参写的那样吗?

我回答她:不仅周村中学,现在的乡村学校,哪一家不是那样?

郎抱玉却似信非信地,像是问我,同时又像是问她自己,呢呢喃喃地说:怎么会呢?怎么会呢?

呢喃着的郎抱玉这时感觉到了自己的失态,同时也感觉到采编室里众多同事投射到她身上的眼光,她把推到我面前的内参轻轻拿起来,在手上捋了捋，没再问我什么，轻轻地转过身，离开我向一边走了去。这时的她又恢复了平日里的淡定，一步一步，走得安安稳稳，没再撞上一个人，也没再撞一件物。郎抱玉的编稿平台不在我们这一块，大家的眼光送着她，我的眼光也送着她，直到她的身影在我们的眼光里消失。我不知道别的同事此刻是怎么想的，但我意识到，郎抱玉和我没有完，她还会问我一些情况的。果然，到要下班时，郎抱玉把电话打给了我。

在电话里，郎抱玉问我：有时间陪我喝茶吗？

我回答说：如果不叫我掏钱，我乐意赔出时间喝茶的。

郎抱玉说：我现在最不缺的就是钱。

本来我还想说，弄得这么正式，咱们是要说情谈爱吗？但我听出了郎抱玉话里的话，就没再调侃她，便问了她喝茶的地方，收起了电话，把手头的活儿搁下，就赶去喝茶了。

陈仓城里有"三多"，洗头洗脚的地方多，除此之外，就是喝茶聊天的地方多。出了报社的院子，往左一溜子，就都是装饰得艳俗的洗头洗脚屋，往右一溜子，就都是装饰得古色古香的茶馆了。货卖堆山，"三多"分野扎堆在报社两侧的大街上，使这一段街市就特别繁盛，红男绿女，摩肩接踵，要多热闹有多热闹。郎抱玉选择的茶馆是距离报社最远的一家，我混迹在人流之中，感受到了一种很强的欲望如潮水一般地涌动着，这让我想起了那个不怎么常用的成语——人欲横流。

我把他人撞了许多次，他人也把我撞了许多次，这才走到那家茶馆门前，透过宽大的玻璃窗看见了郎抱玉。她比我早到，就坐在茶馆拐角的一个地方，手里依然拿着那份写了乡村教育的内参，低头认真地看着。在报社，郎抱玉是公认的美女记者，她不仅人样儿美，出手的文章像她的人一样美，但却还非常的低调，从来不事张扬，默默地做她的人，做她的事，所以，她在我的眼里，是要比别人高看一些的。这些年，报社的中层实行竞争上岗，以郎抱玉的业务能力，还有她的好人缘，只要她参与竞争，我相信，她是会竞争到一个属于自己的位置的，可她偏偏不出手，为此我还私下问过她，她的回答清清淡淡，说我这样不是很好吗？

想到此，我真是为她而遗憾了，同时又还为冯举旗遗憾。

常言说，好男难娶好女，好女难嫁好男。唉，我在心里重重地叹了一声，不晓得这是怎样一个道理，真是太悖谬、太荒唐了。阴差阳错，冯举旗回乡教书至今未娶，郎抱玉把自己嫁出去了，嫁了几年，离了婚，又是单身人了。这样的结果，对于他俩来说，是喜？还是忧？我说不清楚，想来便是冯举旗和郎抱玉他们自己，也是说不清楚的。不过，我可以为他俩而努力，他俩自己也可以努力啊！

身穿素色旗袍的门迎小姐对我欠着身子，轻轻浅浅地问了声先生好，便欲给我领台，我摇手拒绝了，径直走到郎抱玉的跟前，坐到了她的对面。

我给她说了：抱歉，我手头还有些活，弄完才来，让你久等了。

郎抱玉笑了笑，算是对我抱歉的认同。

郎抱玉没有接着我的话往下说，她就那么浅浅地笑着，把一盏茶推到我的面前，我端起来，正要往嘴里倒的时候，郎抱玉也把她面前的茶盏端起来，向我伸了过来，与我端着的茶盏碰了一下，这才一仰脖子倾进了她的嘴里。我慢了半拍，但我也如郎抱玉一样，把茶盏搁在嘴唇上，仰脖子灌了下去。我的味蕾刚一接触倾进嘴里的茶汁，就很清晰地知道，我喝进嘴里的东西不是茶，而是茶盏斟着的酒。我吐了一下舌头，很夸张地出了两口气。

我说：郎抱玉呀，你可真有创意，在茶馆里约人喝酒。

郎抱玉说：喝酒不好吗？

我说：好好好，有美女郎抱玉作陪，喝啥都是好。

真真假假地说着，郎抱玉端起茶盏，和我又满满地干了一下。

喝过了酒，郎抱玉收起她脸上浅浅的笑，向我赔着些祈求的口气说：

把你见到的冯举旗给我仔细说说。

茶几上有郎抱玉叫来的酥脆花生、干炒葵花子以及酸辣小白菜等几样可以下酒的东西，我抬手捏起几颗酥脆花生，脱去外边的薄皮，把白白净净的花生仁扔进嘴里，嚼了嚼，思谋着想给郎抱玉说说冯举旗的，却一时又不知说什么，怎么说。

没奈何，我掩饰地对郎抱玉说：冯举旗……对，我把知道的事都写进内参里了。

郎抱玉说：我看过几遍了，知道那只是冯举旗的一部分，而不是他的全部。

我还想狡辩的，嘴张开来，还没发出声，就被郎抱玉看破了，她便插话进来给我提示了。

郎抱玉说：你给我说说他的生活吧。

也许是酒的作用，郎抱玉的脸红扑扑的，她给我又斟上一盏酒，也给自己斟了一盏酒，这一次她没和我碰盏，而是自己端起来，慢慢地吸进她的嘴里，吸空了茶盏，放在茶台上，拿起酒壶，又给自己斟酒了。郎抱玉是能喝一点儿酒的，但我没见她这么喝过，怕她在茶馆里喝伤了身子，就伸手挡住了她。

我给她说：酒多了伤身，你知道吗？

郎抱玉却不听我的劝，躲着我的手，坚持要把她端在手里的酒再喝下去。我能怎么样呢？我大概只能依着郎抱玉的请求，把我知道的冯举旗核桃枣儿地都说给她了。

我开口说的第一句话是：他到现在还单身一个。

郎抱玉想要知道冯举旗的生活，可能就是我要说的这一句话。她听我刚一说出口，眼里便喷出泪花儿，愧悔不已地责怪起了自己，说：都是我的错，我把冯举旗害了。

我劝起了郎抱玉，说：两个人的事，咋能都怪你呢？

郎抱玉说：就是只怪我！

恰在这时，我的手机响了起来。我拿出手机，把手机盖子翻起来，这就看见"冯举旗"三个字硬邦邦地撞进我的眼睛。我把手机贴到我的耳朵上，眼睛从茶几上越过去，直视着郎抱玉，而郎抱玉敏感地看着我。手机是通着的，我都听得见冯举旗在那边的喘气声，可他却不说话，静静地持续了一阵子，我等不来他的话，便打算自己来说了，却听见对方收线后的一片忙音。

郎抱玉看出了电话里的蹊跷，她问我了，说：是冯举旗打来的电话吗？

我点了点头，说：是他打来的。

12

他遇到什么困难了吗？啊？你说，他把电话打给你，又什么话都不说，还把手机挂了，你不觉得这里面有问题吗？郎抱玉的问题一个接一个，问得我一头雾水。我和郎抱玉约在茶馆喝酒，冯举旗打电话给我，又啥话不说挂断电话，其中有何问题？当时，我把电话就回了过去，可我听到的依旧是无人接听的忙音。起初，我还以为他的手机没电了，等了一阵再打，还是老样子，我就知道冯举旗是故意的，他把手机关了。

冯举旗为什么要关手机呢？

我是这么想的，并决定要再去周村中学看望冯举旗。我把我的决定告诉了郎抱玉，她也毫不犹豫地表达了自己的决定。

郎抱玉说：我跟你一起去。

有了许多日头的熬煎，虽然积攒了些年纪、却依然青春靓丽的郎抱玉，明显地暴露出些许憔悴感来。她表示了要跟我一起去看冯举旗的决心后，就还加重了语气，重复地说了这样一句话。

郎抱玉说：我要帮助他。

郎抱玉说：我一定要帮助他。

郎抱玉没有我自由，我是跑外的记者，该走就能走，她是坐班的编辑，要走开几天，就得加班把要干的活都赶出来，再找个人为她顶班，她才能脱出身来。即便是如此，郎抱玉也顾不得那么多了，向值班的老总说了一声，没等人家批准，就催着我上路了。

我们出行还没有到有自驾的能力，我们只有搭长途客车，先到岐阳县城里，再在那里搭短途客车，往周村镇上去。旅途中，我还把我知道的关于冯举旗的事，断断续续地都说给了她。这是因为我有一些顾虑，怕郎抱玉见到冯举旗后，知道了那些事，会回过头来怨我的。

我说着，就说溜了嘴，把中学生任出息追求冯举旗的事也说了出来。

我说：现在的中学生真是大方。

郎抱玉说：大方？怎么个大方？

我说：他们同学之间，自个儿早恋。

郎抱玉说：你说的可不是新闻。

我说：对着哩，中学生自己早恋确实不新鲜了，可中学生向他们的老师求爱呢？你说，可还是新闻？

郎抱玉说：好像也不能算是新闻呢。

我说：搁在冯举旗身上呢？有学生向他求爱，你觉得……

我的话没说完整，即被郎抱玉打断了。她说：你真会胡编，冯举旗是啥人，我比你知道，中学生恋老师，恋谁我都相信，但要恋冯举旗，打死我都信不过。

郎抱玉坚决否定着我说的话，但我听得出来，她嘴上的否定并不说明她在心里也是否定的，反而是，嘴上的否定暴露的却可能是心里的承认。

话题在这里僵下来了，我没向郎抱玉再说什么，而她把头偏向汽车窗外，也不说啥，看着从汽车窗口掠过的一棵棵树木，以及远一点儿的村庄和村庄里零零星星蠕动的人影、拴着的牛马、乱跑的鸡狗……这么僵着，一直僵到公共汽车减速停在周村镇上，我和郎抱玉一前一后地走下车来，互相都没有说话。到了这时，我蓦然怀疑起自己来，为什么要给郎抱玉说女中学生恋冯举旗的事情？

是啊，我说得可太不合时宜了。

我这么说给郎抱玉，是想发挥怎样的作用？起到怎样的效果？这么一想竟想得我头昏脑涨，糊里糊涂的，在郎抱玉的身后，向周村镇北口上的中学方向走去。我们走了几步，便觉得周村镇上有股骚动不安的情结在涌动。是个什么样的情结呢？这时的我是不知道的，郎抱玉肯定也不知道。我只是感到，走得离周村中学的方向越近，人群越是密集，散发出来的那种情结表现得就越浓厚。我身后的郎抱玉像我一样，似乎也有所感觉，她回过头来看我，目光里透露着几分慌乱。她的慌乱，也立即引起我的慌乱，我想到了周村中学，想到在周村中学当校长的冯举旗，难道是周村中学出了什么问题？冯举旗出了什么问题？

啊！我和郎抱玉都在媒体工作，知道和接触过的关于学校里的问题还真是不少，隔几天就要曝光一起，有老师打学生的，也有学生打老师的，还有老师不堪重压割腕的，更有学生不堪重压跳楼的，当然还有师生恋惹出悲剧的，五花八门，说不清，理还乱。周村中学和冯举旗，会出一个怎样的事情呢？

慌乱的我和郎抱玉用目光在空中碰了一下，便都不约而同地问起身边的人来，那些骚动的、不安的人们不等我们把一句完整的话问出来，就都毫无戒备、毫无掩饰地给我们说了。

他们七嘴八舌地说：撤点并校，上边把周村中学撤并到另外一所学校里去咧。

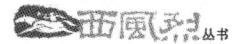

　　七嘴八舌的人群里还有人说：好好的一所中学，说撤就撤了。怎么就不征求我们的意见呢？以后让娃读书要多跑多少冤枉路呀！

　　骚动不安的人群从这一话题里扯进来，抢着都想说几句，呜里哇啦，吼叫成了一锅粥，但我和郎抱玉听得明白，大家的意见是一致的，都想保留周村中学的编制，而不愿撤并到别处去。大家说得热烈，说得激愤，正说着，有人认出了我。认出我的人可能是坡头村的，也可能是我参加那次婚礼见过面的。因此这些人就挤出人群，冲到我跟前来了，说我是大记者，一定要帮他们把意见反映上去，保住他们的周村中学。

　　当他们向我提出要求的时候，有人还不时地夸赞冯举旗，他们说：多好的一个校长啊！

　　一个人夸赞起来，跟上就是众口来夸了，他们说：为了办好我们周村中学，他把自己亏下了，到了今日，连个家都没成！

　　我知道我的嘴在众人的反映声里，也是不停地说着的，但我说了什么，自己却一点儿都没有印象，只记得我推着身前的郎抱玉，请求大家让一让，让我们到前边去。对于我的请求，大家给了面子，自觉让出一条通道，让我和郎抱玉很容易地穿过人群，走到了周村中学的门前。

　　撤点并校！我从骚动的人群里获得这个消息时还不知道，造成这一结果的根本原因，就是我写的那篇内参消息了。当期的内参送达市委、市政府以及相关部门，市委和市政府的领导当即批示给教育主管部门，指示他们做进一步的调查，并拿出整改措施来，以便很好地解决像周村中学这样的乡村学校的办学困难问题。教育主管部门没敢怠慢，立即组织力量，深入到周村中学来了。满心欢喜的冯举旗笑脸迎接着调研组的人，但是半天不到的调研回去后拿出的整改措施，用红头文件送到冯举旗的手里的，竟是这样一个结果。当时，手拿文件的冯举旗把他期待的笑脸蓦地换成一副哭相，给上级主管部门打电话，回答是斩钉截铁的，撤点并校是在充分调研的基础上决定的，是彻底解决周村中学问题的唯一办法。

冯举旗打电话不行,还去找了上级主管部门,结果他连主管领导的面都没见上。百无聊赖时,他想到了我,那次我和郎抱玉在茶馆里喝酒时,接的正是他的这个电话,但他没说什么,把电话挂了,然后还关了机。

绝望了的冯举旗回到周村中学,很沮丧地向全校师生宣布了上级的这一决定,其时,师生们莫不震惊愕然。不过还好,大家在冯举旗的安排下,冷静地进行着每一日的教学工作。最后的日子里,教师们教得比平时还认真,学生们学习得比平时还扎实。挨到今日,上级教育部门来了人,镇委和镇政府也来了人,大家来要进行一个仪式,一起摘下周村中学的校牌,由并过去的那所学校来人接过去,然后使有着半个多世纪办学历程的周村中学,在这一带人们的心里成为一个过去的记忆。

我和郎抱玉从人群里挤到校门口时,摘除校牌的仪式已经结束,可是站在校门口、齐茬茬穿着校服的学生们都还没有散去,还有周村中学的老师也都静静地站在同学们中间,望着摘牌后的上级领导和镇委、镇政府的领导,端着似笑非笑的脸孔,鱼贯地一一离去。冯举旗就站在列队的学生和老师的前面,他伸着手,和离去的上级领导以及镇委、镇政府的领导礼节地握着手。送走了一长串的领导,他把自己的手收回来,同时也把自己的眼光收了回来,他去看原来挂着校牌的地方,那地方已空得只留一方被校牌长期遮盖成的白斑。冯举旗的眼光从那片白斑挪起,慢慢地挪到了依然郁郁葱葱挺立在校门口的梧桐树上,他仰起头,从梧桐树蓬勃的树冠上一点儿一点儿地往下看,他看着,就看见了梧桐树上的那双眼睛,父亲冯求是的眼睛,冯举旗不知道他流泪了,看上去,却觉得像是梧桐树上父亲的眼睛在流泪……任出息此刻不知从哪儿掏出一方绣着碎花的手帕,举起想给冯举旗擦去脸上的泪水,她举着手帕,都已举到冯举旗的脸上了,却被冯举旗粗暴地拨开来。

任出息几天前就把学生服换掉了,她今天穿了一身非常合身的连衣裙,素白的底色,印着星星点点的碎花。郎抱玉这时可能相信了我在路上给她说的话，她望着冯举旗和任出息，有点儿不能自持地软了一下，但她迅速挺了挺身子，随之还张口叫了一声。

郎抱玉叫的声音不是很大：举旗，冯举旗！

郎抱玉的叫声虽然不大，冯举旗还是听到了，他把注视在梧桐树上的眼睛收回来，往身后瞥了一眼，他一定看到我和郎抱玉了，可他没对我俩作任何表示。他匆匆的一瞥，便又转回头去，冲进了已摘去校牌的周村中学，把他父亲冯求是原来为学校的老虎灶劈柴、后来他又为老虎灶劈柴的斧子掂了出来，对着树干挺拔、树冠葱茏的梧桐树砍了去。

冯举旗砍树的举动弄得大家都很惊愕，大气不出，小气不喘，呆呆地看着他一斧沉闷、一斧脆亮地砍着梧桐树。砍飞起来的树屑白刺刺溅起来，在空中画过一道白光，然后又落下来，落在冯举旗的脚下，让人看去惨白惨白的，不忍卒睹。

咔！扑……咔！扑……冯举旗的斧子砍动着梧桐树，他每砍一斧，刻在梧桐树上不死的眼睛也动摇一下。

第三章

苦楝树

1

你鵙等着,有一天我非跟你离了不可!

返乡回到坡头村插队的时候,我就听孙天欢这么说了。他是说给他的女人乌采芹的,对自己的女人说这样的话,他该是个绝情的人呢,他的女人听了,却一点儿都不为意,该干什么还干什么,连和他顶个嘴都不会有。时隔三十多年,我再次回到坡头村来,再听孙天欢这么说,我就像听一个老掉牙的笑话,觉得既无聊又无趣,抽身在一边,向孙天欢挥着手就要离开。孙天欢却没有放过我,他拉住我的衣角,退到他家的苦楝树下,再一次给我强调了他要离婚的决心。

孙天欢说:你不相信我?

我有意调侃他,说:我如果没有记错的话,今年你五十八岁了吧。

孙天欢说:我心说,你是知道我的。

我说:我当然知道你,知道你有多大的年纪了。

孙天欢是敏感的,他敏感地察觉到我话中有话,就又带着些强调的意味说:这和年纪没有关系。

我和孙天欢就没有办法说话了。因为冯岁岁和曹喜鹊的事,孙天欢到陈仓城找了我,这次又因为冯举旗和周村中学的事,我来到阔别数日的周村镇,见识了周村中学被撤裁的情景,心里有股说不出的难受。那天,孙天欢也在现场,他发现了我,挤到我跟前,拽住我的袖口,几乎不容我还嘴,就把我拉回了坡头村。与我同来的郎抱玉,看到我被人死拽活拉,还有点儿吃惊,我就给她说了实情,让她去照顾冯举旗,我便顺势回了坡头

村。在坡头村，我有许多要拜访的人。当然，孙天欢是我的故交，他自然是我要认真对待的一个人。他和我往村里走，不断有人走到我的面前，截住我的去路，和我拉几句话，因此我和孙天欢走得就很不顺畅，走走停停，好不容易走到坡头村，走到孙天欢家门前的苦楝树下，正要往他家里去，他却开口说了他要离婚的事。他这么给我说，我就不只是不愿意听，是连他家的门都不愿意进了。想来不只是我，一个神经正常的人多少年没回旧村子，现在回来了，谁愿意听别人说他离婚的事？这有违人性的，同样还有违世情。但我能有啥办法呢？孙天欢扯着我，我们僵持在他家门前的苦楝树下，他说他的，我没办法，就只有硬着头皮听他说。

我听着，觉得孙天欢这一次不像过去只是吊在嘴皮上说一说，看来他是真要和他过了大半辈子的女人乌采芹离婚了。

他有什么资格离婚呢？

在坡头村，孙天欢实在算不上个人物，甚至连农夫们与生俱来的质朴勤快、吃苦耐劳的品质，他都十分缺乏。他嘴馋身懒，油腔滑调，没有多少人待见他。当然，这只是地道农夫的看法，到了他的女人乌采芹眼里，就都不是缺点了，而是一种优势。孙天欢爱好戏曲，向往一种体面的生活，对有文化的人，他无条件地喜爱和尊重。

坡头村有个下放回村的右派，原在陈仓师范学院教国语，在村里接受劳动改造，孙天欢不管这些，以为他是大文化人，这就对他亲得不得了，有事没事都愿意和他黏在一起。运动来了，老右派不可避免地要被拉出来游行，孙天欢看不过眼，在别人斗争老右派时，他随在老右派一边，陪着老右派一块儿走。村上人说他了，说他凭什么来陪人家老右派？他理直气壮地和他们争辩，说他怎么就不能陪？村上人说老右派有文化，有文化的人反动！孙天欢就很自豪地说了，我也有文化呀！村里人奈何不了他，就由着他去了。每一次都是这样，他陪着老右派游斗结束后，别人一哄而散，唯有他不走，小心地照顾着老右派，搀着扶着把老右派往家里送。也

126

是老右派的年纪大，有一次挨斗争的时间长了，脚不能挪，手不能动，一下子瘫在台子上。孙天欢见状，就爬到台子上背起老右派，一只手里拿着老右派戴在头上的高帽子，一只手里提着老右派挂在脖子上的大木牌，一脸的无怨无悔，很是愉快地送着老右派往他的家里去。

我那时年轻，不懂得人情世故，看着孙天欢又要负重背着老右派，还要拿着老右派挨批斗时必不可少的高帽子和木牌子，只觉手忙脚乱，很是好笑。我便突发奇想，跑到孙天欢和老右派身边，把高帽子和木牌子从孙天欢的手里接过来，嘻嘻哈哈乐着，给孙天欢戴在头和脖子上。

纸糊的高帽子可是不好戴呢！粗粗拉拉几根竹片胡乱扎个样子，糊上纸，写上字，戴在头上是极不舒服的。何况木板钉制的大牌子，系在一根细细的铁丝上，挂在人的脖子上，还不像刀子一样，直往人的肉里割？

这是我的恶作剧了，孙天欢没有因此而恼我，他坚持背着老右派，从坡头村的街巷里走。好像是把高帽子和木牌子从他的手里解放出来，他不仅能把老右派背得扎实稳妥，而且又还很享受头戴高帽子、胸佩大木牌的待遇，感觉那是一种多大的荣誉似的。

刚刚开过老右派的批斗会，村子里的人不分男女，不分老少，也都在街巷上散散地走着，孙天欢的举动让大家一时不知如何是好，投向他的目光便也十分茫然，直到我把老右派的高帽子和木牌子戴在孙天欢的头和脖子上，让茫然的人群才不知所以地爆发出一阵哄笑来。

哄笑声是我期望的，但是来得突然，去得亦很突然，都在一瞬之间，便又安静下来，相互招呼着，为孙天欢让出一条道，使他顺顺当当地背着老右派，从大家的眼皮底下走过。

我敏感到村里人对于这件事的变化，那绝对是发自于情感深处的变化呢！大家乐意孙天欢帮助老右派，并为此而敬重他。

在那一刻，我有一种良心发现般的羞愧，于是我再次跑到孙天欢的身边，想要从他的头和脖子上摘下高帽子和木牌子，却被孙天欢强硬地拒

绝了。

我为此悔恨而难堪,在以后的日子里都不敢再见孙天欢,偶然地相遇,我也是低着头,匆匆地走过。孙天欢不想我难堪,他在那时找着机会与我接近。这个机会在一个晚霞灿烂的傍黑毫无预兆地来了。那天,他坐在他家门前的苦楝树下,扎势坐在苦楝树裸在地面上的一条大根上,扯着他的胡琴,自娱自乐地唱他深爱的一折秦腔。

孙天欢唱的那折秦腔,我至今记得其中的几句:

> 陈老大我不怕腰痛腿酸,
> 为只为小兄弟能把书念。
> 虽受苦也觉得心中喜欢,
> 急忙儿担柴担赶回家园。

我后来查了孙天欢那晚唱的这句戏词,知道来自《打柴劝弟》一折戏。

那个傍黑天,孙天欢很努力地哼唱着,身边围了许多人,我从他们的身边过,原想默默地躲过去,不承想,人圈子里的孙天欢用秦腔白口叫住了我,而且还用秦腔白口劝了我几句。原话被他的秦腔白口说得抑扬顿挫,极富感性色彩,要我放宽心,天下的事都别往心上挂,他相信知识,知识不是喂猪,吃饱了只知道睡觉,有一天是会醒来的,醒来在有准备的人身上。

我把孙天欢劝我的话一字不落地记在了心里。回味他的秦腔白口,忍不住抬头看天,我看见了头顶上的苦楝子花,蓝莹莹的,微微地散发着一种苦涩的芬芳;透过繁盛的花色,我还看见遥远的银河,正有无数的星光闪闪烁烁,似乎也微微地散发着一种苦涩的芬芳。

因为此,我和孙天欢成了好朋友。

我不仅和孙天欢成了好朋友，通过他，还和老右派交起了朋友。我是好读书的，有一些学习上的困难，就去找老右派请教。后来右派平反，我参加高考，老右派重回陈仓师范的教堂，我进入陈仓师范读书，获得了老右派非常多的帮助。每每想起这些往事，我都对孙天欢有种无以报答的感动。不过，这不能掩盖孙天欢其他方面的问题，譬如他好赌博，还好钻别人家女人的热被窝。

让我怎么说他呢？

他孙天欢老了，还闹什么离婚？

如果真要闹离婚，倒是他的老婆乌采芹比他更有资格。

2

乌采芹按照坡头村的话来说，没出嫁时乖爽，嫁给孙天欢后干淑，有孙娃后齐整。

怎么就是乖爽？怎么就是干淑？怎么就是齐整？我以为是要做些解释的。返乡插队在坡头村的日子，我注意到，在他们的语言体系里，没有漂亮、美丽那种挂在人们嘴上的形容词，有的是他们习惯了的说法，很家常、也很得体。村里人夸乌采芹乖爽，是说她做姑娘时，是懂事听话的，是单纯听话爽快的。嫁给了孙天欢，她身份一变，既为人妻，又为人母，进了家门，要养孩子要做饭，还要侍候老人和男人，喂猪喂鸡，脚不闲、手不闲，出了家门，下地务弄庄稼，与亲戚邻人交往，有做不完的活，有说不完的话，却还能保证自身的整洁与淑仪，实在不易。而到她怀里抱上了孙娃，眼见儿孙绕膝，不论他们对错，她都一脸的包容与愉悦，不温不火，可就更是不容易了。所谓齐家治国平天下，乌采芹不操心治国的事，

更不操心平天下的事，可以齐家就是她最大的理想了。

乌采芹的一生，于坡头村的女人来说，是绝少体验了这三种境界的人。

她这样一个身子勤快、心眼儿活泼的人，却是那么奇怪，倒对身懒嘴馋，而且好赌花心的孙天欢很有感觉。在别人的眼里，孙天欢是不怎么受待见，但在她的眼里，却怎么看怎么舒服。譬如她就十分欣赏孙天欢身上那种读书人的做派。说来有趣，坡头村的开创者原来就是一个读书人，在明朝末年的时候，还有幸考取了使家族荣耀不已的功名，做过州府一类的官员，具体政绩史无记载，只是传说他愤恨政权的变易，又深蕴一股子强烈的乡土情结，这便回身故里，隐居不出，过着耕读传家的日子。这让后来的坡头村人对他们的这位老祖宗颇多微词，说是城市多好啊，他咋就不喜欢城市，而喜欢农村呢？微词奈何不得躺在坟墓里的老祖宗，大家就只有遗憾地在坡头村讨生活了。可是，后辈儿孙不懂得老祖宗的深刻理想，他们不断地退化着，退化到后来，就只剩下了一个耕，而没有了读。返乡插队在坡头村里，我没少听人讲那位远去的老祖宗，我虽然听出了坡头村人叙说中的微词，却也听出微词背后的骄傲。不过，我也看得出来，这个时候的坡头村，读书是件多么奢侈的事情，既奢侈又无用。出现一个孙天欢这样的人，实在是一个例外。不知谁说的，说孙天欢是村里的一只"马犄角"。

马长犄角吗？没有。

这充分说明了孙天欢的稀有，而且在他十多岁的时候，有位游方道士到坡头村来，向村里讨了口食吃，吃的时候，看见了蹦跳嬉耍的孙天欢，把游方道士惊讶得放下碗，喊孙天欢到他跟前来，双手捧着孙天欢的脸，嘴里念念有词，说了一堆"天庭饱满，地阁方圆"的话，最后很是恭敬地称呼了孙天欢一句：县长。

县长……啊啊，孙天欢有县长的命吗？

有没有这么贵气的命相，不到最后，谁能料得准呢？但他县长的外号，从此吊在了坡头村人的嘴上了，很是叫了一段时间，直到"文化大革命"，孙天欢不畏造反派而善待一个老右派的事不断演绎着，"县长"的外号就被人渐渐淡忘了，以至现在，几乎没有谁再说起，他还有那样一个绰号。

乌采芹所以嫁给孙天欢，不知可与游方道士的预言有关？但她处心积虑地嫁给孙天欢，肯定与他的做派关系甚大。乌采芹说过，她喜欢有文化的读书人，而孙天欢正好具有乌采芹所喜欢的那种潜质。在坡头村，孙天欢是继老祖宗之后，很少有的一位读书人，他像模像样地读着，都已读了初中，升到县城高中，一路读着书，几乎只差一次高考，就能顺利跳出"农"门，却被突然爆发的"文化大革命"断送了前程。不过，他读书人的习惯没有变，从头到脚都时刻注意，唯恐沾染上别的什么。那时，坡头村叫坡头大队，村民叫社员，社员们都穿自己家里纳底子上帮的布鞋，想都不去想皮鞋。孙天欢却不，他下地时穿布鞋，回到家里，就脱了布鞋穿皮鞋了。

老祖宗是个读书人。老祖宗开创了坡头村。孙天欢是读书人，孙天欢穿皮鞋无可争议，而且是开天辟地第一人。

在坡头村，孙天欢创造的第一多了去了，刷牙是一项，理发是又一项，而且在穿衣上，也是一定要出新的。村里人都还包裹在棒棒袄粗布衣之中，他却时刻穿得与公社的干部一模一样。那时的公社干部都流行穿四个兜儿的中山装，孙天欢上了三次北山，砍来柴火，用架子车拉了，卖给周村公社的国营食堂，换来钱票子，数都不数，捏在手指尖上，一刻不停地去街上的裁缝铺，给自己制作一身中山装回来。每日清晨的时候，坡头村人睁眼就会看见，孙天欢在他家门前的苦楝树下，满嘴白沫地刷牙，然后又涂上肥皂，用专业的剃须刀小心仔细地来回刮脸……孙天欢的做派，坡头村还有谁吗？没有了，他是唯一的，他理所当然地成了坡头村难得一见的风景。刷了牙，剃了须，回到家里，孙天欢就对着家里那面裂了两道线的镜子穿中山装了。仿佛一个神圣庄严的程序，他穿得很谨慎，很慢，先把一个袖子穿上，抻一抻袖口，再穿另一个，再抻一抻，然后就是系扣子了。系扣子时依然神圣庄严，每系好一颗扣子，他都要侧脸这样一瞧，侧脸那样一瞧，瞧好了，还不忘用手把扣子拍一拍……总之，他穿中山装要用去很长时间，那些时间里，消耗给自我欣赏的部分似乎更多一些。

孙天欢本身确有自我欣赏的条件，正如游方道士所说，他五官端正，脸型方正，加之不间断的田间劳动，又给他涂抹了一层黑里透红的太阳色，这便显得更有气质。

喜欢有文化的读书人，乌采芹没有不被孙天欢折服的理由。

孙天欢的形象和做派，不只乌采芹看在眼里，喜在心上，还有一些如乌采芹一般的女子，也喜欢有文化的读书人，也都昼有所思、夜有所想地喜欢着孙天欢。乌采芹感觉到了那样的危险，她比那些觊觎孙天欢的女子多了一个心眼，早来了一手，抢先把孙天欢拉进她的怀里，让孙天欢别无选择地成了她的人。

机会来自于一场电影，周村放映一部从朝鲜引进的电影《卖花姑娘》，孙天欢去了。他去得不算很早，但也一定不晚，差不多刚好赶在快开映时，出现在人山人海的电影场上。他不往人群里靠，更不往人群里挤，他就那么孤傲地站在一边，离着人群两三步的样子，举目去看高杆上的银幕……正是他的这一姿态，引起许多女子的青睐。他鹤立鸡群似的注目于前头的银幕，青睐他的女子，则你偷看他一眼，她偷看他一眼，他或许知道，或许不知道，他笔挺的中山装上，挂满了女孩子偷看他的眼睛……《卖花姑娘》的剧情太悲惨，现场观看的人群里，就有了一阵一阵的抽泣声，孙天欢知道自己眼睛也湿了。恰在其时，有一只雪白的小手拈着一方同样雪亮的手帕，移到了他的脸上，替他来擦扑出眼眶的眼泪了。孙天欢愣了一下，他抬起手来，猛地捉住那只手，低头从手上看起，这就看见了也在流泪的乌采芹。

乌采芹想把她的手从孙天欢的手里抽出来，抽了几下没有抽动，也就不抽了，任凭孙天欢抓着，双双退出抽泣声一片的电影场，去了周村外的一片芦苇地。在那里，他俩抱在了一起，抱得很紧很紧，抱成了一个人。

三个月后的一个晚上，俩人在周村另看一部名叫《南海儿女》的国产电影，看了没有多长时间，看不进去，就一前一后地出了电影场，一前一后地又去了那片芦苇地。头一次去芦苇地还是酷热的夏季，他俩相拥在芦苇地里，总有一种青草生长的气息，浓一股、淡一股地往他俩的鼻孔里钻。这一次再来，就已到了秋天，芦苇生得很高，他俩钻在里边，就如埋身在一片碧翠的湖水里，而在他俩看不清楚的湖面上，正有白色的芦苇花在风的鼓动下起起伏伏，泛滥出一波一波的雪浪。钻进芦苇地的孙天欢和乌采芹能干什么呢？像头一次一样，紧紧地搂抱成了一个人。

孙天欢给乌采芹说：你别不是眼瞎了？

乌采芹抱着孙天欢不出声。

孙天欢就还说：我会叫你吃苦的。

乌采芹把孙天欢往紧里又抱了抱，还是抿着嘴不出声。

孙天欢就又说：你难道乐意吃苦？

乌采芹紧抿的嘴再也抿不住了，她在孙天欢一声又一声的追问中，刚刚张开一道缝，就有一股憋在肚子的酸水，像是受压的喷壶，哗地喷射出来，糊在了孙天欢的胸膛上。

孙天欢不知缘故，把乌采芹推开半步，问她：你……不舒服吗？

从呕吐中缓过气来的乌采芹，把孙天欢顶了一头，怨喜地说：你装傻吗？

怨喜的一句装傻，把孙天欢像尊石雕一样，焊死在芦苇地里了。他不敢再看乌采芹，抬起头来，发现秋日的夜空是那么纯净，有几绺薄云缓缓地飘移着，有灿烂的星光正在云缝里闪烁。

乌采芹怯声地问孙天欢：你害怕了？

孙天欢没有出声。

乌采芹就还说：我不叫你害怕。

孙天欢依然抬头看着高远的天空，抿着嘴不出声。

乌采芹就又说：是我愿意的，你害怕啥呀？

怎么才能不叫孙天欢害怕呢？乌采芹在发现她怀上孙天欢的种子后，已经想好了主意，她为自己定制了嫁衣，也为孙天欢定制了礼服，她甚至不与孙天欢商量，就在她吐了孙天欢一胸膛的那个秋夜后，自己把自己穿戴起来，大红的袄儿、大红的裙子、插在头发上的大红的花儿，自己一个人进了坡头村，进了孙天欢的家，把孙天欢也穿戴起来。她拉着孙天欢的胳膊，招招摇摇地走出家来，在坡头村的街巷上款款地走着，见人先鞠一个躬，然后再给两颗喜糖，就这么把自己嫁给了孙天欢。

是夜，村里的小伙女子来耍房，大家要孙天欢和乌采芹交代他们相好的秘密，孙天欢闭口不说，乌采芹说了。

乌采芹很坦率地说：我喜欢有文化的人。

问的人不说话了，乌采芹却还说：我家孙天欢穿着中山装多好看呀！

乌采芹话跟话地就还说：以后，我就养一个孙天欢那样的娃娃。

满意得合不住自己的嘴、说出自己心里秘密的乌采芹，可是不知道孙天欢也还满意？好像孙天欢觉得他的婚姻来得太容易、太突然了吧，所以就不怎么珍惜。他原来只是好端一副读书人的架子，身懒嘴馋，不事农事，乌采芹自己梳头，把自己委身在他的炕头上，他就更是身懒，更是嘴馋，更是不愿意下地侍弄庄稼了。乌采芹不和孙天欢计较，即便在她生下他俩偷情得来的娃儿，虚弱地坐着月子时，孙天欢依然不改他的毛病，依然故我地身懒着，嘴馋着，而乌采芹还是尽量地袒护着他，娇宠着他，仿佛他也是她生育出来的小娃儿一般。

孙天乐是孙天欢的长兄，他看不惯孙天欢的做派，逮住一个机会说他了：你就不能改一改自己？

孙天欢望着他的长兄，很是有些不解地说：我改……改啥呀？

孙天乐的老婆万秀娥不好说孙天欢，但她作为长嫂，说一说乌采芹是可以的。她找寻着机会，找到了就说她了：自己的男人，你那么惯他？

乌采芹毫不含糊地说：我愿意！

3

周瑜打黄盖——愿打者打，愿挨者挨，便是亲兄热弟的孙天乐、闺门姐娌的万秀娥又岂能奈何？他们很快地分门立户，盘灶另过了。

夫妻俩钻在被窝里说的话，后来也传得坡头村尽人皆知。孙天欢太能折腾了，斯斯文文的一个人熬过了一个大白天，到了晚上，就变得像个土匪一般，把乌采芹就不当个人待，仿佛她就只是一个供他发泄欲望的工具。他很粗暴地扯下乌采芹的裤子，掰着她的肩膀，把她粗暴地放展在炕头上，举起手来，在她的私处啪啪两巴掌，这便虎势地骑上去，就是一场震天撼地的折腾。他把自己折腾得呼哧气喘，再看他身子下边的乌采芹死死地闭着眼睛，死死地咬着牙，一脸烈女受刑时的样子，说不清楚痛苦还是受活，孙天欢看不过眼，他问乌采芹了。

孙天欢气喘吁吁地问：受活吗你？

乌采芹从牙缝里挤出一句话：受活。

孙天欢依然气喘吁吁地问：受活？你咋不呻唤？

乌采芹就还从牙缝里挤出一句话：孙天欢日人哩！

微弱得只有他俩才能听见的话，不知怎么传了个满世界。有那么一段时间，能和孙天欢开玩笑的人，与他碰了面，便都要阴阳怪气地呻唤一

声：孙天欢日人哩！不能和孙天欢开玩笑的人，则旁敲侧击地也要呻唤一下：孙天欢日人哩！你呻唤一嗓子，他呻唤一嗓子，把孙天欢呻唤得脸红心躁，晚上回家，就更匪势地折磨乌采芹，而乌采芹俨然又是烈女受刑般的样子，死死地闭着眼睛，死死地咬着牙，死死地不呻唤不说话。拉得一手胡琴、吼得一嗓子秦腔的孙天欢，想起传统的秦腔戏里夫妻的相称，可没有现在人们那么肉麻的"爱人"一说，情急之中，都是破口而出的两个字：冤家！

这太形象了，不是冤家不聚首，夫妻可不就是一对冤家吗？

孙天欢想到这一层，他心里释然了，而且一夜一夜地复制。他和乌采芹一起努力，在他们折腾的热炕头上添了一儿后，过了些日子又添了一女，自然地，又在锅灶上也添了两只碗。儿女们的到来，影响了孙天欢和乌采芹在热炕上冤家对头似的折腾，但却浇灭不了孙天欢腹腔里燃烧着的欲火，他怀疑自己就不是个人，而是一只装满了燃油的大皮囊，随便什么时候遇着火星儿，就会燃烧起来。

有使孙天欢压制自己不燃烧的方法吗？

别人也许琢磨不出来，配合着孙天欢折腾了几年的乌采芹，探摸出一个规律来了。她发现，孙天欢只要操起胡琴，往家门口的苦楝树下一坐，摇头晃脑地扯着，哼哼呀呀地唱着，他腹腔里燃烧着的火苗儿就会弱下来。除此之外，还有书，也能使孙天欢腹腔里的火苗儿弱下来。这很好啊！乌采芹是乐见孙天欢扯胡琴吼秦腔，也乐见孙天欢手中拿一本书，凝神凝目地读。她之所以引诱孙大欢上她的身子，未婚先有子，嫁给他让他匪势地折磨她，可不都是因为孙天欢扯得了胡琴，吼得了秦腔，读得了砖头厚的书？！

这可都是文明人才有的东西哩！

孙天欢都有了，别的人有吗？原谅乌采芹的眼界小，她生活在坡头村里，千百号的人马，可不就马头上的"犄角"她亲亲的孙天欢一个嘛！

儿子孙飞龙吊在乌采芹的乳头上，像摘一颗熟透了的大石榴，刚把他的嘴摘下来，女儿孙飞雁的嘴巴就又吊在乌采芹的乳头上了。孙天欢不能在乌采芹的身体上淋漓尽致地施展手脚，而且呢，扯胡琴、吼秦腔、读书也不能消除他心头上的烦，腹腔里的火就又滚翻起来了。到他按捺不住时，是还要恶狠狠地对着含辛茹苦为他拉扯一儿一女的乌采芹吼叫了。

孙天欢吼叫最多的一个词是：烦死了，乡村！

连珠炮般吼叫的另一个词是：烦死了，土地！

吼叫在乌采芹耳朵边的这些个词，像他逼迫乌采芹在他俩折腾时呻唤出的那句"孙天欢日人哩"的话一样，很快也传得坡头村尽人皆知。前边那句话犹如喜剧台词，逗弄得起众人调笑的热情，而不会产生别的什么影响。但后边这两个词是不同的，他孙天欢烦乡村？他孙天欢烦土地？这让坡头村的人不能理解他了，集体无意识地，大家都会来想这样的问题了。

孙天欢凭什么烦乡村？

孙天欢凭什么烦土地？

孙天欢不是在乡村出生的？

孙天欢不是土地喂养出来的？

有了这许多的不理解，坡头村人就想起游方道士给孙天欢算的那个卦了。县长……啊哈哈哈哈，啊哈哈哈哈……坡头村的乡邻们把孙天欢很是嘲笑了一些日子，很是冷落了一些日子。可是过去不久，也许是因为村子的无趣，村子的寂寞，就也不知是谁起的头，又来拿孙天欢逗乐了。见了孙天欢的面，都要没头没脑、莫名其妙地冲着他嘲讽一嗓子：

县长好！

县长吉祥！

县长还日人吗？

县长你烦乡村？

县长你烦土地？

孙天欢心知肚明,坡头村的乡邻是在嘲弄他,但他又能奈何谁呢?与人大吵大闹吗?这可不是他的长项,而且也还有失他斯文的身份。孙天欢没有办法,别人嘲讽他,他听见了,就都装着没听见,像耳边风似的,让那不绝于耳的嘲讽飞过去。但是,日复一日,月复一月,甚至年复一年,孙天欢感觉得到,他耳朵眼儿里,被坡头村人的嘲笑,都磨出了一层厚厚的茧子。恰在这个时候,胞兄孙天乐逮住他,也以嘲讽的口气来劝说他了。

孙天乐所以也来嘲讽孙天欢,绝对不是他的原本意思。

我相信,从一个母亲乳头上吊大的兄弟,胞兄孙天乐也旁听见了坡头村人对孙天欢的嘲讽,他是也听得烦烦的,不能再听了,才以同样嘲讽的口气来说孙天欢了。

孙天乐嘲讽孙天欢的地方,还就在他们家门前的苦楝树下。其时已是秋尽时分,秋收已毕,秋种已过,就只剩下秋的尾巴,来做最后的秋藏工作了。苦楝树下,一边堆着胞弟孙天欢家分来的玉米棒子,一边堆着胞兄孙天乐家分来的玉米棒子。他们兄弟妯娌各自坐在自己家的玉米堆前,剥着玉米棒子上的皮囊,留下内中比较柔韧的几绺,然后再一个一个地编成串儿,挂到苦楝树的横杈上。胞兄孙天乐是一个勤劳的庄稼汉子,妻子万秀娥夫唱妇随,也是天生一个勤劳的庄稼女子,两口儿齐心协力,把分配给他家的玉米棒子好像也没怎么收拾,就已很快地剥下厚厚的皮囊,这个往那个的手里送,那个接过来往玉米串儿里编,一串一串,编得又紧又密,灿亮金黄,先是整齐地横陈在苦楝树下,然后又挂到靠他家一侧的苦楝树树杈上,这就又整齐地竖排在空中,依然灿亮金黄,让人看了,满眼的欢喜……孙天欢就不一样了,他虽然成了家,有了儿,有了女,依然懒于劳动,不好动手,像他在苦楝树下和乌采芹收拾玉米棒子,剥不了几个玉米皮囊,就要操起他的胡琴,扯一扯,再吼几句秦腔……一大堆的玉米棒子,差不多就只有乌采芹一双手来收拾了,而在她的身边,还缠绕着帮不了忙，却会添乱的儿子孙飞龙、女儿孙飞雁，活儿就做得慢，做得很不利索。胞兄孙天乐实在看不过眼，他把自己家的玉米棒子都收拾停当后，看着胞弟孙天欢堆在脚下的一大堆玉米棒子，却又不怎么上心，一次次放下手上的活，坐到苦楝树的根上，扯起胡琴唱秦腔。孙天乐忍无可忍，他要开口说话了。

孙天乐说：你真把你当县长呀？

孙天欢没理孙天乐的话，他扯着他的胡琴，好像有了孙天乐的叫板，他扯着胡琴上的两根弦，更是投入，更有感觉。

孙天乐说：你不是县长！你什么都不是！你还说厌烦乡村，你还说你厌烦土地，我看你别的啥都甭厌烦，你就厌烦……就厌烦你自己去吧！

孙天欢扯着胡琴，从西皮二六的板路，突然滑到了高亢的尖板上，刚扯了一段过门，他就唱出秦腔的戏词来了：

叫兄弟你莫把主意改变，
耐着心听兄弟苦口良言。
只要你树雄心来把书念，
为兄弟纵受苦也是心甘。

关中西府的乡村，谁听不懂秦腔呢？在那种独一无二的艺术环境里，便是三岁的孩娃儿也听得懂几出秦腔戏来。孙天乐半老不老，他不比胞弟孙天欢那么痴迷秦腔，但也深得秦腔的韵味，听出来孙天欢唱的是《打柴劝弟》一折。家里的老人离开他们兄弟早，临终给兄长的他嘱托，要他照顾弟弟。孙天欢好读书，他也决定供孙天欢读书，然而大势使然，孙天欢没有读书的机会，他回了坡头村，是为胞兄的他又能怎么办呢？没有别的办法，胞兄孙天乐就只剩下一个希望，希望腹腔里装下的墨水可以滋润孙天欢的心智，使他成为一个比自己更出色的庄稼汉。

唉！唉！唉！

孙天乐听得懂胞弟孙天欢几句《打柴劝弟》的唱，他嘴上哀叹着，手在自己额头上击了三掌，用眼睛瞪着收拾完自家玉米棒子的万秀娥腾出手来帮助弟媳乌采芹剥起了玉米棒子的皮囊。关中西府的民间有长嫂比母的说法，长兄孙天乐把孙天欢都没有办法，可以比母的长嫂自然更没有办法，她能做到的，也许就只能帮助他们做些农活了。

孙天欢好像并不买长兄长嫂的账，他们帮他家收拾玉米棒子，而他一声谢也不给，依然忘情地扯着胡琴，依然忘情地唱着秦腔折子戏《打柴劝弟》，唱到动情处，不知是为什么，他眼角还涌出晶晶莹莹的泪珠来，但他没有停止扯胡琴，没有停止嘴里的吼唱。

孙天欢最后唱的是戏里胞弟的两句词：

假若是劝不成才学又浅，
我何必累哥哥常把柴担。

4

破罐子破摔吗？

好像还不能这么说孙天欢，虽然他身懒嘴馋，但他也不是一个破罐子呀。他只是读了些书，读出毛病来了，自视有点儿清高，烦死了乡村，烦死了土地，除此之外，他有许多人没有的优势哩。譬如他胡琴拉得好，秦腔唱得好，心里高兴时，编一段快板词，说出来也是叫人佩服的呢。

当年，他在坡头村随便编说的一段快板词，我到今天都还记得：

打竹板，说快板，
今天不把别的说，
只说咱的五大伯，
大伯今年六十多，
从小是个双失目，
什么东西看不着，
拄根拐杖满街走，
忽然想着上茅房，
闻着气味往前摸，
一摸摸进厨房门，
……

　　这么搞笑的快板，孙天欢是弹着他的胡琴弦子来说的，他说的时候，就在他家门前的苦楝树下。因为有他，苦楝树下几乎就是坡头村独一无二的娱乐场，无论什么时候都有人群聚集在下面，来听孙天欢扯胡琴，来听孙天欢唱秦腔，岂料他突然说出一段快板，说出来更是别有一番风韵，大家更没有不乐的理由。坡头村人尽管被农活压得直不起腰，听了他的快板，忍不住都要撂下手头的活儿，直起身子，撩起衣襟，抹着脸，跟着他快板的节奏，开心地笑一笑。私底下，有和乌采芹走得近的女人，会不无羡慕地恭维她一声了。连她的嫂子万秀娥也说乌采芹，天欢那货，大概不能叫你手上有多少彩，但会叫你脸上多挂彩的。乌采芹装不住话，她把妯娌们翻的话，回家来说给了孙天欢。孙天欢听见了，没咋搭腔，但他听得懂手上的彩是什么，脸上的彩是什么。前者所指就是一个"钱"字，后者所指就是一个"乐"字。

　　这可有点儿小看孙天欢了！别人因为他快乐，而他心里是不快乐的。听了乌采芹给他传来的话，他没有高兴起来，而是又提着他的胡琴，从家

门里走出来，走到苦楝树下，仰头把苦楝树看了好一阵子，然后一步一退，一步一退，退出苦楝树的阴影，退到坡头村的村口上，又还死盯着苦楝树，死盯了好长时间，最后慢慢地转过身子，走出了坡头村。

孙天欢这次走出坡头村，很长时间就没再回来。

苦楝树下没了孙天欢，坡头村人还要到树下聚集，不过，这样的聚集是沉闷的，自然也很单调，这让大家不免想起孙天欢，不知道他去了哪里。

一日复一日地沉闷着……

一日复一日地单调着……

坡头村的人甚至都要胡想乱猜了，猜想身无分文的孙天欢仅仅手提一把胡琴，在外面吃什么？喝什么？一母同胞的长兄孙天乐还打发万秀娥问乌采芹，问她可知孙天欢的下落。这样的问题，初听是平淡的，不敢深想，深想便使人心惊肉跳。

赶着年的脚步，一场铺天盖地的大雪，把坡头村严严实实地捂在了厚厚的积雪下面。坡头村一会儿响起一声猪挨刀子的惨叫，一会儿响起一声羊挨刀子的惨叫，家家户户蒸年馍，擀年面，就等着年初一时大嚼大咽了。

让人心惊肉跳的孙天欢赶在这个时候，顶了一头一身的雪花回村里来了。那把大家熟悉的胡琴还在他的手上提着，头发特别的长，脸却刮得特别的净，从大雪弥漫的街巷口上，一步一步地走了进来，走到了苦楝树下。这成了他一个习惯，走的时候，他在苦楝树下就停了停；回来了，又自然地停了停，仰头把苦楝树看了一阵。深冬里的苦楝树没了他离开时的繁茂，那时满树还都是碧绿的叶子，这时树上的叶子都落没了，光秃秃的，显得特别枯疏。不过呢，苦楝树的果子像梳理过的干葡萄似的，还都一串一串地悬垂在树枝上，裹着一层绒绒的雪花，看上去倒是十分有味。

还是自家女人的眼睛尖，乌采芹从生产队分割了一吊子猪肉往家里走着，看见了苦楝树下的孙天欢。她把提在手上的肥猪肉往雪地一摆，撒开脚丫子朝他跑了来，跑到苦楝树下，面对面地站在他跟前，把胳膊都伸出来了，要去抱孙天欢，也想要孙天欢来抱她。可是他们的手都僵在了半空里，拉都没拉一下，乌采芹就哇的一声号哭了起来。

儿子孙飞龙、女儿孙飞雁，听到乌采芹的哭声，从家里也飞跑了出来。

兄妹俩看见了苦楝树下的父母，一对长高了的儿女跑出头门后，把脚都收起来，站在门口，怯生生的，望一眼号哭的母亲乌采芹，然后又去望他们久别归来的父亲孙天欢。长兄孙天乐和他的女人万秀娥在家中听到动静，也脚跟脚地从他们分家后另开的一扇门里急急地跑了出来。长兄长嫂没有发愣，他们是欢喜的，欢喜孙天欢在过年的前夕回到家里来了。因此他们二话不说，一个拉了孙天欢的手，一个拉了乌采芹的手，并且招呼着孙飞龙和孙飞雁回了他们的家。

坡头村的人真是眼冒金星了。

年初一的早晨，孙天欢和乌采芹把自己穿得像二度婚姻的新郎新娘一样，那么的齐整鲜艳，那么的不同寻常；还有他们的儿子孙飞龙、女儿孙飞雁，就更像皇帝的儿女一般，极端的俊朗，极端的秀美。这惹人眼目的衣裳料子是什么？款式又是什么？在坡头村人的生活经验里是没有的，大家一时还说不清。但他们一家四口脚上蹬的鞋子，大家是都知道的，是下乡到村里来的公社干部都不一定能穿的皮鞋哩！孙天欢和他儿子孙飞龙各是一双黑色三接头的，乌采芹和女儿孙飞雁的则是棕红色长靿的，因为打了油，走到街巷上来，便都锃光闪亮，仿佛遗落在地上的太阳和月亮一般。

眼红的坡头村人是要打问和猜测了。

他们百般打问，他们百般猜测，却都没能从孙天欢的嘴里打问出什么，猜测又不着边际，而且过去爱显摆的乌采芹，穿着时新好看的衣裳鞋

143

子,从家里出来了,探头探脑了那么几下,就又缩了回去。不过这不要紧,大家撵到她家来,想着要从她的嘴里知道些底细,同样什么都没得到。他俩瞒着村里人,倒也情有可原,可他俩也还瞒着大哥孙天乐、大嫂万秀娥,这让大哥大嫂怨声不断,很有些不可思议。然而,待到大年过去不久,家门前的苦楝树再次开满一树紫色花儿的时候,孙天欢就更让大家百般猜测,也更让大哥、大嫂不可思议了。他再一次走出家门,走过苦楝树,走到坡头村以外的地方去了。

孙天欢到坡头村以外的地方干什么呢?

他是去抢银行吗?

他是去盗宝贩卖人口吗?

他是……

坡头村的人的猜测形形色色,每一种猜想出来,不多久立即就会被否定掉,特别是抢银行、盗宝贩卖人口那样的行径。大家猜想着,想他们中某个人或许干得出来,但孙天欢干不出来,借他十个胆,他都干不来。那么,他能干什么呢?大家猜想到后来,有了一个统一的看法,坚定地认为孙天欢在搞投机倒把。投机倒把,于今天是没有什么问题的,而在那个时候,可就是一顶大罪了,是要与"地富反坏右"分子同等论处的,逮住了一顿批判是少不了的,严重者还要判刑呢。坡头村人有了这样的猜测,并产生这样一个共识后,就耐心地等着他,等他再次回到坡头村来,便毫不客气地把他揪出来批斗了。

那次批斗会我也参加了,会场就设在孙天欢家门前的苦楝树下。

坡头村人群情激愤,高呼着口号,把孙天欢押在苦楝树下,要他交代在外地投机倒把的罪行。他倒是沉得住气,任凭大家的口号喊破了天,也不承认他搞投机倒把,只说他是马列主义毛泽东思想的宣传员,走到哪里,宣传到哪里。他为自己辩白着,就还弹拨着他的胡琴,现场给大家表演起他自编的一段快板:

火眼金睛孙悟空，
跟随师父取真经，
路上遇到白骨精，
悟空有智又有勇，
敢争敢斗敢交锋，
铁棒在握妖雾除，
扫尽天下害人虫。

　　批斗会开得很不成功，只有猜想，没有证据，而孙天欢又泰然自若，脸不红，心不跳，自编自说了这样一段快板，便使批判会败得稀里哗啦，主持人不说散会，大家已经七零八落地散去了。

　　批斗会没能阻挡住孙天欢出村乱跑的脚步，倒是我出的一个主意非常轻松地绊住了他的脚。我这时候被抽调到人民公社的机关里，参加了毛泽东思想宣传队。我提议孙天欢也到宣传队里来，因为我觉得孙天欢的才华是适合宣传队的，而且也能提高宣传队的宣传水平。我把我的想法向宣传队的负责人一说，负责人当即让我回到坡头村，协调孙天欢到公社宣传队的事宜。结果非常顺利，孙天欢高兴，村里爽快，他当即跟着我到公社宣传队来了。

　　在这里，孙天欢可谓如鱼得水，他后台拉得了胡琴，前台唱得了角色，而更重要的是，他还能编新词。那个时候，旧的戏曲本子都不能唱了，八本样板戏都太大，公社一级的宣传队规模小，拿不下来，就只能自编自演一些又精又短的小唱段，快板是其中最简便的一个品种，此外就还有三句半和对口相声。结合当时的形势，孙天欢现蒸现卖，在宣传队编写了十几个小段子，其中就有那个他在村子里接受批判时说的快板书，他给起了个《扫除一切害人虫》的名称，拿出来正式演出了。正是这个快板书，在公社所辖的生产队巡回演出时，竟然走一处，就能获得一处的欢迎，连演三场几乎是家常便饭。这样的好处可是不少，使孙天欢不仅浪出了大名声，而且又还饱了他好吃的口福。因为到哪个村子演出，哪个村子就都想着办法给他们做好的吃。割肉燣臊子吃臊子面，发面炸油饼吃油馍馍，很自然地，还要弄几道菜的，有凉有热，再灌了几斤散酒，让宣传队的人喝。孙天欢喝得最愉快，有一次，他一杯一杯地和人碰，把自己碰了一个半醉，拉着我的手，和我转出巡演的村子，在荒天世界里瞎逛。他逛着呢，就逛得管不住自己的嘴了，给我说了他一次次走出坡头村的经历。还别说，他真如坡头村人猜测的那样，是在搞投机倒把。他到陕北去，陕北的大红枣便宜，他贩在手里，倒运到陕南去，赚一笔差价；又把陕南便宜的木耳、黄花菜贩在手里，倒卖到陕北去，再赚一笔差价。孙天欢说得开心，说着把他投机倒把在陕北陕南的风流韵事也都核桃枣儿地倒了出来。

孙天欢满嘴酒气，说：陕北的女子啊，可真是浪！

孙天欢满嘴白沫，说：陕南的女子啊，可真是水！

我辨不清孙天欢嘴里的真假，在他腰上捅了一拳，说：你给我说的，敢给乌采芹说吗？

孙天欢躲着我的拳头，说：我给她说了呢。

我吃惊地睁大了眼睛，说：你真敢？

孙天欢说：这有啥敢不敢的？我给她说了，还让她学习人家陕北、陕南的女子，要会喊，喊出来才快活。

我截断了孙天欢的话，说：乌采芹喊了吗？可是又喊你日人咧！

孙天欢大笑起来，我跟着也不能自禁地大笑了。我相信孙天欢所说的陕北、陕南的女子都不是没有影儿的谎言，他在这方面，确有别人不及的地方。就说公社组织的宣传队，他来的时间最短，但是宣传队一个叫梁秋燕的小女子，已和他眉来眼去，让大家议论纷纷。他给我说了那么多事，我知道他没把我当外人，而我也以为，他是我推荐来宣传队的，我可以不管他投机倒把的路上如何风流，但他在公社宣传队里的风流事，我是一定要管一管的。

我试探着说他了：你给我老实交代，你和梁秋燕怎么回事？

孙天欢的酒一下子醒了大半，说：什么梁秋燕，我……我和她没事。

我警告他：没事就好！

5

日子过得真叫一个快呀！

要不是孙天欢把我纠缠在他家门前的苦楝树下，给我说他离婚的事，他那些陈年老套的事情都已埋进时间的灰烬里，化作了虚无。他一说他离婚的事，就又都复活过来，鲜鲜艳艳地出现在了我的眼前。

见婚姻说合，见打架拉散。我才不想纠缠在孙天欢离婚的话题里，被他牵着鼻子走，我要找出一句话，把他离婚的话题岔到一边去。

我说了：你……还拉胡琴吗？

孙天欢大概没有想到，我会向他没头没脑地提出这样一个问题，但他很配合地摇了摇头，说：早不扯了。

我不想放弃这话头，就说：多好的手艺啊！怎么能放弃呢？

孙天欢就还摇着头，说：那有用吗？顶得了吃？顶得了喝？

过去他是多么浪漫的一个人，如今变得这么实际，倒是我吃了一惊，很有些不解地看着他，一时竟然不知怎么继续我们的交谈，然而却又怕被他扯进离婚的话题里，心中慌着，脸上就也慌了起来。不过还好，有人来救我了。

从困境中把我救出来的人，不是别人，正是孙天欢的胞兄孙天乐。他

悄没声儿地,什么时候站在了我的身后,我一点儿都没有觉察,直到他出声叫我,我才回头看见了他。

孙天乐说:是治邦吗?

我赶紧应声,说:是我。

孙天乐说:咱村知青,就你还知道回来。

我说:我和人家不一样么,我原本就是咱坡头村人。

孙天乐说:你说得对,你爷爷的坟可不就埋在咱祖坟里。我也老了,也该到祖坟里排队去了。

我得承认,孙天乐说得不错,他看上去的确老了,身子缩得比我返乡插队时几乎矮了半头,脸上没了一点儿水分,干得像一个蔫核桃,这和拦住我说话的孙天欢形成了天壤之别。比他小不了几岁的胞弟孙天欢倒是白白胖胖,头光脸净,好像比我返乡插队时相熟的他还要精神几分,同样又还要风流几分。

孙天欢手里端着个大烟锅,按在嘴里,猛吃了一口,把烟咽进肚子里,憋了一会儿,才让浓得仿佛糨糊似的烟雾,从他的鼻孔里慢慢地喷出来,他接着说了,说出的话也像喷出鼻孔的浓烟一般,把人能呛一个跟头。

孙天乐说:都是福烧的,不知道自己姓啥叫啥了!

孙天乐这是说他胞弟孙天欢吗?我必须承认,他的话像刀子一样,直戳戳就是对着孙天欢的。孙天欢也听得懂,他不想听他胞兄孙天乐的指教,拧回头,撂下我们,自己走了。

视土地为生命的孙天乐,把他的全部情怀全都抛洒给了坡头村的土地,因此他还做了几年坡头村的生产队长,直到土地分包到户,他把身上的一切杂事都推了个干干净净,把自己像庄稼一样种在了土地里,地里种下的是小麦,他就是一棵小麦,地里种下的是玉米,他就是一棵玉米。人不哄地,地不哄人,他这么给村里人说,并且坚信勤劳可以致富。然而,就是这样一个对土地极端热爱，也坚信土能生金的庄稼把式，用话把他那个自视为有文化而轻视土地、轻视劳动的胞弟嗞走后，他把他的手伸到我的眼前让我看了。

孙天乐说：你看我的手，还像手吗？

我被他这一问，问得眼前直冒火花，心虚心慌得几乎都要站不稳了。

杵在我眼前的那双手干燥粗粝，像是苦楝树上脱落的一块树皮，胡乱地接在了他的手腕上，变形得十分厉害，骨节大得出奇，厚厚的茧子就如焊在手上的一颗颗青铜钉帽。我悄悄地把我的手藏到了裤兜里。

这是孙天乐的手呢。他问我了：说：这是为什么？

我想回答他，却无法想出一句话来。

孙天乐也不等我措辞，他说：都是勤劳的结果！

我不能自禁地"哦"了一声，虚弱得仿佛突染大病。

孙天乐把他的手抽了回去，继续着他想说的话。他说，我算是明白过来了，人世上都说勤劳致富，但你睁眼去看，勤劳的人多了去了。我不勤劳吗？还有坡头村如我一样的人，谁不勤劳呢？再是出门打工的人，像鸟儿一样站在脚手架上，恨不能剁了自己的手，剁了自己的脚，都砌在城市里的楼房上，把楼房越砌越高，越砌越漂亮，他们也该是勤劳的人，可我们和他们，谁又致富了呢！我们在土地上像牛一样勤劳，我们没能致富；他们进城打工，他们也没能致富。

返乡插队在坡头村的时候，我所见到的孙天乐是个沉默寡言的人，他就只知道干活，麦收了种秋，秋收了种麦，拉牛犁地，赶马拉车，他有做不完的农活，让我感觉他这个人把嘴里的话都咽进了肚子，消化后，再经过吸收，以一种神异的方式，传递到他的手上，让他的双手来代替嘴巴说话了。我忘记不了，返乡插队在坡头村最初的日子，我把小麦和韭菜分不开，我就这么懵里懵懂地下地劳动了。其时正值春季，坡头村的男女老少干的都是春锄的活，每人一把小锄头，扛到大田里来，一字儿排开，把麦行里的杂草锄掉,好使麦苗儿在春风的吹拂下起身摇旗,不受干扰地奉献一季丰收。这个活儿不重,但却熬人,且有一定的技术性,我混杂在大部队里,刚好与孙天乐比肩,但见他手里的锄头,在泛得虚泡泡的土壤里,仿佛银光闪亮的鱼儿睁着圆鼓鼓的眼睛,瞄着杂草,又稳又准,一棵一棵,干净利落地就消灭掉了。而我却不能,锄头在我手里,就如一只认生的小鸡在麦行里乱啄,啄准了草灭草,啄偏了草伤麦,特别是一些与麦苗儿混生着的杂草,我没有一点儿办法,只好听任杂草与麦苗儿共生共存,争夺水分和营养。孙天乐看见我的作为,他没说我做得不对,只是不断地回过头去帮我几手。我看得出来,他帮我的每一手,都是对我锄草动作的一次示范,譬如他把腰下得很深,弯下去的脑袋几乎贴上了麦苗儿;再譬如杂草麦苗儿混交而生,他就不用锄头,而是伸出手来,拽着杂草拔下来……接受贫下中农再教育,是我们插队知青必须完成的任务,我跟着孙天乐,在他手把手的帮助下,很快就能春锄了。

事隔多年,不善言语的孙天乐居然这么能说。

孙天乐不是"人老话多"那样的多话,造物弄人,他是经过长年累月的劳动,有所思有所想,累积在胸,不吐不畅,才突然倾泻而出的。果然,他在一阵翻江倒海的倾泻后,迅速沉默下来,不再多言多语,垂头丧气地摸出他的旱烟袋,在烟袋里使劲儿地挖着,很瓷实地装了一锅烟,咬在嘴上吃了起来,孙天乐吃得一嘴比一嘴紧,从他的鼻腔和嘴巴里喷吐而出的烟雾,像是烧着了一截湿树桩,浓浓地缠绕着他,让我一时看不清他的真面目。

我俩相对而言,透过他烟雾蒸腾的身影,我看得见他的家,以及与他相邻的胞弟孙天欢的家……如果没有相邻,就没有太多比较,相邻在一起,便大不一样,让人看得惊心动魄,甚至想要发出一声慨叹:唉!

孙天乐的家还是我在坡头村返乡插队时的老格局,黄土墙、黄土房,日深年久,比之以前,似乎又颓废了许多……坡头村中不独孙天乐的家保留着原来的样子，许许多多的家庭都保留着原来的样子，唯一不同的是孙天欢，他家原来的黄土墙推倒不见了，代之而起的是一座两层的楼房，以及红砖到顶的围墙，这在一片黄土墙、黄土房的坡头村，便有一种鹤立鸡群般的特殊。

吃着旱烟的孙天乐吃得太猛了，有一口呛着了，使他不能自禁地大咳起来，咔咔咔咔，咔咔咔咔……把他咳得鼻涕流出来了，眼泪也流出来了。我真担心，弯腰弓背的孙天乐会被这一口烟呛得背过气去。我抬手去拍他的背，还没有拍上，就被挡了回来，而他也在一阵阵夺命的大咳中，慢慢地回过神来。回过神的他，又一次大出我的意料，他又向我问了一句话。

孙天乐说：你还记得孙天欢说过的那句话吗？

我不知孙天乐所指的是哪句话，就没有接话，只是用狐疑的眼神望着他。

孙天乐看懂了我的眼神，他说：烦死了乡村！烦死了土地！

6

振聋发聩……

惊心动魄……

在孙天乐一阵大咳后，向我说出他"烦死了乡村！烦死了土地"的两句话后，我的脑海里喷薄而出的，就都是一些难以理解而又不能不理解，难以承受又不能不承受的词。像他那么热爱乡村，视乡村为生命，像他那么热爱土地，视土地为生命的庄稼汉子，几十年后，说出他胞弟孙天欢曾经说过的话，肯定是有他的原因的。

　　这个原因不要孙天乐说，我仅凭眼睛看，也看得出个差不多。生产队散伙的时候，他是生产队长，当着全村人的家。怎么分地？怎么分队里的产业？他都有说一不二的权力。老辈子人说了，养肥牛不如种近地，这样的经验之谈，他岂能不知。所以分地时，他给自己分了挨村子最近的一块地，而且还做了手脚，给自己分了一头肥壮的牛。农家生活中的两样优势，他凭借手中的权力，不费吹灰之力，就都占着了。而他的胞弟孙天欢一样都没占着。但这又有什么呢？孙天乐热爱乡村、热爱土地，孙天欢一样都不热爱，他就把分到手的土地，还有牲口农具，很慷慨地全都送给了孙天乐，自己光着身子去了岐阳县城，租了一个门面房，大张旗鼓、正儿八经地做起人民公社化时偷偷摸摸进行的土特产贸易。孙天欢轻车熟路，他上陕北贩运大红枣下汉中，在汉中卖掉大红枣后，就又贩运落花生黄花菜，一路往陕北上……不能说孙天欢的土特产贸易做得多么风生水起，但也的确顺风顺水，积攒下了他生意场上的第一桶金，大方豪气地把他租来的门面房，掏钱盘到了自己的名下。

　　孙天欢有钱了！

　　孙天乐却依然不怎么鸟他，以为那不是什么正经营生。庄稼人，唯有种好庄稼，才是自己的本分。孙天欢有了地不种，全都给了他，让他有一种瞌睡遇着了枕头般的惬意，汗珠子掉在地上摔八瓣，辛辛苦苦地做着，夏一季、秋一季的，有了吃不完、用不完的粮食。麦子装在席仓里，一圈一圈重叠着装；玉米挂在院子里，像是黄金砌的墙，一道又一道重叠着排。钱算什么？仓里有粮，心里不慌！

　　孙天乐有粮了。

　　但粮食太不争气，堆在家里要出虫，拉出去卖吧，又卖不上钱，算一算，有时候连本钱都不够，就又拉回来，囤积在家里。

　　老婆万秀娥真是好，太好了，说是他的一条胳膊一条腿，都要委屈了她呢。她很看重他，一切一切，就如一个性别不同的孙天乐一样，他扛着锄头下地，老婆万秀娥扛着锄头跟他下地，他牵牛扶犁下地，老婆也牵牛扶犁下地。女人家家的，地里的活儿，她像个男人一样，样样做得来，做得好，忙了地里活，回到家里来，孙天乐乏累了，可以横躺在炕上睡觉，老婆万秀娥是不能的，她要下厨房做口热的，填一家人的肚子。像胞弟孙天欢一样，他也有儿有女，这是神仙一般的生活哩。儿女们长着，见风高一头，长大了的儿女把心都用在了学校，用在了读书上，这和孙天乐的理念不大一样。他教训儿和女：念什么书？啊，认得钱票上的数字就够了，别像你们二爸，书是没少念，到头来怎么样？四肢不勤，五谷不分，多好的地分给他，他懒得种，撂下不管，自己跑到县城里去倒买倒卖，我看他能折腾出个啥眉眼来。儿女小的时候都听他的，大了以后，就不听他的了，情急的时候，还要挺起腰板，和他对着干了。

　　特别在母亲万秀娥过世的问题上，一儿一女和孙天乐彻底闹翻了脸。

　　这是一个意外，一个谁都没法预想的意外。万秀娥跟着孙天乐，在他们的责任田里给生长得葳葳蕤蕤的玉米追肥，孙天乐扛着锄头，在前头给每一棵玉米刨一个坑，万秀娥挽着尿素袋子，在每一个坑里丢上一撮尿素，顺带往前跟着走，脚下一拉，再把丢了尿素的小土坑填平……老夫老妻的，把这个普通不过的农活，每年都要重复一遍，一年一年，一遍一遍，重复得多了，自然十分默契，一前一后，各干各的，谁都落不下谁，逮着空儿，夫妻俩还要说说家里的事。

　　这太自然不过了，孙天乐和万秀娥才不会操心别人家的事。

　　这一次，他们说的就还是自己的一对儿女。

　　话是万秀娥说起来的。她说：你弟天欢把他们的儿女接进县城去了，上中学去了。

　　这件事，孙天乐也是知道的，他不置可否地"嗯"了一声。

　　万秀娥说：你嗯啥哩嗯？你知道吗，县城中学的教育质量可不是咱周村镇中学能比的。

孙天乐听得明白，但他仍然不置可否地"嗯"了一声，算是对万秀娥的回答。在平时，万秀娥可能也就于此住嘴，不会再说下去。但这件事不同，是关乎儿女前途的事，她就有些不依不饶，因此还要再说下去。

万秀娥说：我想了，咱们的儿女不比谁少啥，咱也能上县城中学的。上了县城中学，才可能再进一步，到陈仓城甚至西安城上大学的。

他们的一对儿女这天休假，为了减轻父母的劳作，也跟到地里来，学着父母的样子，给齐腰深的玉米追肥。父母的对话，他们是听得到的，而且母亲万秀娥说的话，可也都是他们撺掇着来说的。他们希望母亲万秀娥给父亲孙天乐说了后，父亲会答应他们的愿望。然而让他们失望的是，母亲一遍一遍地说，换来父亲的回答都是那声没有明确态度的"嗯"。

啥是"嗯"呢？

儿女们听不明白，万秀娥也没听明白，她就话跟话地又追问了，说：我说的话，你听见了还是没听见？

孙天乐把刨着土壤的锄头停了下来，回身望着万秀娥，说：我说的话，你听不明白？

万秀娥看着孙天乐的气势，她一时有些发怔。

孙天乐就往明白了说：镇里中学能念了念，不能念了就回来。我的地里还正是缺少人手呢！

万秀娥早已受到儿女的蛊惑，她不能同意孙天乐的意见，就大着胆子驳斥他。她说：你就知道地！一辈子熬在土地里，你说，土地给你啥了？

孙天乐干脆地说：土地给我粮食了。

万秀娥说：打下粮食有啥用？

孙天乐说：养人呀。

万秀娥还说：除了养人还能做啥？

孙天乐说：你这婆娘怎么了？

万秀娥说：我这婆娘没怎么，我知道打下粮食为了养人，但我看你，

154

是要打下粮食……来，来……

孙天乐没让万秀娥把后半截话说出来，他没好气地补上来，说：来埋人！

一语成谶。全家人在玉米地追了一天的肥，晚上回到家里来，喝罢晚汤，就都上炕睡了去。长年累月地与土地打交道，除了劳苦还是劳苦，是没有一点儿便宜可占的，一家人倒头在炕上，很快就都睡实了过去。然后是老鼠们赶在这个时候出来了，不是一只两只，是一群一伙，把一家人此起彼伏的鼾声当成了他们行动的号角，前赴后继，向家里囤积的粮食发出一拨又一拨的冲击……当然，老鼠们这么祸害粮食，也不是一天两天的工夫，狗日的老鼠像和这个勤劳的家庭竞赛一样，也是常年地做着它们的功夫。白天里和自己的男人言语不和，万秀娥吃了一肚子气，她睡了一觉，醒过来，就怎么都睡不着，而老鼠糟害粮食的声音，在寂静的夜里又是那么刺耳，万秀娥便披衣起来，转到存放粮食的厦间去了。她心想，一家人挖刨回来的粮食，可不是由着老鼠糟害的。

不幸在这一刻发生了。

万秀娥不知道，装过尿素和复合肥的蛇皮袋子腾空后又都装上了粮食，一袋一袋，顺墙摞起来，有一人半高，勤劳的老鼠们趁夜把垛底的粮食袋子掏空了一半。万秀娥扑着去打老鼠，老鼠没打着，却一头撞倒了粮食垛子，塌下来，把她压在了下面。直到天明，孙天乐找她找不着，喊她喊不应，家里家外地找，最后找到存放粮食的偏厦房，发现了压在小麦袋子下的万秀娥，把她掏挖出来，她早已没了气息。

为了埋葬万秀娥，孙天乐几乎耗尽了他积攒下来的粮食。

这是不好商量的，万秀娥是一个多么好的女人啊！跟了他，好吃的没吃多少，好穿的没穿多少，跟上他就只在土里刨了，万秀娥生前他欠下她了，人死后他要给补上来。孙天乐算计着，置一副好点儿的棺板是必须的，还要设宴宴请亲朋和乡邻，他就把粮食往出卖了。也是粮食放得久，

有许多都成了空壳,这让热爱土地、热爱粮食的孙天乐太不能承受了。他因此大病一场,在自家炕上睡了好多天。他怀里抱着万秀娥的柏木牌位,醒着的时候,一把鼻涕一把泪;睡着的时候,依然抽泣哽咽……孙天乐悔得肠子都青了,想他的嘴咋那么臭,千不该,万不该,不该说出那样一句话。

粮食……埋人!

在精神好一点儿的时候,后悔着的孙天乐会喊来失去了娘亲的一对儿女,但他发现,儿女与他是那么隔生,甚至不想面对他,就是被他喊叫到身边了,却都拧着个身子,别着个脸,不看他,也不和他说话。

儿女俩是恨上他了!

孙天乐虽然愚,但也不傻,儿女对他的态度,他敏锐地感觉到将是他今后不好解开的疙瘩。这一切,也都因为他给儿女的娘亲说的那句话。

粮食……埋人!

儿女的娘亲被家里积攒下来的粮食埋掉了,儿女们不恨他,还能恨谁呢?病快快的孙天乐躺在炕上,这是他有生以来离开土地最长的一段时间,他和儿女没法交流,就在心里想他的土地,想他种在地里的庄稼,想得心慌心急,就问他的儿女:庄稼地里的草荒了吧,你们该去锄草的;庄稼地里旱了吧,你们该去灌水的……病着的孙天乐念念不忘他心爱的土地,念念不忘他种在地里的庄稼,可是他的儿女和他想的不一样,他越是那么热切地惦念他的土地和地里的庄稼,他的儿女似乎就更隔生他,直到他恢复得从炕上爬起来,自己能荷锄扛锨下到地里锄草浇地,至亲至爱的儿女才和他恢复了那么一点点儿温存,知道帮他在地里锄一会儿草,浇一会儿水,回到家里来,给他热饭热菜地端上来。

孙天乐悲凉的心因此有了些微的温暖,孙天乐悲苦的心也因此感到了些微的甜蜜。然而好景不长,到孙天乐的精神恢复得比较好的时候,他的一对儿女给他留下一张字条,双双离开了他,离开了坡头村,出门打工去了。

儿女留给孙天乐的字条上写着这么几句冷冰冰的话:

土能生金。你就在土里刨金子吧!

不要找我们,我们都大了,我们会照顾自己的。但我们有一个心愿,四时八节的日子,你到我们母亲的坟上多烧一些纸。纸钱我们会寄回来的。

7

房是招牌地是累,攒下银钱催命的鬼……

孙天乐真是太能说了,他滔滔不绝地说着,说得嘴角起了一坨白沫。他正说着,还从他的衣兜里摸出一把钱来在手上捋着,说都是儿女寄回来的。他说自己算是明白过来了,过去那么看重土地,看重粮食,可他把自己过成了啥?啥啥都不是,心疼他的老婆给粮食埋了,还惹得儿嫌女不爱。现在,他不种地了,不打粮食了,他又缺了啥呢?啥啥都不缺了,他一个人过着,想吃好的了,想喝好的了,他骑上电驴子,往周村镇上去,看着哪家馆子好,就进哪家馆子吃,就进哪家馆子喝。

孙天乐的这一改变让我一时很不适应,我看着他,有点儿没头没脑地问了他一句:离开了土地,你真的啥啥都不缺了?

孙天乐没有想到我会问他这么一句话,他不说话了,有点儿发呆发愣地望着我,而我跟着前头的话,又说了一句没头没脑的话。

我说:现在的你,话可真是多呀!

我说的这些话,使孙天乐有那么点儿不好意思起来。但他没有停止捋

他手里那沓人民币的动作。我知道，他之前捋那一沓人民币，多少有点儿自嘲的意味，现在捋那沓人民币，干脆就只是一种掩饰了。果然，他又捋了几下儿女寄给他的人民币，顺手往衣兜里一塞，说他这就到周村镇上去呀。儿女们说得好，圈下大院干什么？盖下大房干什么？种下大田干什么？都不如一个吃，都不如一个喝，我可是不能再亏我的嘴了。

孙天乐说了这些话后，猫腰进了他家大院，推出一辆半新的电动自行车，在门外拧着电动开关，偏腿骑上去，轰轰吼了两声，就从我的面前开过去了。

胞兄胞弟一对子，不约而同地把我当成了一个收集废话的垃圾桶，一个才去，一个又赶过来接着又要给我倾诉了。

孙天欢趁着他哥远去周村镇的机会，不失时机地站在了我的跟前，又一次和我搭上了话。

孙天欢说：我哥给你说啥了？

我知道他们兄弟的矛盾，就模棱两可地应着孙天欢，说：你哥他能说啥？

孙天欢的左手攥着些我无法认出的小豆儿，那些豆儿圆圆的，裹着一层脆黄的外壳，孙天欢的右手指头在左手心里摸着，摸到了一个，就很熟练地搓去豆儿的脆皮，轻轻地一抛，不偏不倚，刚巧叨在他的舌尖上，却不立即嚼碎，用舌头吸进嘴里，有滋有味地吮上一阵，这才重新送到牙尖上，小心地嚼着，嚼碎了，咽进喉咙里去……我那么回答他，他是不着气的，就那么很有耐心地吃着我叫不上名字的小豆儿。他一连吃了六颗，吃着还张嘴让我看。

我看着，他就劝我说：你也吃几颗。

究竟是些什么豆儿呢？我迟疑着没吃孙天欢让着的豆儿。

孙天欢就说了：不是啥宝贝东西，但却特别有用。

我好奇，随口问他：啥用？

孙天欢说：男人呀！

我听明白了，说：男人是有区分的，对你可能有用，对我就不需要了。

我拒绝着孙天欢，却也知道苦楝树的籽实还有壮阳的功能。

在乡村，总有一些偏单验方让人匪夷所思。记得我在坡头村插队的时候，孙天欢有了大儿子孙飞龙，也不知什么原因，落草在他家的炕头上时，两只脚像是两根细小的红萝卜，血赤赤的，干脆就没有那一层皮。这让孙天欢和乌采芹好不着慌，抱到医院里看医生。医生开了药，有外贴的，也有内服的，可就是一点儿作用都没有。不仅没作用，而且还有进一步恶化的趋向，两只脚的蜕皮向腿上蔓延着，没有出月子，半截腿的皮也脱没了！夫妻俩愁眉不展，在心里想，这个落草在自家炕头上的大儿子，不知能不能成个人？还好，就在夫妻俩心事重重，不知如何是好的时候，孙天欢的胞兄孙天乐打听来一个偏方，说给孙天欢让他给娃试一试。孙天乐的话说得极委婉，但孙天欢听得明白，他胞兄的意思就是"死马当作活马医"了，医治好了救一条命，医治不好，也就没了遗憾。孙天欢反感胞兄说话的那层意思，但也无可奈何地按照胞兄打听来的偏方给儿子治疗了。这个偏方太古怪了，既不需要花钱，也不需要求人，就是动动手，从村口的池塘里捞一桶塘泥回来，拌上两碗荞麦面，在锅里熬上两个时辰，刮出来，盛在一个瓦盆里，把儿子没生皮的腿脚浸在温腾腾的泥水里，早晚各浸一个时辰，七日再看效果……没想到，就是这个偏方，还没到七日头上，儿子没皮的腿脚就生出一层光溜溜的嫩皮来。

民间流传的偏单验方，有时真是没道理地管用。

孙天欢太相信那些偏单验方了。他在嘴里嚼着经他特殊炮制过的苦楝树籽实，嚼得一嘴的白沫，<u>丝丝缕缕</u>的，有一些还从嘴里溢出来，散发着一种说不清道不明的味道。

孙天欢再一次给我推荐，说：现在的我，可是离不开这物料了呢。

  我冲他笑笑,有种不置可否的意思。但我知道,我从心里是认可了他的实践。他呀,毕竟一把的年纪,过去不怎么热爱土地,远离了土地,在县城做他的生意,做得风生水起,却突然跑回坡头村,把他胞兄撂荒了的土地全都揽到他的手里,由他来耕种了。这该是他壮阳的一个理由吧,此外还有一个理由,孙天欢离不开女人,年轻时如此,有了一把年纪后,不仅没减,似乎还有增长的趋势,而他的女人乌采芹,年轻时不能满足他的需要,现在就更成了问题。幸好有一个梁秋燕,就是和孙天欢在公社宣传队闹出绯闻的那位小旦,结过婚,也不知是不是与孙天欢的旧情难了,过活了没有多少日子,到孙天欢在县城立起自己的牌子时,梁秋燕就离了婚,跑到县城来,在孙天欢的公司跟随着孙天欢干了。在公司里,梁秋燕是孙天欢最为得力、最为忠实的一位员工。

  梁秋燕的那一份得力,那一份忠实,不仅表现在生意场,而且还表现在炕头上。

  孙天欢和梁秋燕的事,对于逐渐长大的儿子孙飞龙和女儿孙飞雁,还是要遮一遮、躲一躲的,但对乌采芹就完全放了开来,没有一点儿顾忌。乌采芹对此也不觉碍眼,因为她知道,她管是管不住的,倒不如不管。嘴上不管,心里的别扭还是有的,有一次,乌采芹挨不过儿子孙飞龙和女儿孙飞雁的怨愤,找了个机会劝说孙天欢。

  那个机会真是不错,孙天欢五十大寿,乌采芹在县城的家里弄了一桌好菜,又打开一瓶好酒,和儿子孙飞龙、女儿孙飞雁围着孙天欢,欢欢喜喜地吃了一顿饭,而且又喝了不少酒。孙天欢横在床上午休,睡了一个长觉起来,儿女不在身边,乌采芹就劝孙天欢了。

  乌采芹说:他爸,我说你两句你甭躁火。你说梁秋燕除了比我小那么几岁,别的比我又能好到哪里去?

  孙天欢没有躁火,他说:不是年龄的差距,是她会叫,而你不会叫。

  这次劝说孙天欢,乌采芹是做了些准备的。她听孙天欢说出这个理由后，顺手把桌子上的收录机按键摁了下去，那个黑色的日本进口的收录机里，嗞啦了几声后，就发出乌采芹练习了许多时候，录在磁带里的叫床声……显然是，孙天欢被收录机里的叫床声喊愣了，有点儿不相信自己的耳朵，愣愣地听着。他在心里想，与乌采芹过活了半辈子，俩人一起还生养了一儿一女，到现在，他觉得自己都不认识乌采芹了。

乌采芹看着愣在炕头上的孙天欢，她有了点儿得意，说：他爸，以后就让收录机替我给你叫！

孙天欢没有应声，他从炕上爬起来，默默地穿上鞋袜，默默地走出房门，走到了大街上，两耳嗡嗡的，似还有乌采芹辛苦练习出来的叫床声，锥子一样扎着他的心。

从此，孙天欢再没回乌采芹的房子里去，他的身体需要女人了，就到梁秋燕的身上过一把瘾，然后就安安心心地做他的生意。

孙天欢回到坡头村来，没别的商量，梁秋燕跟着他的屁股也来了。

梁秋燕也是一块地哩，孙天欢白天要照顾庄稼地，晚上要照顾梁秋燕这块地，这可不就是他要壮阳的又一个理由了吗？

不过呢，这些却都不是烦死了乡村、烦死了土地的孙天欢，回村来耕种土地的理由。一个反感土地的人，回到坡头村来，认真地侍弄庄稼，是有他一个别的理由的。

8

女人的声音穿破孙天欢砖砌的新院墙，直往我的耳朵里钻。

女人是吆喝狗儿的吧。她说：花花，你不要欺负小小。

小小是什么呢？是只猫儿吧。女人批评过了花花，马上就又安慰起猫儿小小了，她说：小小过来，咱不怕花花，它是闲得来逗你玩的。

女人是梁秋燕，我们在公社时期的宣传队里待过，我像熟悉孙天乐一样，也熟悉梁秋燕和她的声音。隔着一堵砖墙，我虽然还看不见梁秋燕，但我猜得到，她把猫儿小小抱在怀里了。她的这个举动，惹得狗儿花花忌妒了，这就使得花花更不听话，也更捣蛋了。

花花焦躁地吠叫起来：汪汪，汪汪，汪汪……

梁秋燕不想花花太焦躁，便也急切地呼唤着花花：花花，花花，花花……

我把一种自己也说不清的目光投射在了孙天欢的脸上。我把他看得脸红了一下，随即又恢复了正常，他给我解释着，说：花花是条狗，小小是只猫。

我先知先觉地点了点头。

我知道孙天欢想给我解释他和梁秋燕的事情的，他没有措辞好要说的话，就拿狗儿花花和猫儿小小给我说事了。孙天欢显然知道，他这种搪塞似的解释糊弄不了我，就也变得干脆起来。

孙天欢抬手搓了一下自己的脸，跟我说：走，咱到家里坐坐，喝两盅怎么样。

我有点儿不置可否，孙天欢就站在苦楝树下，往嘴里塞两颗苦楝树的籽儿，冲着院子里耍猫逗狗的梁秋燕喊上了。

孙天欢大声地喊：秋燕，把你的猫狗先撂一边去，你不知道谁来了？

梁秋燕在院子里应着：我的眼睛透不过墙。

孙天欢便说：是项治邦哩，我们可是有日子没见了，你弄几个菜，好给我们下酒。

随着孙天欢的话音，我即听到梁秋燕惊喜地回应：是吗？是项治邦吗？

梁秋燕嘴头上惊喜地说着我，人也从砌了瓷砖的大门里风一样刮了出来。她也真是，左搂右抱的，一边是猫儿小小，一边是狗儿花花。不过呢，这两只小东西生得真是可爱，都是出身高贵的玩物，在城市里或许不难见到，在坡头村这样的僻壤中，肯定是凤毛麟角了。猫儿小小一身雪白，狗儿花花雪白一身。看得出来，两只宠物临来乡下前，是进了美容院的，所以呢，它俩雪白的毛发都被精心地修剪过了，而且又还恰到好处地染了彩儿，红一处，绿一处，粉粉嫩嫩，让人看了，总是一个赏心悦目。

　　面对了我，梁秋燕把她的手一松，猫儿小小先跌到地上，狗儿花花跟着跌到地上。两只小东西正在梁秋燕的怀抱里宠着，突然失怀跌落地上，就都有点儿不理解，绕在梁秋燕的脚下，又撕她的裤脚，又扯她的鞋……如此撒娇，如果不是我在，梁秋燕肯定又会把它俩抱起来，拥在怀里，温暖和安慰它俩了。因为我的存在，猫儿小小和狗儿花花就只有失望着不断撒娇，这便惹得梁秋燕有些不耐烦，左脚一抬，踢翻了猫儿小小，右脚一抬，踢翻了狗儿花花，同时呢，把她的双手十分干脆地一拍，热情地招呼我了。

　　梁秋燕说：果然是项治邦呢！

　　梁秋燕还说：我和孙天欢可是没少念叨你，知道你是发达了，回城上了大学，毕业当了记者。记者是啥？我知道，无冕之王哩。

　　梁秋燕说得兴起，接着她的话继续往下说：无冕之王多好啊！谁都要求的呢，平头百姓要求，穿鞋戴帽的官人也要求。现在不兴参拜、参加啥的，要不，我见咱项治邦一回，还不得把自己洗干净了，穿上体面的衣服……

　　显然是，孙天欢欣赏梁秋燕的口才，但也似嫌她的话多了，就在一边挡了梁秋燕的话，说：项治邦知道你的话多。

　　梁秋燕不乐意她的话被孙天欢打断，抢着又说：我话多吗？项治邦你说，说句公道话，咱们从公社宣传队分手，到现在多少年了？二十年？三十年？哎哟，这日子过得那个快，都不是马来追了，而是火箭撵的呢！

　　我赞同了梁秋燕的意见，说：可不是吗？就说我，都没几年干头了，

很快都要退休了呢。

依然是梁秋燕,她呼应着我说退休了好啊,退休了就回坡头村来。不瞒你说,我算把城乡差别看清楚了,城里人以为自己体面,但他们吃的啥?喝的啥?都是添了这加了那的毒品。便是不用花钱的空气,吸进嘴里来,又吐出嘴里去,也是很不干净的。我就问过咱天欢,让他说,一天到晚,他的嘴里都是啥气味?开始,他张着嘴还说不清,我就说了,一股油味儿、柴油、汽油、地沟油,我这一说,你猜他怎么着?连吐了两口唾沫,这就拖着我回到咱坡头村来了。

孙天欢插不上话,就把绕在梁秋燕脚边的猫儿小小、狗儿花花拾起来,自己先进了他砌了瓷砖的大门。见此情景,梁秋燕扯了一下我的袖口,跟着孙天欢,也进了大门。往大门里走着,梁秋燕的嘴巴仍然没有停,她还是话很多地拉着。

梁秋燕说:你不知道,我现在的嘴是多么干净啊!住在坡头村,只过了一夜,我嘴里的柴油味儿、汽油味儿,还有地沟油味儿,都被我吐纳没了。

我在心里佩服着这个人民公社时期的宣传队员,到如今,不仅大胆追求着她的爱,而且又敏锐地体会并观察着城乡之间的差别。她见我所说的每一句话,对我这个自诩见多识广的记者而言,都是新鲜了,也是极有见地的。梁秋燕像是要加深我对她的这一种认识般,陪着我走进大门,毫不吝啬她的话语,继续地给我说着。

梁秋燕说:回到坡头村,春天泛滥着春花的气味,夏天泛滥着夏阳的气味,秋天泛滥着秋实的气味,冬天泛滥着冬雪的气味……我是再也不离坡头村了。

这就是孙天欢和梁秋燕返回坡头村的理由吗?

原来那么热望城市的孙天欢和梁秋燕有机会进了城,进城后还做得风生水起,真的就如梁秋燕说的这样,不堪城市的污染,而回坡头村来,享受春花、夏阳、秋实和冬雪的气味吗？我在心里怀疑着，却见梁秋燕撂下我，钻进厨房里操作了起来，铲子碰着了锅沿，勺子撞着了碗沿，叮叮当当的，孙天欢则在院子里自觉地支起一张饭桌，摆上吃碟酒盅和筷子，这就又钻进厨房，一会儿端一碟炒鸡蛋，一会儿又端出一碟煮花生，还有家常豆腐、菠菜板粉等在坡头村过年时家家户户用来待客的几样菜蔬，一圈儿一圈儿的，把当院里的饭桌摆得满满当当。

还别说，坡头村里的这些家常菜是馋人的，我是被吸引住了，眼睛是贪婪的，齿舌也是贪婪的。我闻得到满饭桌的农家菜中没有一样是污染了的，而且没有人为地添加这添加那，便是最为常用的味精、鸡精什么提味的东西，也都没往我眼前的农家菜里加。

梁秋燕解着她腰上的花围裙，解开来，举到她的额头上抹了一把，坐在了饭桌前，拿起了筷子，招呼着我夹菜了。我是要佩服梁秋燕了，我原来佩服乌采芹能干，而梁秋燕比她似乎更能干。她招呼我们时，发现每人的面前都放着酒盅而没有斟上酒，她就说起孙天欢了，咋把酒没拿来？孙天欢知错地抬起屁股，去了一边的平房里，拿了一瓶老西凤出来，拧着盖子要给我们倒酒时，梁秋燕就又说孙天欢了。梁秋燕说人家项治邦欠喝西凤酒吗？大记者哩，茅台、五粮液，啥名贵酒没喝过，喝你的老西凤。去，把咱自己酿的麸子酒拿来，我相信，项治邦是会馋咱麸子酒的呢。

什么麸子酒？

我咂摸着梁秋燕说的麸子酒，不知道是一种什么味儿，却见梁秋燕把我们面前的小酒盅都撤了去，换上了一个又一个的小黑瓷碗，而就在梁秋燕刚把小黑瓷碗换上桌，孙天欢也把他们自酿的麸子酒整坛子地抱了来，掀开盖子，往我们面前的黑瓷碗里倒了。

好酒！好酒……我不能自禁地赞叹起来。

在孙天欢打开酒坛盖子的一刹那，我的鼻腔就很敏锐地捕捉到了麸子酒的香气，那是别的酒所不具备的香气呢，茅台不具备，五粮液不具备，

老西凤也不具备，真真正正，彻头彻尾，就只是麸子酒的气味了，又香又甜，还没入我的口，我都有些要醉的感觉哩！

比拳头大、比脑袋小的黑瓷碗里，满满的都是带着汤汁，又还混合着大麦仁的麸子酒了。孙天欢、梁秋燕敬着我，我们端起黑瓷碗，"咣"地撞一下，仰脖子便灌进喉咙里。"咣""咣""咣"……我都忘了我们撞了几次黑瓷碗，到我从一场大醉中醒来，听梁秋燕说，我在她的家里，已经香香甜甜地睡了一天一夜了。

9

昏睡中，我又听到了女人吆喝小小和花花的声音。

小小，小小……

花花，花花……

虽然我的眼睛还没有睁开，还在酒醉后的睡眠中，蒙眬中听到的女人吆喝猫儿小小和狗儿花花的声音，可不是先前的梁秋燕了，而是另外一个女人。

这个女人是谁呢？

会是孙天欢的原配婆娘乌采芹吗？

我蒙眬中的猜测很快获得了证实，因为吆喝小小和花花而把我从宿醉中呼叫醒来的，果然是乌采芹。

不由自主地，我的头大起来了。

我后悔在孙天欢家里的一场大喝，更后悔酒后在他家里沉睡了一天一夜，以至于天明醒来遇到这样的事情：孙天欢的原配夫人乌采芹高喉咙大嗓门地回来了。

这是乌采芹的家,她该回来的,什么时候回来,什么时候不回来,全都取决于她的心愿,但问题是,在她回她家之前,陪着孙天欢回来的人不是她,而是梁秋燕。

两个女人,一个男人,接下来会发生什么事呢?

我的头迅速大起来,一时还有点儿涨痛。我不想立即起床,赖在被窝里,我想象着这个农家的小院里,会突然爆发一场战斗,自然了,是梁秋燕和乌采芹两个女人间的战斗呢!一个为了捍卫自己的婚姻,一个为了未来的幸福,她们互不相让,你抓我的脸皮,我扯你的头发。有时,可能还要动起家伙来哩,锄头锹呀,甚至菜刀镰刀什么的,我不敢往下想,想着我的眼前就已血淋淋一片了。

打斗前的梁秋燕和乌采芹是先要破口大骂的,这是一个必然。我在坡头村插队落户的时候,见识过村里妇女站在街上的对骂,那是怎么高明的编剧,怎么高明的导演,绞尽脑汁都编导不出的场面呢!其言语上的凝练精彩,其动作的夸张别样,不是事中人,而是旁观者,听着看着,可能会要鼓起掌大声喝彩了呢!

蹦一下,跳一下,头发乱了,衣扣开了,手指一会儿戳天,一会儿杵地,日娘叫老子地吼骂,鼻涕眼泪地吼骂,想到哪儿骂哪儿,想到谁骂谁,骂着呢,把对方的祖坟也挖了开来,搜出已经化成灰烬的老祖宗,也要羞辱叫骂了。

种种难堪的情景像演电视连续剧一般,在我的脑海里上演着,可是院子里却十分平静,并没有发生梁秋燕和乌采芹之间的夺夫大战,但我还是不敢从被窝里爬起来,我怕我从沉醉中醒来,面对他们,恰巧成了他们发动战斗的导火索。

哦!此时此刻的被窝成了我躲避战争的掩体。

我老实地钻在被窝里,细心地聆听着院子里的动静。好像是,梁秋燕此时并不在家,只有亲热地招呼着小小和花花的乌采芹,以及闷头不语的

孙天欢。好一个沉得住气的男人啊,他让人费解地赶在这个时候,还把他的胡琴从墙上摘下来,坐在院子的石桌旁,很有韵致地扯了起来。

我听得出来,孙天欢拉扯的是秦腔《三回头》中的一段唱,如果唱出来的话,该是这样几句词:

奴的夫哭得泪沾襟,
我夫妻多年有情分。
今日里缘尽情不尽,
好夫妻无奈要离分。

孙天欢的胡琴拉得好,虽然他给我说现在不怎么拉了,可是一旦拉起来,还是很好听的。好像是,他今天可能有点儿触景生情,让人听来,拉扯得就更好了,呜呜咽咽的,似有人在哭……果然,乌采芹把挨着的小小和花花赶到了一边,扯着泪声给拉胡琴的孙天欢说话了。

乌采芹说:娃他爹,我不怪你。

乌采芹说了这头一句话后,没等孙天欢给她回话,就还接着说了。她说,真的,我不怪你。你大概知道,咱的儿子孙飞龙、女儿孙飞雁恨着你哩,背着你给我说,他们不会答应你离了我。他们说了,你一个当爹的不要脸,他们也就不会给你脸了。他们说的都是啥话嘛!啊,都是傻话么。我把咱的儿女都劝住了。我今日个回来,就是给你话哩。

孙天欢没有搭腔,他依然拉扯着秦腔《三回头》。

乌采芹又还是一贯的语调,不急不躁,不紧不慢地说:人家秋燕容易吗?你自己捂住心口想一想,攀扯上个你,她得到了什么?难道说……只是陪着你睡觉,给你日死没活地叫吗?

很有耐心的孙天欢听乌采芹这么一说,拉着的胡琴弦索乱了一下。

乌采芹接着说:我陪你睡觉,我叫不好,我不能再白担这个名分,就让会叫的梁秋燕给你叫去，让人家有名有分地给你叫。

孙天欢拉扯的胡琴又恢复了正常的曲调，而我也把脑袋从被窝里伸出来，仔细地聆听他们夫妇在院子里的对话。我得承认，乌采芹说得没错，梁秋燕陪孙天欢睡觉，确实叫得好，隔了一墙的他们本家大哥孙天乐，就痛苦地给我说过，他被隔壁晚上的叫声袭扰得睡不着，整夜整夜地睁着眼睛，那滋味可是太煎熬人了。便是昨天晚上，我在宿醉中沉睡着，也是隐隐约约地听得梁秋燕陪孙天欢睡觉时的叫声，一波一波的，让我都要怀疑，他俩不是钻在一个被窝里恩恩爱爱地睡觉，而是孙天欢拿了一把钝刀子，在一刀一刀地杀梁秋燕……我这么想着乌采芹的话，却一点儿都没解除我的紧张情绪，我不能相信，天下有这么慷慨的女人，会自觉让出自己的位置给另一个女人。

孙天欢大概也在怀疑乌采芹吧，因此他不说话，只是耐心地、持续不断地拉扯他手里的胡琴。

乌采芹还有话说：你是担心咱们的儿子、女儿吗？你听我说，你一点儿都不用担心，我回来给你话前，和飞龙、飞雁都说了。我说，我不能让你爸留下遗憾，人一辈子，有几天好活呢？到头来，疙疙瘩瘩、缠缠蔓蔓地死，多亏呀！

孙天欢的胡琴弦索赶在这个时候，"嘣"的一声断了。

随之而来的，我还听到孙天欢的一声叹：唉！

我把胳膊从被窝里伸出来，舒舒服服地伸展了一下，这是我紧绷的心放松下来的一个动作哩。我不怀疑乌采芹了，她给孙天欢说的，都是她反复思虑过的真心话呢。

穿起上衣，再蹬上裤子，我三下两下把自己穿戴起来，从我睡着的房门里走出来。我看见，勤劳的乌采芹还是那么勤劳，她坐在一个小木椅上，眼前是一个大水盆，水盆里是一堆脏衣服，看得出来，脏衣服有孙天欢的，还有梁秋燕的。乌采芹往那些衣服上打着洗衣粉，边和孙天欢说

话，边认真地捶打着。孙天欢坐着的是把大木椅，虽然胡琴的弦索断了，可他还一手张弓，一手扶着胡琴的杆柄，做着拉扯的模样，完全是一副怅然若失的神态。

我不能否认，孙天欢和乌采芹面临的局面有那么一点儿僵。

我说话了：采芹嫂子，你看你，一回来就搞上卫生了。

两手都是洗衣粉泡沫的乌采芹闻声回过头来，看着我，一脸的微笑。她哎呀哎呀了两声，带着责备的口气支使着孙天欢，让他再端来一把大木椅，招呼我坐了。

乌采芹说：愣啥呢愣，快去搬把椅子叫大记者坐。

正是这个小插曲把犯怔的孙天欢解救了出来。他把断了弦索的胡琴提着，进了身后的二层楼房里，放下胡琴，端了一把大木椅。在这个空儿里，乌采芹擦干她的手，把浸泡着脏衣服的大水盆端到一边，这就给我张罗洗漱和吃早饭了。

我听从着乌采芹的安排，在洗漱时，拿眼这里瞅一瞅，那里看一看，我在寻找梁秋燕，但我没有找到，心里就嘀咕起来，不知她在如此关键的时候，躲到哪里去了。

也不闻风箱响，也不见炊烟起，出进着厨房的乌采芹往院子里的石桌子上，就端来了凉拌胡萝卜丝、盐煮花生米、醋泡大蒜头等几样小菜，同时还又端来花卷包子和小米熬的稀饭，赶我把脸洗净把手擦干，一双竹筷子就已递到了我手上。乌采芹的这一番张罗，真真正正的，才像是这个家里的主妇呢。

我在心里佩服着乌采芹，就一口花卷、一口包子、一口小菜地吃起来了。不瞒大家说，这种纯粹的农家饭吃起来真是不错，花卷包子就饱含着麦子原有的香味，凉拌胡萝卜丝、盐煮花生米、醋泡大蒜头又都带着彻头彻尾的乡土味道，我吃得过瘾，嘴里嚼着花卷包子和小菜，还要大赞特赞了。

我说：地道，太地道了。这样的味道在城里就甭想享受到。

接我话的是乌采芹，她说：城里有城里的好哩！我现在还就喜欢城里的生活。

乌采芹这么一说，我把吞咽花卷包子和小菜的速度降了下来，抬眼去看乌采芹。

她说得不错，她大概是非常适应城市生活了。她的穿着，虽然与她与生俱来的气质还不那么协调，但都是非常城市化的，一件鸡心领的藕色羊绒衫，配一条黑色的长裙，使她的手和脸显出一种病态般的白，尤其是她的脖子，挂了一串珍珠项链，颗粒之大，让人都要咂舌了。而且呢，从她的身上，还一拨一拨地散发出香水的味儿来，直往人的鼻腔里钻……这个倒让我想起梁秋燕来，她比乌采芹小了些岁数，可她依然朴实，仿佛就没跟孙天欢在城市里待过，喜欢的还是素面朝天，还是碎花的中式衣裳，便是床上的用品，铺的床单是手织的格子土布，盖的被子是手缝的大花棉花套子。

这可太有意思了，人的变化竟是如此的不同。我想了，这该是乌采芹坚持守在城里，而梁秋燕伴随着孙天欢回到坡头村的一个原因吧。

乌采芹没让我白吃这一顿早餐，她在我放下筷子抹嘴的时候，给我说事了。

乌采芹说：刚才，我给娃他爸说的话，就都听到了吧？

我没有否认，我拿眼去看和我对坐在石桌前的孙天欢。

乌采芹说：你是大记者，我娃他爸没少在我跟前念叨你，说你是他朋友，他做什么事你都能理解他，你今天就给我俩做个见证，快刀斩乱麻，把我俩的事情了了，也把我娃他爸和梁秋燕的事情了了。

乌采芹说着，撤去桌子上的碗碗碟碟，还拿抹布把石桌面子擦抹干净，从她带回来的一个很是时尚的坤包里，取出一页打印纸来，上面赫然打印着她和孙天欢协议离婚的字样，轻轻地搁在石桌上，自己先在上面签上自己的名字，又把笔塞给孙天欢，让他也来签字了。

10

匪夷所思，我对乌采芹、梁秋燕和孙天欢之间发生的事情，只能用这个词来表达了。

闪电似的，乌采芹逼迫着孙天欢和她离了婚；接下来又闪电般的，由乌采芹牵头，又让梁秋燕和孙天欢结了婚。我像个皮影和木偶一样，搅和在这一连串的闪电行动里，被乌采芹指使着，不能脱身，就那么不尴不尬、无可奈何地运转着……我只觉心里空，不知我做的是什么事。

乌采芹说了：人啊，活着可真是不容易，我不能让他俩一辈子怨我恨我吧？

乌采芹说的他俩，自然是指孙天欢和梁秋燕。她这样给我说的时候还加了一句：当然，我也不能给自己留下遗憾。

乌采芹这么给我说，让我太意外了。我在心里感叹，她是活明白了，活出境界来了。

孙天欢和梁秋燕的婚礼就在这样的氛围里，紧张有序地进行着。乌采芹指派本家大哥孙天乐，到镇子上去请有名的"西府春"饭店的大厨，让他带了一帮徒弟，到家里来杀猪宰羊，准备着宴席；乌采芹又还指派我，给孙天欢和梁秋燕筹划一个别出心裁的婚礼。应该说，他大哥和我都极尽职责，他大哥骑着电动车，到镇子上跑了两趟，就很顺利地请来了大厨，他自己就缠绕在大厨的身边，仿佛大厨的一个老徒弟，大厨要什么，他就能很凑手地给大厨送上什么。大厨喝茶特别凶，他大哥就弄来一个铝壶，架在三块砖头上，给大厨熬了喝，经他熬的茶，又黑又酽，像是中药的汤汁。大厨还好抽烟，香烟什么的不对他的胃口，他大哥就弄来又黑又粗的雪茄，烧着送到了大厨的嘴边，一声一声地劝，吃上，喝上。

把大厨服侍得舒舒服服的孙天欢本家大哥孙天乐，在我看来，他自己却很不舒服，仿佛他的心坎上正堵着一块什么，让他十分难受。

逮着机会，我问孙天乐了。

我说：他大哥呀，你自家兄弟办喜事，你好像不高兴。

孙天乐当时手里端着他熬煮出来的一碗黑酽茶，听我这么问他，瞪着眼睛看我，说：我不高兴了吗？

我说：你听听，你说话的口气像装了砒药似的。

孙天乐就把他熬给大厨喝的酽茶，仰脖子自己喝了。因为茶汁太烫，把他喝得直抒脖子，终于捋摸得顺溜了，这才说了心里话。

孙天乐说：这人真是，有人干蘸盐没吃没喝，有人却吃着碗里，又看着锅里。

孙天乐说到最后，还摇着头，重重地叹了一声。

我听得懂孙天乐话里的话，他是说他死了老婆打了光棍，而他的亲弟弟有一个自己的老婆，在自己老婆的张罗下，又给自己再娶一个老婆，他是不平衡呢。

我取笑孙天乐了，说：你别不平衡，咱趁给你弟热闹的气氛，给你也办一个呀！

孙天乐却很不屑地说：我才不把石头往山里背呢！如今这社会，只要自己的口袋实，哪儿没有女人呀？

我对孙天乐的话吃惊了。但我没有多少时间和他乱磨牙，我还有我的差使要做哩。我很快拿出一个婚礼方案，我的方案结合了坡头村一带的传统，还结合了如今流行的现代元素，办起来肯定是热闹的，也肯定是庄重的。我让孙天欢确定，他看了后，没有赞成，也没有反对，只说让我和梁秋燕商量去。

这是梁秋燕自己的大喜日子呀，她却像没事人一样，几天时间，都钻在那片很有规模的温室大棚里。这个温室大棚是她跟孙天欢回到坡头村来，把他大哥的承包地，还有几家相邻人家的承包地归拢到一块儿，搭建起来的。俗话说，小姐把辈分弄乱了，塑料大棚把季节弄乱了。这个说法

于今很有意义,远的不说,只说孙天欢和梁秋燕的温室大棚吧,无论何时,都有黄瓜、芹菜、西红柿等时鲜菜蔬种植。这两天,梁秋燕就只身钻在温室大棚里,作务着大棚里的黄瓜、芹菜、西红柿,要吃饭了,也是送到大棚里来,和雇佣的几个人一起,在大棚边,泥手泥脚地吃喝了。

我去蔬菜大棚那儿找梁秋燕,和她商量她和孙天欢的结婚仪式。走在路上,远远看去,梁秋燕和孙天欢的蔬菜大棚在阳光的照射下银光闪亮,水晶宫般莹亮迷人。然而,就在我脚边,还有一片连一片,差不多都要伸展到天边的地块,却撂荒着,疯狂地生长着一些铁扫帚、臭蒿子、狗尾巴草等猪不吃、羊不啃的杂草,让人看去,不由得心慌心乱,甚至想要喊一嗓子。

返乡插队到坡头村的时候,田间可不是这个样子。那时候,庄稼人种庄稼的积极性虽然不高,可也决不撂荒一分地。春天来了,地里是春天的样子;夏天来了,地里是夏天的样子;秋天来了,地里又是秋天的样子;就是寒冬腊月,地里铺展着茫茫白雪,雪的下面,也是绿油油的麦苗儿哩。改革开放,把土地分配到家庭,农民的积极性空前高涨,庄稼地像被绣花一样,作务得又精又细,加之科学种植,科学管理,庄稼人的劲头一年比一年高,土地的劲头也一茬比一茬好……这样的好光景,原来想会一直保持下去呢!可这才过了多少年呀?庄稼汉咋就那么不待见土地了?身为记者,没有少跑农村,我知道坡头村的情况并不孤立,而是普遍性的。这使我的心情变得十分沉重,但又十分不理解。

以后,谁还来种地啊?

孙天欢和我见面时问的这句话,在我的身边又一次响了起来。同时,还有孙天乐撂荒了他爱到骨子里的土地,盯空儿骑上电动自行车往镇里蹿的身影,也在我的眼前浮现了出来……过去的日子,孙天乐啥时候舍得下土地呀!分分秒秒的,他差不多把自己都快当作一棵庄稼,种植在土地里了。

孙天乐和我见面，竟也说：我是懒得侍候土地了。

头顶上嘎嘎飞过的，是几只斑鸠了，我就这么心事重重地走到了水晶宫一般透亮的蔬菜大棚前。我粗粗地数过去，一排一排的，有十三四排，而这不禁又让我要感叹了，感叹人的变化真是捉摸不定呢。原来那么不待见土地的孙天欢，到头来却转头回来，一门心思扎进土地里，要和土地共荣辱了。他自己回来也就回来了，还连带上一个梁秋燕，也把自己扎进土地里了。

梁秋燕发现了我，她从蔬菜大棚里迎了出来。

如果不是她梁秋燕出来，我还真不知道在连成排的蔬菜大棚里，怎么找见她。我见到了她，没有绕弯子，直截了当地给她说：祝贺你哩！

梁秋燕脸上泛着微笑，她说：有啥祝贺的呀？

我说：你还装上了……婚礼么，你和孙天欢的婚礼怎么弄？

梁秋燕依然一脸的微笑，说：这把年纪了，还什么婚礼。而且……

我没让梁秋燕往下说，我是怕她说出别的什么话茬来，就截了她的话头，替她来说：早都钻进一个被窝里了。

梁秋燕没有为我的话上脸，她说：既如此，你说，还要那个形式做啥？我和天欢回坡头村来，不为别的，就为能种几年地，咱出身农民，可不敢把种地的手都生了呢！

我知道，梁秋燕说的是心里话。这些话是乌采芹陪我吃饭时给我说过的。她给我讲了一件事情，说的是她儿子孙飞龙的女儿，还有女儿孙飞雁的儿子，金童玉女似的一对儿宝贵孙子，顶在头上怕吓了，含在嘴里怕化了，但都无端地遭了一场大罪，差点儿要了两个孙娃的小命。

暑假的日子，孙天欢打电话，把想得心上结了疙瘩的两个孙娃，让儿子孙飞龙和女儿孙飞雁分头从他们工作的西安和广州，送到他做生意的老家县城来。他的理由是：李子红了、桃子熟了，正是一年瓜果上市的日子，他要他们的孙娃吃上几口新鲜果子……好心没落着好结果，偏偏是，

两个肉滚滚、毛茸茸的小孙娃，回到县城，把乌采芹高兴得给买李子，把梁秋燕高兴得给买桃子，两个小东西的胃口不错，李子吃了吃桃子，西瓜吃了吃甜瓜，直把两个小孙娃给吃得一日傍晚蔫溜溜坐在沙发上翻白眼。孙天欢失了慌，左胳膊弯夹着孙儿，右胳膊弯夹着孙女，一路长跑，跑到县医院看医生。化验了粪便，医生说了一个结果，这个结果把孙天欢当下吓得腿一软，扑塌坐在了地上。得到消息的乌采芹和梁秋燕也赶到了医院，隔了老远，也被医生嘴里吐出的结果吓瘫在了医院里。

农药中毒！

天爷爷呀！这是哪儿来的农药呢？不消多想，就想到那些新鲜的李子和桃子上了。他们从家里找了来，紧急化验，残留在李子桃子上的农药，成人吃了一时半会儿没有大碍，细皮嫩肉的碎娃娃吃了，还真是受不了。

救治及时，孙娃们都没有大碍，但也不好在身边留了，都是独生娃娃，出了差错，谁担待得起呢！儿子孙飞龙和媳妇闻讯从西安赶回县城，嘴里没太埋怨，脸拉得却很长，二话不说，抱了他家的女娃就回了西安；女儿孙飞雁的路途远，和女婿从广州搭飞机，下了飞机租汽车，一把鼻涕一把泪地赶回来，舌头和牙齿突然变得如刀子一样伤人，开口就把爹娘一顿辱戳，水不喝，饭不吃，抱了他们的儿子，又坐上租来的汽车，赶去了飞机场……唉唉唉唉，为老人的，把心都操到刀头火药上了。

梁秋燕从这件事里猛醒过来，跟孙天欢商量，说：我回乡下去呀。

这是孙天欢和梁秋燕待在县城的最后一个晚上，梁秋燕说给孙天欢来商量的。因为一对孙娃儿农药中毒，还因为一对儿女对他们老人的不客气，让孙天欢闷了一肚子的恶气。他是郁闷的，甚至有些愤怒，那个晚上，孙天欢让梁秋燕把自己洗净，他也自觉地站在淋浴下，一遍一遍地浇着水，然后钻进梁秋燕的被窝里趴在梁秋燕的身上，像是和梁秋燕有多大的仇恨一样，疯狂地操弄着……孙天欢是要梁秋燕喊叫的，日死没活地喊叫的，孙天欢太喜欢梁秋燕的喊叫了，越是喊叫得放浪，越是喊叫得夸张,甚至是凄厉或者是惨烈,孙天欢就越是来劲。可是,这一夜,这一次,梁秋燕没有喊叫,任凭孙天欢咬牙切齿地操弄,任凭孙天欢恨声大气地操弄,梁秋燕都没有喊叫。这是奇怪的,太奇怪了,梁秋燕闭着嘴不喊叫,孙天欢便不受活,他鼓励着她,要梁秋燕喊出来,但梁秋燕终究没喊叫出来,并且在他操弄到高潮时,开口说了那样一句话。

孙天欢被那句话刺激着,猛地退出来,不解地问了一声:你说什么?回乡下去?

梁秋燕很坚决地说:我是说,我回乡下去呀!

孙天欢从梁秋燕的身上颓然地滚落到一边。因为太过用力,孙天欢的光身子上满是黄豆般大的汗珠子,梁秋燕伸手摸着了,就心疼地用她柔软的手给孙天欢轻轻地擦着。

孙天欢闷声又问了一遍:你说回乡下去?

梁秋燕轻声软语地说:我说了,我回乡下去。

孙天欢听懂了梁秋燕的话,他立即跟着梁秋燕说:我也回乡下去。咱们一起回乡下去。

机缘巧合,还是因祸得福,我不好评论梁秋燕鼓动孙天欢重回坡头村的举动,但因此让苦恋了多半辈子的两个人,能够大大方方地过活在一起,还是十分可喜的。

面对着梁秋燕,我把我设计的结婚仪式,向她核桃枣儿地都倒了出来,并且说:是孙天欢让来问你的,他要你拿主意。

梁秋燕从蔬菜大棚里出来时,手里拿着一束彩色的短绳子,我猜可能是为了黄瓜、西红柿上架用的。她在听我说婚礼方案时,两手绞扯着那束彩色短绳,让我不禁感动,时光仿佛倒退了几十年,梁秋燕又变得像大姑娘似的,是憨拙的,是娇羞的。

我把我的设计说得尽量仔细,说完了,只听梁秋燕说:这事最好让采芹大姐来拿主意。

11

淘气：骂一声蠢材莫嘴硬，
　　　你为何干下这事情？
　　　只图你一时取高兴，
　　　全然不怕坏门风。

翠莲：他自己进来把门压，
　　　强箍住叫人要救他。
　　　女孩儿良心放不下，
　　　当了个救命的活菩萨。

淘气：没老婆人儿太得多，
　　　看你可能救几个？

翠莲：哥哥莫要再胡说，
　　　妹妹原来不轻薄。

淘气：你不轻薄你正经，
　　　那人焉能到柜中？

翠莲：那人纵然到柜中，
　　　我总没有苟且行。

淘气：你和那人恁密切，
　　　还能说你没苟且？

翠莲：人若枉来嚼舌根，
　　　头上降祸有王爷。

孙天欢和梁秋燕的婚礼就这样开场了。

正如梁秋燕在蔬菜大棚那儿给我说的，我请示了乌采芹后，由她拿的主意。乌采芹的主意是，喜事儿呢，就让大家都乐一乐。

吃吃喝喝是个乐,唱戏娱乐也是个乐哩。梁秋燕是个会唱戏的,孙天欢也会唱,而且拉得一手胡琴,那就让结婚的主角唱戏来乐一乐了。主意既出,就有坡头村来帮忙的人,在孙天欢院门前的苦楝树下搭起了一个小台子,赶在天黑的时候,都抹着油汪汪的嘴,端着小板凳,坐在苦楝树下,等待梁秋燕和孙天欢给大家唱戏了。

一轮又大又圆的月亮,是夜挂在晴朗朗没有一丝云彩的天空,照得坡头村如白天一般亮,何况又扯了电线,在苦楝树的树杈上吊着,把个敲敲打打的小戏台照得雪亮雪亮的。作为今晚婚礼的设计者,还作为孙天欢和梁秋燕当年在公社宣传队的队友,我自然不能袖手旁观。此外,还有坡头村里几位有着器乐特长的乡党,也都发挥各自的特长,敲锣打鼓吹笛扯弦,把个别具一格的婚礼场面折腾得很是热闹。主角孙天欢和梁秋燕登场了。

他俩一上场,就在锣鼓家什的引导下,演唱了一出幽默的秦腔折子戏《柜中缘》。应该说,他们的老底子都还在,演唱起来声情并茂,一开口,就赢得了一阵热烈的掌声,这是秦腔演唱者都希望的碰头彩哩。掌声即起,足以证明他们的演唱不错,很好地满足了观众的心愿。在掌声里,孙天欢和梁秋燕演唱得就更加来劲了。

> 许翠莲来好羞惭,
> 悔不该门外做针线。
> 那相公进门人若见,
> 难免过后说闲言。
> 又说长来又说短,
> 谁能与我辩屈怨?

这是剧中人许翠莲的一段唱哩,被梁秋燕此时演绎得惟妙惟肖,旁边扮演剧中人的孙天欢接了梁秋燕的唱腔，在一边道起了白：

> 我看你一哭一笑的，装得多么正经。少来这一套，我心里亮得明镜似的。

台下的乡党观看到这里，不知是被戏里的情节，还是孙天欢和梁秋燕的现实生活所启发，都不约而同地会心笑了起来。

我在台子上看得见人群里的乌采芹，也看得见人群里的孙天乐。我看见人群里的乌采芹，大家乐着，她也跟着乐，但她乐呵着的脸上，却挂着两疙瘩清泪。孙天欢的大哥孙天乐也是，干脆蹲在离人群较远的地方，眼睛盯着戏台上演唱的孙天欢和梁秋燕，嘴里却不停地吃着老旱烟，压实装在烟锅里的老旱烟，被他吃不了几口，就都成灰了，然后他就抡起烟锅来，向脚下的硬地上磕烟灰，他使的劲儿很大，仿佛他磕的硬地就是某一个人的肉体，他把烟锅头磕在上面，就是要让那肉体体会到疼痛，体会到伤害。

演唱着的孙天欢和梁秋燕，不知看见戏台下的乌采芹和孙天乐了没有，总之，他俩很努力地演唱着已经安排好的秦腔戏。

突然地，我想起我们都在人民公社时的文艺宣传队里，孙天欢和梁秋燕就在他家门前的苦楝树下演唱过，那时的他俩是多么年轻啊！呼呼啦啦的，现在都一把年纪了。

吧嗒……吧嗒……总有成熟在树梢上的苦楝果子坠到地上来，我看见了，有那么白生生的两颗，一颗坠下来砸了孙天欢的头，一颗坠下来砸了梁秋燕的头，砸了头的他俩，是没有感觉呢？还是硬忍着？总之，他俩的演唱一点儿都没有受到影响。为新郎的孙天欢穿一身黑色裤褂，为新娘的梁秋燕则穿着一身的红色裤褂，两个人没有化妆，就是这么自然地，以唱秦腔戏的方式，完成着他俩的婚礼。

是的呢，再热闹的社火，耍上三天就都凉了，何况是一场婚礼的小演唱，用了不到一个小时的时间，就全散场了。

散场后的乌采芹屁股一拧，就回了她已经非常习惯的城市。儿子孙飞龙打电话给她，让她到西安来，和他们一起住；女儿孙飞雁也给她打了电话，让她到广州去，和他们一起住。儿子女儿在电话里都还给乌采芹做了检讨，说他们那次回来接孩子时，对她的态度生硬了，他们知道，做奶奶的是最疼孙娃子的呢。为了证实他们所说不假，儿女俩还把他们的孩子拉到电话跟前，给乌采芹说话了。

是孙女呢，就在电话里甜甜地喊奶奶，说：奶奶奶奶我想你！

是孙子呢，就在电话里巴巴地喊姥姥，说：姥姥姥姥我想你！

我也当即离开了坡头村。

作为一名报社的记者，我有太多的事情要完成，在我繁忙的采访活动中，却也不断地有孙天欢和梁秋燕的消息传到耳朵里来。起初的消息是，孙天欢和梁秋燕入夜就喊叫，先还只是梁秋燕在喊叫，后来又加进了一个孙天欢，两人在坡头村的夜晚，那么日死没活地喊叫，让村里人真是太伤脑筋了。后来，突发了一件事情，孙天欢的大哥孙天乐到镇子上的桑拿房里睡小姐，也不知是他太冲动还是什么，竟然把自己睡死在小姐的肚皮上。

骑着电动自行车总往镇子跑的孙天乐，正是他这孤独的一死，让坡头村人才恍然大悟，原来他是去消费小姐哩。

孙天欢比任何年份都要认真地捡拾和炮制他吃不厌的苦楝果仁。可是不知为什么，任凭他怎么吃，到他胞兄孙天乐死在小姐肚皮上后，这个对他非常特效的物儿却一下子没了效果。

梁秋燕入夜后不再喊叫了。传来的消息说：坡头村的夜晚安静了，特别特别的安静呢。

第四章

皂角树

1

不晓得人所愿望的，天是否也在愿望。总之，作为《陈仓晚报》记者的我，近些天来觉得该是这样的呢。

那天，我正在为陈仓市供水的水源地采访，手机突然失魂地叫了起来。我打开翻盖，贴到耳朵上一听，不由得我想跳脚。手机那头传来颜秋红丈夫孙二平悲戚的声音，他告诉我说，颜秋红死了！哎，我叹了一口气，感慨陈仓不知怎么了，几天来大新闻层出不穷，先是陈仓证券公司的老总被"双规"，跟着被逮捕，接着又被敲了脑袋。这位老总的后台据传为市委书记门家奇。但愿这是一个传言，我们很有魄力的门书记与他能有多少牵连？他犯罪丢命是他的事，谁让他那么肆无忌惮，在未取得金融业务许可证的情况下，长期非法从事金融业务活动，搭车超发巨额国债，用于投资房地产、期货交易、炒股票等，致使近亿元国家资金到期不能归还，他是罪有应得。这件事仅仅在陈仓市民的嘴头上热了两天，供应城市饮水的马头岭水库的输水暗管爆裂了。这一爆问题大了，导致陈仓市断水七日，全城生活用水严重困难，大多数企业被迫停产，居民楼干涸无水，排泄物不能及时冲刷，偌大一个城市，不分昼夜，几乎笼罩在一片屎尿的臭气当中。到处都是找水的人，一瓶普通的纯净水从一块两毛钱飞涨到两块六毛钱，那几天能够看到的景色是，通往陈仓的所有道路，都是水贩子押送着满载各种瓶装水的汽车，风驰电掣地往陈仓里跑……这样的大新闻，作为一个媒体的资深记者，我没有不去报道的理由。

这也是报社给我的分工，爆管不到一个小时我便抢先去了现场。

陈仓城里是一片水荒，到了输水暗管爆裂现场，却是另一番景象。到处都是水，相邻的几个村庄已被汹涌而来的大水所淹，成千上万的群众撤出家园，聚集在地势较高的地方，眼睁睁地看着他们土打的围墙和房屋难耐大水的浸泡，轰隆塌下一片，轰隆塌下一片，哭声像那塌倒的土墙和土房一样，亦然连成了一片。

我有过返乡参加农业生产劳动的阅历。那会儿，作为村上抽调的民工，我在马头岭水库工地是出过力、流过汗的。虽然过去了近三十年，但那时的情景依然历历在目，太艰苦了，不像现在，别说是修建一座大型水库，就是夯一座小楼的地基，都有大型机械上，推土机、运载机、挖掘机、翻斗汽车，轰轰隆隆干着，省时省力。那时候很少有这些喝油的玩意儿，上的全是人，各村各队都要上，抡着镢头挖土的是人，拉着架子车运土的是人，抬着大夯砸土的是人……总之，一切都靠人力来完成。我不能忘记，上一个班下来，浑身的汗水和着飞扬的尘土，在人身上都结了痂，肉做的人身，除了眼睛里没有泥尘，浑身上下几乎都被泥尘雕塑过了。

马头岭水库的建成，的确是个功德无量的事情，最初的作用在于农田灌溉，使水库以下的凤鸣县、岐阳县、美阳县的百万亩旱地，再也不怕天旱了，年年都是好收成。后来，陈仓的居民用水和工业生产用水发生了困难，就由市委、市政府出面，铺设了一条输水暗管，把水库里的水引入了陈仓城，问题一下子就得到了解决。记得马头岭水库的清水流进陈仓城的那天，市委、市政府还组织了一个盛大的庆典活动，请来明星大腕，有唱歌的，有说相声和演小品的，台子就搭在市政府的广场上，高分贝的喇叭雷吼天地，陈仓的民众蜂拥而至，其中还有不少坐轮椅的残疾人。在众人的头顶，是腾空悬浮的氢气球，还有迎风招展的大红旗。当明星大腕的演出进行到高潮时，市委书记登台了，跟着市委书记上台的还有门家奇，其时他担任着市长，兼任着马头岭水源进城建设指挥部的总指挥。书记、市长上台来，在他们的面前，变魔术似的，升上来一个不锈钢的水龙头，有人拿出两只大号的玻璃水杯，分别交到书记、市长的手里。他们拧开锃光闪亮的水龙头，接满银光闪亮的自来水，昂起头来，咕嘟咕嘟一口气喝完。就在两位领导喝水的时候，台下已是一片掌声，排山倒海一般，久久不能平息。民众知道，书记、市长喝的是大家久盼而来的马头岭水。清澈甘甜的水源源不断地流入陈仓城，使这座干旱的北方城市一下子变得润泽起来，不仅民众的脸色温润红亮了，便是一街两行的行道树和广场上的花花草草，也一下子翠绿如滴，花红似血了。城市的精神面貌大幅改变，带来的效果是，原来十分困难的招商引资工作也不再困难了，世界五百强企业和国内五百强企业纷纷选择在陈仓建立生产基地，便是过去犹豫不决的企业亦下定了决心，在陈仓把意向变成了现实。

可是这条输水管道太不争气了，从敷设完成之日起，已经爆了几次管，发了几次灾。

这次爆管的地方挨着马头岭水库不远，我赶到时，还看得见冲天的水柱在暗管爆裂处，正毫无节制地喷涌着水流。我遥拍了那个粗大的水柱，并在悲伤的人群里采访着，听到大家所说，无不愤怒和绝望。

愤怒的是输水暗管是怎么修的？咋就爆了呢？而且爆了不是一次两次，已经七次八次了！

绝望的是家园被淹，今后的日子可怎么过！

恰在这时，我的手机响了，刚贴到耳朵上，即听到颜秋红的丈夫孙二平失魂落魄般的声音，他还未说话，就牛吼一样哭出了声。

我不解事由，先安慰他：有啥事吗？你甭哭，你说么。

孙二平努力地控制着自己，他说：颜秋红死了！

我的头一下子大起来，不相信孙二平说的话。我说：你甭胡说！

孙二平抽抽搭搭还在哭，他说：颜秋红是谁？我的老婆呀，我能胡说？

我没话说了，举着手机的手不由自主地抖了起来。

孙二平却还说：我该咋办呀？在陈仓能帮我的就只有你了，你快来呀。

站在遭受灾害的群众当中，我听不见他们的愤怒和绝望了，尽管不断地有人挤到我的跟前，在向我这个能够反映他们心声的记者，高声大嗓地倾诉着，可我却听不见，两耳轰鸣着的，就都是孙二平的号哭。

颜秋红死了。

颜秋红怎么就死了呢？我的眼前是一片茫茫的水泽，我的身边是一片吵嚷的灾民，我不知道我该怎么办了。但我没有过多犹豫，颤抖着声音答应了孙二平。

我不知道他在哪里，就问：你现在在哪里？

孙二平说：在去殡仪馆的路上。

我说：我知道了，你要挺住，我一会儿到。

2

和孙二平、颜秋红他们认识已有二十多年了，当时我像孙二平和颜秋红一样，都在关中西府的坡头村参加农业生产劳动，但私底下却不无调侃地说，我们是在修理地球。这个调侃的话带着些内心的不满和怨愤。和孙二平、颜秋红一样，我们虽然都在修理地球，但我和他俩还是有些不同的，他俩是土生土长的农村青年，我则是落难下乡的返乡知青。

什么是返乡知青？这我是要补充说明的。

那时候，知识青年不是上山就是下乡，我的户口在陈仓里，享受着商品粮的优越待遇。可是我的老家却在岐阳县周村公社的坡头村，要我上山下乡我是抵触的，我不想跟着大家一块儿上山下乡，就回了老家坡头村。

在坡头村，老辈子分家，还有我们家一院房子，院子里也还有几间不错的偏厦房。我父亲在陈仓找人说情，送了好几条金丝猴香烟和好几瓶西凤酒，这才打通了关节，让我卷了铺盖，回了老家坡头村，住进好多年没有住人的老屋里，成了一个日出下地干活、日落回家睡觉的农民。

我和父亲这么做，是为了回到老家，不至于受人欺侮。事实证明，我和父亲的做法不错，左邻右舍的，我不是叫人大伯大哥，就是叫人大妈大嫂，让我受了不少照顾。但我觉得还是孤独。而孤独的好处，使我浮躁的心能够踏实下来，埋头在带回老家的一堆书里，大嚼大咽那一个个的方块字。我不相信我会扎根农村，我要有所准备，等待机会到来时，不要后悔自己没有准备。

是颜秋红带的头，把我的孤独在一天傍晚破除了。

那天傍晚，我一如既往地在家里吃书，颜秋红推门进来了，是她推门进来的声音太小，还是我吃书的精力太集中，到她站在我面前时，我竟然一点儿知觉都没有。不过我的鼻子不错，敏锐地嗅到一股香味，我抬起头来，看见了鲜艳欲滴的颜秋红正满脸喜悦地站在我的面前，向我递来一包渗出大片油渍的大纸包。

我用力地吸溜着嘴巴，不知道纸包里是啥好东西！

返乡回到老家，我的饮食标准一落千丈，不像在城里的家中有母亲操心，每一顿饭差不多都能见到肉片和油花儿。在坡头村的家里，就都由我来凑合了。我讨厌锅灶上的事，也懒得做饭，不做了几天不做，要做呢，一顿做了吃几天。这让我的味觉神经很敏感，一点点儿香气都会让我的喉咙里伸出手来，把那到了嘴边的香味抓住，抓得牢牢的，吞进肚子里去。我的鼻子抽了抽，喉头很没出息地蠕动着大咽唾沫。

颜秋红浅笑着说：甭只吃书了。

颜秋红那么说着，用她手里的大纸包换去了我手里的书，不用猜，我已知道纸包里是很好吃的东西了。但我没有立即把纸包打开，我抬头看

她，发现她好看的眼睛也看着我，我看得明白，她是在鼓励我：到你手里的纸包就是你的了，你就打开吃吧。

可我还在迟疑……正迟疑着，我孤寂的院子里呼啦啦拥进了一群人。他们都是坡头村的青年人，返乡一段时间，我认识了他们，其中就有孙二平。他们一拥进我的家，就看见了我手里的纸包，也不知是谁伸的手，一下从我手里拿了去，撕开包装纸就大喊起来了。

他们的喊声吓了我一跳：天鹅蛋！

惊人的喊声才起，就见无数的手伸了出来，伸向了那个打开的纸包，去抓被他们大喊着的天鹅蛋……紧急情况下，颜秋红拉下了脸，她向那纷乱的手发话了。

颜秋红说：都把爪子给我放下来！

我很奇怪，颜秋红不算严厉的一句话，还真把那许多欲望的手全都吆喝得缩了回去。

颜秋红还说：都给我听好了，今天的天鹅蛋，你们都甭想了，我是专门送给项治邦吃的。

前面说了，项治邦不是别人，就是现在做了记者的我。我那时返乡插队，没有什么特权呀？凭什么我就能享受那一包酥香的糕点天鹅蛋？我感到恐慌，又感到幸福，仿佛正有一股和煦的暖风迎面向我吹来，我感激地瞥了一眼颜秋红，又赶紧收回来，看着愣成一堆的孙二平他们，觉得这是我返乡以来的日子里最为甜蜜的时刻。

我说话了，说的是：哪能我一个人独吞呢？大家吃，大家吃。

颜秋红却不同意，说：他们配吃吗？

这可是个伤人的话呢！但我知道，在坡头村，的确很少人家吃得起天鹅蛋。我返乡回到坡头村后，发现大家的生活都很困窘，便是倒盐打酱油的钱，也都紧得从鸡屁股里掏，别说馋嘴的天鹅蛋，就是一般的饼干，也都少有闲钱买着吃。但是颜秋红家里有，吃不完了，就还给大家分着吃。

这是因为颜秋红的母亲，她的母亲可是个人人敬畏的先生姐哩！

乡村社会中总也少不了那些玄虚的物事，便是一破再破的迷信，破除了许多年，其实又破了什么？风声紧的时候，大家在面子上会收敛一些，而背地里依然十分红火。我注意到，有能力从事玄虚物事的人，都是很不简单的，如果是个男人，大家就会叫他先生，如是个女人，大家就要叫先生姐的。其中还有哪些道道，我不知道，而且懒得打问，但我依稀知道，他们是会得到一些常人得不到的享受。

这不奇怪，既然有事求到先生姐的门上，谁又能不给带礼物呢？轻者蒸馍、花生和瓜子，重了就是天鹅蛋、饼干和糖果，听说还有塞钱的呢。颜秋红的母亲先生姐早年守寡，就她和她的一个宝贝女儿，有了好吃的，还不尽着宝贝女儿享用，享用不了，拿出来散给大家，就很稀松平常了。

颜秋红就是这么个大方的人。

她生得好看，性格又特别鲜活明丽，走在路上又蹦又跳的，嘴里呢，又还要不停地哼哼唱唱……她那时候正在中学读书，穿得很是亮堂，从她的家往学校走，仿佛一束灿烂的阳光，走到哪儿，温暖到哪儿，鲜艳到哪儿，特别招惹人的眼睛。

村里的小伙子是都想要和她套近乎的，大不咧咧的她也不回避，谁走近她了，她就掏东西给他，是饼干就给饼干，是糖果就给糖果，至于品质相对珍贵一些的天鹅蛋，别人享用过没有我不知道。这一次我可以享受到了，这使我的鼻子酸了起来，酸得似要流泪。

颜秋红吆喝大家把天鹅蛋的大纸包还给我，而我实在不好独吞，捧在手里正不知怎么办，颜秋红却在一边催上了。

颜秋红说：你吃呀，我看着你吃。

周围的青年伙伴龇牙咧嘴地做着怪相，我就想，我是绝对不能独享这一份美味的。于是，我向颜秋红提出了一个问题。

我说：秋红呀，你这天鹅蛋是送给我了？

颜秋红说：送给你了。

我说：那我是不是就能做主了？

颜秋红说：你做主。

我笑了，手捧着天鹅蛋，就给大家分发，可是没人敢拿，我往哪边的人送，哪边的人就往后退。送到孙二平跟前了，他看了一眼颜秋红，迟迟疑疑地伸着手，眼看就要拿上了，却又听到颜秋红的厉声吆喝。

颜秋红说：孙二平，就你的手长，是吗？

孙二平伸出的手就僵在半路，再伸不能，抽回去又不能，嘴里呢，就只有没头没绪的叽咕了。

孙二平叽咕：过去你给我们的是啥么！啊，不是饼干就是糖果，你没给我们吃过天鹅蛋么。

颜秋红不无讥讽地说开了：有意见吗？好，你听我说，能给你吃就已高看你了，你以为你是谁呀。你能和项治邦比吗？他今日是落难了，回到了村子，像你一样戳牛尻子，明日时运一转，他就又是城里人了，而你还得在坡头村戳牛尻子。

孙二平在颜秋红的数落声中，慢慢地缩回了手……但他缩得很不甘心。

3

返乡回到坡头村，我一直是郁闷的。因为天鹅蛋的风波，使我感到甜蜜和温馨，让我几乎要热爱起这样的生活了。我感动于乡村生活的单纯和平静，但我很快发现，那种表面的单纯和平静只是乡村生活的一个方面，遇到一个很难捉摸的契机，又会变得诡异和难以理解起来。

颜秋红的母亲先生姐被揪出来批斗了，主持批斗会的是孙二平的父亲，他在村里当着支部书记，没有说的，批斗先生姐的大会自然要他主持，并且还要打第一炮。

批斗会的会场搭得很简陋，在生产队的大土堆上摆上一张木桌、一把木椅，再栽上两根木杆，拉起一个横幅，写上几个黑字就算是了。台下黑压压的人群前边，还有从公社来的一个干部，他是指导批斗会的，我早已见识过此人，搞批斗会很是残酷无情。他虽坐在台下，其实却是指挥着孙二平的父亲的。他给了孙二平父亲一个眼色，孙二平的父亲就在台子上的那张桌子后边站起来，手里捉着一个大烟锅，威严地扫视着台下的人群，扫了一遍又一遍，确信参加批斗会的人都来了，这便把烟锅挥了一下，偏过头来朝着台子侧面大喊。

孙二平的父亲喊的是：把"牛鬼蛇神"先生姐押上来！

孙二平父亲的话音才起，就有孙二平和村上的另一个青年，一人扭着先生姐的一只手腕，推着先生姐的后背，刮风一样把先生姐押在了台子上。

回乡参加生产劳动，先生姐的故事我听了不少，我将信将疑，但批斗会上亲眼见了，就让我的怀疑变得像是天上的云彩，不可捉摸，不知去向。

虽然先生姐被押在台上，是被批判的对象，但我发现，她是脸不变色心不跳的，倒是上台批判她的人，反而显得十分心虚。即使孙二平的父亲在批判先生姐的时候语调高亢，却一点儿都没掩盖他内心的虚弱。有人带头喊口号，响应者的声音寥寥落落，这让在台下指导批判会的公社干部很不满意，他的眉头拧得能滴出水来，不断地给台上的孙二平父亲使眼色，却也效果甚微，开到后来，倒好像在演一出戏，你方唱罢他登场，热热闹闹，好不快活。

这让我想起酥香的天鹅蛋，还有饼干和糖果……莫不是颜秋红分发给

大家享用的这些好吃的在起作用?

必须承认,这是一个因素。那么,还会有别的因素吗?

我想一定有,那就是先生姐本身了。

就在热热闹闹进行着的批斗会上,先生姐把她的玄虚绝技又发挥了一次。其时,垂首肃立在台子上的先生姐突然转过身去,从孙二平父亲手上把他吃得红火的旱烟锅夺过来,叼在她的嘴上吃了起来。她一边吃,一边向台口踱着步,而她踱步的样子又非常的男人,气昂昂踩得台上尘烟散飞。她几步踱到台口,从嘴里拔出黄铜的大烟锅,戳着前来指导批斗会的公社干部,破口就是一通好骂。

先生姐骂人的声音也很男人,苍茫而不失力度。她骂公社干部是不肖子孙,正事干不来,尽弄一些邪事,把先人的脸丢尽了。她又骂:你狗日的还是你爸的儿子,就赶紧往回走,你爸要咽气了,你就还作孽吧!

我不知道接受批判的先生姐何以那么男人,其动作和声音完全没有女人的痕迹……正在我奇怪着的时候,只见指导批斗会的公社干部从人前站起来,脸色惨白,像是被先生姐的大骂放了血,跳着脚往批斗会的台子上爬,让人担心他爬上台子,会拳脚相向,打先生姐一个鼻青面肿。但他却怎么都爬不上台子,徒劳地努力着,眼看几次就要爬上台子了,却又都非常滑稽地跌扑下来……惹得台子下的人哄堂大笑,而台子上的先生姐依然大骂不止。

公社干部狼狈极了。而先生姐却十分猖狂。

这个情景贮存在我的记忆里,让我什么时候想起,什么时候都觉得好笑。我奇怪先生姐的胆量,她何以就那么猖狂?她是吃了豹子胆吗?不过,我的疑惑和好奇很快就被大家的议论破除了。村里人说,先生姐当时非常男人的举动,非常男人的骂声,与指导批斗会的公社干部的老爸一模一样。

这倒让人十分不解……我再见先生姐,对她不由自主地便生出一股畏惧之心。

公社干部被先生姐日娘叫老子地辱骂着,他被气得红脖子涨脸,想不明白那么高点儿的土台子,任他脚手并用,如何努力,却总是爬不上去。他的心不由自主地惶恐起来,抬头去看台子上接受批斗的先生姐,感觉她在变,变得就如他的亲爸一样。

这是匪夷所思的!此一时也,公社干部、孙二平的父亲,还有台下黑压压一片参加批斗会的群众,都被先生姐的举动和言语弄晕了。

公社干部既气急败坏,又懵里懵懂,他的心越来越虚,觉得头上的天旋了,脚下的地转了。

有个头裹孝巾的人赶在这个时候,远远地撵到批斗会场报丧来了,压抑着的悲声,一字不差地往公社干部的耳朵里灌。

报丧人说:你爸咽气了!

报丧人说着,就还取出一段白色的孝巾,裹在了公社干部的头上。

台子上的先生姐仿佛遇到了大寒,浑身一阵抽搐,仰天高叫一声,身子晃了几晃,头摇了几摇,就又恢复了她原来的女人举止和女人声音。她悄悄地退到批斗台的中间,把孙二平父亲的旱烟锅给了他,像个被斗者一样,又很乖顺地垂首默立着了。

可是批斗会没法开下去了。

头上裹了孝巾的公社干部向台上的先生姐瞥了一眼,便跟着前来报丧的人,撒腿往他的家里跑,跑着呢,就还撒下一串哭他老爸的悲声,在空气中飘飘荡荡。

孙二平还算眼灵,三步并作两步,跨上了批判台,押送先生姐下了台子。大家看得明白,孙二平这时的押送和此前往台子上押送时截然不同,那时是粗暴的,这时是佯装的,他那小心翼翼的模样,是比儿子搀送老娘还要小心殷勤呢。

隔了一夜,听说死了老爸的公社干部提了几样厚礼,趁着夜色,敲门进了先生姐的家。他来，是有一事要求先生姐，那就是他的老爸，人是咽气了，眼睛却一直睁着，怎么弄都合不上。公社干部想起批斗会上先生姐的表现，他害怕了，而且是越想越害怕，趁天黑悄悄地来求先生姐了。

好在他们村与先生姐所在的坡头村不是很远，六七里的一段夜路，却还把公社干部走得毛骨悚然，一身虚汗，到他进了先生姐的家门后，磕磕巴巴竟然说不出一句完整的话来。

先生姐就帮他提话了，说：给你老爸问事吗？

公社干部赶忙点着头。

先生姐迟疑了一会儿，说：你让我咋说呢？

公社干部已被先生姐折服了，听先生姐这么说，他慌得就差跪下来。他说：你说么，是啥就是啥，只要我爸的眼合上。

先生姐说：你肯听我说？

公社干部说：肯。

先生姐就说了，才说个开头，浑身便痉挛似的抖颤起来，鼻涕眼泪横流，说话的声音就又如公社干部的老爸一样非常的男人。她手指公社干部说，我合不上眼睛！我咋能合上眼睛呢？你个惹是生非的东西，我死了，你不知道还怎么祸害人呀！我没法合上眼睛……先生姐非常男人地说着，喉咙里呼噜噜痰声涌动，她蓄积了一阵子，猛地吐在公社干部的脸上，吼喝着他说，你给我跪下，把后背上的衣服揭起来。公社干部照着做了，先生姐从屋角拿来一根桃木条子，抡起来就往公社干部的脊背上抽，每抽一下，公社干部的脊背上就暴起一股血棱子……先生姐没多抽，只抽了三下，就好像用尽了平生的力量，把手里的桃木条子丢下来，自己也软在了身边的一把椅子上。

好一会儿，先生姐又恢复了她女人的声性。她说：你回去吧，你爸的眼睛合上了。

这个故事不久便传得沸沸扬扬，大家坚信先生姐是公社干部老爸的鬼魂附了体，她的言语和举动就都是公社干部老爸借她的肉身来传达的。不过，大家在传说时添油加醋，还传出好几种后续情节。

有人传说，公社干部跪下把先生姐叫爸爸了。他叫先生姐是亲爸爸，活爸爸。

有人传说，公社干部跪下舔了先生姐的脚指头，十个脚指头，一个一个都舔了。

对于这样的传言，我是不大信的，但我对先生姐那种神鬼莫辨的言语举止，还是感到特别的惊惧与不解。不过还好，我又有天鹅蛋吃了。

好吃的天鹅蛋自然是颜秋红送给我的。

我问了颜秋红：是公社干部的礼物吗？

颜秋红说：管他呢，有吃的咱吃就对了。

4

还别说，颜秋红预言我时来运转，就又是个城里人的话，在我返乡不长时间就变成了现实。我先受到老校长冯求是抬爱，到周村中学当了一段代课老师，国家恢复了高考，我就又考进了大学，学了几年中国历史，毕业分配，很顺利地进了陈仓晚报社，干起了无冕之王的工作。老实说，我是很热爱新闻这一行的。

跑新闻有个好处，可以自由地到处去走。这自由地走着呢，因为冯举旗，还因为孙天欢，最近我回了坡头村。不过，我要老实说，最初离开的那一段时间，我还是回过坡头村几次的，只是以后渐渐地淡了，淡得几乎断了回坡头村的路。

我最初往坡头村跑，绝对不是为了新闻。那么我是为了什么呢？是为

见到颜秋红吗？

那时的颜秋红业已读到高中，听她说读得还很不错，正充满信心地准备考大学，也要使她成为一个城里人哩。

颜秋红的这个理想，她早就给我说了。在我衣锦还乡见了她后，她反复地给我强调她的这一理想，而我也衷心地期望她能考上大学，实现她的理想。遗憾的是，颜秋红却没能考上大学。她不甘心，不断复习，不断参加高考，最后还考了个全乡状元，却也未能如愿。乡村教育太差，就是全乡状元，也是无可奈何的，她拗不过自身的命，十分悲哀地嫁给了孙二平，做了支部书记的儿媳妇。

这对不断落榜的颜秋红来说，也许是个最好的结局了。

就在颜秋红决定嫁给孙二平的前夕，我回到坡头村，见了颜秋红，她给我说了那句我以后总也忘不了的话。

颜秋红说：这是命。心强抗不过命强。

谁说不是呢？但我当时听得明白，颜秋红的嘴是服了命的，但她的心却并没有服。

这应该才是曾经的颜秋红。

曾经的日子，我吃着颜秋红送给我的天鹅蛋，很放松地和她讨论过这样一个问题。当时，我和她讨论这个问题时，不能说有什么恶意，但戏谑的成分还是有的。

我问她：你会像你妈一样成为先生姐吗？

颜秋红惊讶着我的问题，她张着一双水汪汪的大眼睛，看着我说不出话来。她一定责怪我怎么会提出这么一个问题来。而我却还没有理会她，继续我戏谑的提问。

我问：做个先生姐也不错呀，有人供着吃天鹅……

颜秋红愤怒了，在我把天鹅蛋的"蛋"字还没说出来，她已伸手把我吃着的天鹅蛋打落在地上。是这样了，她好像还不解气，还把她送给我的天鹅蛋悉数摔在地上，跳着脚踩，都踩得碎碎的了，又还不忘抬脚去踢，狠狠地踩，狠狠地踢，把天鹅蛋踩踢得纷纷扬扬，散得到处都是。

糟蹋着天鹅蛋，颜秋红说：要做先生姐你做去，天天有天鹅蛋给你吃，吃撑你的肚子，吃撑你的嘴！

颜秋红表现得这么激烈，我是没有想到的。我便想，我是伤她心了。但我却惊异地发现，她愤怒的样子似乎更为可爱。

我笑了，说：和你耍笑一下么，看你躁气的样子，还当了真了？

颜秋红没有理睬我的道歉，她依然愤怒地盯着我，大睁的眼睛里湿漉漉地都是泪的闪光……她给我撇来了一句话，那句话像石头子儿一样冷硬。

颜秋红说：谁和你耍笑了？

颜秋红说罢这句话，拧转了身子，踩着天鹅蛋的碎屑，噔噔噔顾自走了。

我后悔死了，不该这么惹颜秋红的，别说以后吃不到她送的天鹅蛋，怕是见她的面都难了。

返乡回到坡头村，颜秋红是真正关心我的人，我不该惹她生气的。

我在寻找机会，打算向她真诚道歉的，可我还没有找到机会，颜秋红又自觉来找我了。

那是一个下着小雪的日子，我在家里正无聊地吃着书本，颜秋红来了。她的来去总是特别的轻盈，叫我的声音呢，自然也是轻盈的。

颜秋红给我说：去我家吧，我妈有话给你说哩。

老实说，受邀去她们家，我的心里是很打鼓的，我总觉得那个独门独院的家，因为有了颜秋红的母亲先生姐，便有了让人恐惧的鬼气。即便是她们家门前的那棵皂角树，听人说也已成了精，月光迷蒙的晚上，皂角树身上的几个洞孔里是会白烟升腾的，凡有白烟升腾，就必有白色长毛的神仙飞旋，像是狐狸，又像是羊儿……颜秋红的母亲先生姐不出来上香作

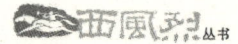

法，白烟不散，神仙也就不走。颜秋红的母亲先生姐出来了，披头散发先给皂角树敬上香，再绕皂角树舞蹈几圈，白烟自然散尽，神仙也自然离去。

这样一个去处，我是应该躲开的。

颜秋红顶着一头的雪花邀请我去，我抗拒不了，就跟着她亦步亦趋地去了。我不能不去，我惹颜秋红生气了，我想与她和好。

硬着头皮，我进了颜秋红的家，却发现这个意识中鬼怪灵精的地方，与坡头村所有的农家小院一样，没有什么特殊的地方，也是几间土坯垒砌的偏厦房，也是土坯盘成的大土炕，门上挂着布门帘，布门帘上绣着几朵花，窗棂上贴着粉连纸，粉连纸上贴着好看的窗花……颜秋红的母亲先生姐也平常得像她的家一样，扎着一件布围裙，在她家的锅灶上忙碌着。

我的到来使先生姐暂时地放下了锅灶上的事，把我推进了她家的偏厦房，并还帮我拍打着身上的雪花，要我坐上她家烧得热烘烘的大土炕……我感觉到了先生姐对我的巴结奉迎。

没过多久，先生姐就还给我端来了热气腾腾的饭食，是坡头村逢年过节才舍得一吃的臊子面，油汪汪的汤面上，漂着肥肉片片，鸡蛋花花，大葱丁丁，看一眼就能馋到人心里……先生姐不让我客气，放开肚子吃，她准备得足，一定要我吃饱吃好了，她才能安心。

颜秋红不说话，看着我吃臊子面，才把一碗吃完，她就又把一碗送到我手上。

返乡回到坡头村，这一顿饭是我吃得最解馋的一次，那样的香甜可口，让我几乎怀疑，先生姐不是用油盐酱醋调出来的，而是使了魔法幻化出来的。

我吃得没心没肺。

这是我的狡猾了，我必须装得没心没肺，才能吃得心安理得。在物质生活还很困难的时候，别说是农村，就是城里，谁会极尽破费，无缘无故地请人大吃一顿。

我猜得没错，在我吃得咽不下一口汤的时候，颜秋红的母亲先生姐撤去了碗盘，脱了鞋，也坐上了她家的大土炕。

先生姐说我了：你可不能欺负秋红呀。

我说：我没欺负她。

先生姐说：耍笑也不能。

在先生姐和我一句对一句的说话中，我知道颜秋红和她妈先生姐活得并不容易。颜秋红的母亲先生姐守寡早，她孤身一人，带着女儿过日子，她是太难了，总有人要打她的主意，要占她的便宜。她能怎么办呢？和人打吗？打打吵吵，到头来，吃亏的总也是她。她找不到解决问题的办法，苦闷中一次长梦，她醒了过来，借着家门口的皂角树变法使魔，这就成了先生姐了。

成了先生姐，她就能保护她自己，也能保护女儿颜秋红了。

这是一个揭秘自己身份的话题，我认真地听着，不敢相信这是真的。因为公社干部老爸暴死、挨骂受辱的事还历历在目，晃动在我的眼前……我糊涂着，不知道该作何解释？而且还想，是那一个先生姐真实呢？还是这一个先生姐真实？

显然，颜秋红的母亲先生姐不想对此多作解释，她在我的心里就还存着一丝疑惑，使我在坡头村熬着日子。

不过，我很注意自己的嘴巴，不再随心所欲地耍笑颜秋红了。倒是她忍不住，时不时地找到我，给我送好吃的天鹅蛋，向我请教读书时遇到的一些问题……有一次，她在问了我的几个读书的问题后，给我解开了存于我心里的那个疑惑。

颜秋红说：你还觉得我妈神秘吗？

我说：还有点儿。

颜秋红就说了，说我不是有点儿，而是很重很重呢。她说我就不是骗

人的人，她从我的眼睛里看得出来，我心里是有大疑惑的。譬如批斗会上，她妈学着男人腔指骂公社干部，并不是她妈神得知道公社干部他爸暴死了，而是她妈在台子上站着，老远看见戴孝报丧的人，知道他不是村上人的亲戚，她就想，一定是给公社干部报丧的，她就随机应变，装了一时公社干部他爸的魂灵，指骂了公社干部一顿。

我恍然大悟。

但我还有难解之处，特别是公社干部老爸死不瞑目……颜秋红没等我问出心里的疑惑，她就抢着说了。

颜秋红没说具体的事情，她只说：有些事留下些疑惑，其实也是很好的。

5

有好一些年头了，我和颜秋红失去了联系。冯岁岁和曹喜鹊到陈仓城里来了，我从他俩的嘴里这才知道，他们夫妇也随打工者的潮流，进到陈仓城里来了。不过，我还没能见上她的面。

正好那天，我买了一台小车，自鸣得意地开着上班，在一个十字路口遇到了红灯，我把车停下来。刚停下就听手机"嘟"地响了一下，我知道来短信了。因为车停着，我打开手机，只见一串有趣的字直往我眼里钻：十字路口上，有一乞丐敲着车窗说，给点儿钱。先生没有零钱，就说，给你一支烟吧。乞丐说，我不抽烟。先生车上刚好买了一扎啤酒，就又说，那我给你一瓶啤酒喝去吧。乞丐仍说，我不喝酒。开车的先生十分为难，就建议乞丐陪他去打麻将、洗桑拿。打麻将他出赌资，让乞丐替他打，输了是他的，赢了是乞丐的；洗桑拿，也好办，给乞丐一条龙服务。乞丐听得有些愤怒，说我怎么能赌博嫖娼呢？我不！先生打开车门，让乞丐上了车，拉回家里给他老婆说，你说好男人不抽烟不喝酒不赌博不嫖娼，我给你找回来了，就是这个样子。我把短信没看完，就已笑了起来，直到看完，就几乎要笑翻在车上了。

正在这时，有人敲我的车窗：嘭！嘭！嘭！

我收住了笑，向车窗玻璃外边看去，以为短信上的情景要在我的面前重演了，心里觉得更加好笑。可我没有笑出来，因为敲窗的人在叫我的名字。

敲窗人说：项治邦，你还认识我吗？

他是谁呢？头发乱着，脸上脏着，不是他身上的黄马甲表明他的清洁工身份，我真是要把他当成乞丐了。我在记忆中迅速地翻腾着，总想翻找出他的蛛丝马迹，但我非常失望，怎么也找不出和他相识的迹象来。

敲窗人说：我是孙二平呀。

他这一说，我的记忆接上了头，想他一个多么光鲜的人，怎么就落到了这样一个境地。

孙二平灰着脸说：别说你不认识我，我都快不认识我了。

我想推开车门下来，路口的红灯灭了，绿灯亮了起来，我就很无奈了，摸出一张名片给了孙二平，给他说有事就打我的电话。

可是孙二平没有给我打电话。时间在一天天过去，我也一天天在遇到他的路上来往，我想见到他，可他像是一片飘零的树叶，被他扫到了垃圾堆里运走了，不见了。

他是在躲我吗？我疑惑着，想他既然躲我，就不要认我，认了我又为什么躲我呢？

我苦苦地想，想到后来，我想到了颜秋红……想起颜秋红，我的心便不能自禁地慌起来。

返乡回到坡头村，颜秋红给了我那么多优待，我不能否认，她在我的

心里是有一些地位的，不敢说这个地位就是爱，可也离着那个神圣的字眼不是很远。我还可以保证，我在颜秋红的心里也是有地位的，那个地位同样有着爱的成分。后来，颜秋红考大学，连续复考几年，想要和我一样成为一个城里人，能说没有爱的力量做支撑？

遗憾的是，她考大学的梦破了，成为一个城里人的梦自然也破了。她把自己嫁给了孙二平，并不是她爱着孙二平，那是她梦碎后的一个无奈之举。

我想知道颜秋红的情况，就在我因冯举旗和孙天欢回到坡头村的时候，找了个空儿，还拐到颜秋红家的门前看了看。她的家上着锁，从锁口的锈迹来看，怕有许多年没有打开了。

跟着我就又去了孙二平的家，还好他的老母亲还在，我计算着孙二平老妈的年龄，想她已有八十多岁。她还能认出我来，说我长白了，长胖了。我补充一句，说我也长老了。孙二平的老妈呵呵地笑着，说你不老，城里人咋会老呢？我不想在我的身上多纠缠，就问了颜秋红的母亲先生姐。

我知道我不好说先生姐，就问：秋红的母亲呢？她还好吗？

孙二平的老妈走来走去，说：死了。

我听得有些黯然，正不知怎么回话，老人家却来了话兴，张嘴就又说上了。

孙二平的老妈说：我那短寿死的也死了。

短寿死是坡头村的女人对自家男人的一种惯常说法，既不带恶意，也不带褒意，外人不知道，听了可能要吃惊的。我返乡时在坡头村没少听说，开始也是吃惊的，后也就习以为常了。

孙二平的老妈说了这么几句话，好像说得她口很渴，伸手端来一个大瓷茶缸，接到嘴上喝了一口又一口……我依稀认得出来，这就是孙二平老妈所说的短寿死，也就是她丈夫用过的大茶缸，我在批斗颜秋红她妈先生姐的大会上见到过，还在别的场合也见到过。曾经刚刚强强的坡头村支部书记也拗不过岁月的流逝，他是死去了，可他用过的物件却还存留着，人啊，到头来实在是不如一个物件呢！

喝了几口水的孙二平老妈歇了一口气，就又给我说上了，好像她憋了满肚子的话找不到人说，我自己送到了她的眼前，她是要一吐为快了。

孙二平老妈说：人老了就要死的，我担心，一个村子过不了多少时间也要死了呢！

此话一出，我盯着孙二平老妈的眼睛愣了起来，不知道她何以说出这么令人震惊的话？我回来在村里的走访，看见的现象似乎也在证明，孙二平老妈的那句话说得似乎也不无道理。

村里的青年人全都出门打工去了，便是颜秋红、孙二平那样的中年人差不多也都出门打工去了。他们起初去打工，走的还只是他们自己，把孩子都留在村里，陪老人一起生活，等他们在城里渐渐站住了脚，就把孩子也接进了城，在城里生活，在城里学习。

孙二平老妈告诉我，说她想她的孙儿。

我理解孙二平老妈的心情，可我也为颜秋红和孙二平庆幸。曾经的颜秋红是多么想成为一个城里人啊！那时她做不到，现在她做到了，她自己打工进了城，还把她的孩子接进了城，我为她庆幸，却庆幸得有点儿心酸，我不知道他们在城里生活得可好？

这是个问题呢。

我一时没法明确知道，告别了孙二平老妈，在坡头村又走了几家人，从她们的嘴里，我片片段段地又还知道了颜秋红和孙二平的一些事情。

他们结婚后，因为缺少感情基础，话不投机就会吵起来，甚至大打出手，最严重的一次，颜秋红挨了打，在炕上睡了几天，不吃不喝，趁着人不注意，把家里用来消灭庄稼虫害的敌敌畏摸出来拧开盖子，嘴对了敌敌畏的瓶嘴，咕嘟咕嘟喝了几大口，不是发现及时，请医生灌肠洗胃，她说

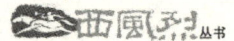

不定跟着她妈先生姐早都变成鬼了。

这样的话听得我难受,甚至觉得颜秋红的悲剧是我造成的。

还好,这样的悲剧持续了一些时日,颜秋红怀孕了。她头一胎生了个女儿,再一胎生了个儿子,有了儿女绕膝,一切的悲剧就像早晨的大雾一样,太阳出来一照,便都烟消云散,一片阳光灿烂。

冤家一般的夫妻俩渐渐恩爱起来,你帮我扶,为着他们的小日子,齐心协力地奔着了。

6

记者的秉性促使着我,我打坡头村回来,便写了篇《空巢村落》的调查报告,发在了《陈仓晚报》上。我感到我的悲哀,前次写了个乡村中学的调查,害得冯举旗砍了梧桐树,这次再写空巢村落调查,不知又会惹出什么乱子。好心得到的总是瞎报,我不悲哀谁悲哀?我希望空巢村落的调查,让我不要再悲哀。看来情况不错,不断有人给报社打电话,差不多都集中在颜秋红那种家庭状况的例子上。有人认为这是一种进步,农村人口举家进入城市,让自己的家变成空巢,以致大门上的锁子生了锈,是社会发展的必然,可以有效地把农村人口转移到城市来,使城乡差别得以逐步缩小。有说正话的,自然也就有说反话的。说反话的人认为,农村人口大举转移到城市里来,既会增加城市建设的诸多问题,又会增加农村发展的诸多问题。最切实的问题是,大家都不种地,我们吃什么?

说狼说老虎都不要紧,怕的是大家都不说,说出来争论一番总是好的。不过,我想听到颜秋红的看法。

颜秋红是我报道中解析的主要例证,她是最有发言权的,可我得不到她的电话，这让我有些沮丧，因为我想以此与她取得联系。要说呢，我不仅从坡头村，而且从冯岁岁和曹喜鹊的嘴里，都已打听到了她的下落，但我不想太冒失，直接找去让她尴尬，同时也使我尴尬。

没有办法，我就只有耐心等待，等待孙二平、颜秋红他们能和我联系。

孙二平不和我联系，颜秋红也不和我联系，在我采访马头岭输水暗管爆裂现场，却突然得到颜秋红死去的消息，我就只有悲痛着了。事情来得太突然，我向报社领导电话保证决不影响发稿，领导这就给我准了假，允许我从爆管现场撤回来。

我没有回报社，直接去了郊外的殡仪馆。

作为一个新闻记者，我到全市唯一的这家殡仪馆采访过。我来采访的原因，你肯定想不到，会是一起腐败案件。丧属家里死了人，把尸体送到他们这里，不给他们塞钱，就还排不上队，就是排队轮到你了，你正放着哀乐向亲人告别，他们也会戛然断了哀乐，让你流着的泪水不知道怎么流，更有甚者，把死者遗体推进焚尸炉，不好好地给你烧，却先用长长的铁钩子探进焚尸炉，把好好的尸体扯得纷乱，这叫丧属很不好受，就要掏钱给他们，买个心里踏实。

这几乎成了一个人人皆知的潜规则。

可他们分赃不均，内部有人向上反映，其中就有给报社反映的材料，报社派我前去采访，我就自觉来了。但我调查了一阵，没有得到任何有力证据，这件事便不了了之。

虽然我在殡仪馆未能挖出新闻，却在这里交了几个朋友，觉得他们做这项工作还真是很不容易呢。

想想看，在繁华的陈仓城里，在哪儿工作不比在殡仪馆强，一年四季，这里总是阴沉的，凄凉的……你在这里，无论什么时候，什么地方，都有可能碰上一具尸体。有的还没装殓，躺在那里，死时的样子是个啥就

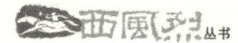

还是个啥，有的体面些，装在一个塑料袋里，只有到火化时，才有专门的化妆师来给尸体涂上油彩。死人的脸不会吸收，打上粉和涂上油彩，倒比活人的脸色更为艳丽，以致叫人惊魂。

我急匆匆地来到殡仪馆，看见的颜秋红就是这个样子。

在我到来之前，颜秋红就那么非常潦草地排在停尸间里。我来了，找了殡仪馆的朋友，就把排在尸体队列里的颜秋红拖了出来，插到前头来处理了。

这时天是阴着的，甚至阴得有点儿怪异，一会儿裂开一道口子，露出一绺红彤彤的太阳光，像是一柄带血的刀子一样，割着人的心；一会儿呢，又把那道口子合起来，努力地往下压，汹涌的云团像是一块沉重的铅砣，就要压在人的头上了，却又不认真压，忽忽悠悠地，这便落下点点的雨滴，滴滴答答地，打湿了殡仪馆里成排的柏树和松树，以及成片的草地和花圃。我想，天应该是有情的，它俯视着人间，发现了颜秋红的不幸，而为她垂泪了吧。

颜秋红的一对儿女站在他爸孙二平的身边，两双眼睛像他爸孙二平的眼睛一样，都哭得红肿起来，仿佛烂了的桃子。

初见颜秋红已经读高中的儿女，我不知道是该高兴，还是应该哀伤，只听他们在老爸孙二平的介绍下，都很腼腆地叫了我叔。

我是头一回见颜秋红的儿女，惊讶她的女儿太像她了，而她的儿子又太像孙二平了。

手足无措的他们让我顿然生出无限的怜悯之情，我伸手抚摸他们的头，并安慰说，人死不能复生，你们可要节哀哩。你妈她人走了，但她的心不会走，她是希望你们好好地活，活出人样子来，你妈的心也就安了。

少年丧母，怎么说都是件悲哀的事，我看得明白，作为儿女的他们，如果不是在陌生的殡仪馆，如果不是他们太过孤单，他们是会大哭起来的，嗷嗷地号哭，唰唰地流泪……但是他们没有。他们老实地听着我的话，一遍遍抹着眼泪，看我和殡仪馆的朋友给颜秋红安排着后事。

这是一个程序，要给颜秋红换穿新衣，然后又要洗头又要洗脸，接着就是又要化妆，自然还是那种很艳丽的妆，这倒使有了些年纪的颜秋红嫩白了些，年轻了些。不过，这又岂能掩盖她曾经的憔悴和潦倒，她太瘦了，整个人就像乡村锅灶上烧的干柴，胳膊腿是粗一点儿的柴棒，手指头脚指头是细一点儿的柴棒，就是她的头和身子也干得如捋空的柴棒子。我在心里感叹了，感叹她的营养不良，严重的营养不良，她受苦了。

我问了孙二平：颜秋红是怎么死的？

孙二平嗫嗫嚅嚅，肚子里有话，却一句也说不出来。倒是他们的一对儿女扯着泪声说了，说妈是为了他们死的，妈想叫他们出息，把他们接到城里来上学。那就算借读，要交很高很高的借读费，借读初中两万，借读高中三万。妈没有那些钱，就只有在指头缝里抠，在牙缝里省了，没奈何，妈还偷偷跑到医院去卖血。这一次，就是妈妈卖血后回到家里躺着起不来，他们借了三轮车，准备拉着妈妈去医院，可她坚决不去，说她没事，睡上三几天就好了。过去也是，妈有病了都不去医院，在药店里买几片药，吃了就在床上睡，睡几天就又爬起来，就又要挣死挣活地为他们奔波。哪里想得到，妈这次在家里睡了三天，竟把自己睡得殁了。

一对儿女说着他妈，把我说得眼里也泪汪汪的。

四处跑新闻的我知道进城打工人员的艰难，而像颜秋红他们不顾自身困难，还把子女弄进城里来上学，其艰难程度就是她的儿女不说，我猜也猜得出来的。

有朋友帮忙，颜秋红的遗体得到了迅速的处理，衣服换上了，妆也画上了，推到一个小些的灵堂里，罩在一个透明的玻璃罩子下面。

殡仪馆向亲人告别的场面，我见过许多，来的人里三层外三层，灵堂里装不下，还要排到灵堂外的院子里……人要走了，是亲戚，是朋友，是同事，最后送一程还是很有必要的，而且还要有人主持，介绍死者生平，

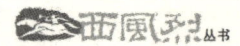

请来宾代表讲话，最后向遗体告别，现场仪式要尽可能地搞隆重，这是对死者的尊重，也是对生者的安慰。

停放着颜秋红遗体的灵堂，除了孙二平和他们的一对儿女，就只有一个我了，这是我参加的最为凄清的遗体告别仪式。

朋友照顾我的面子，不管我们来人多少，都很认真地按着程序，来向颜秋红的遗体告别了。

哀乐声起，颜秋红的一对儿女终于不能忍受，号啕大哭起来……我看着玻璃罩下的颜秋红，在儿女的号哭声里，像是被人用针扎了一下，画了油彩的眼皮子痉挛似的动了一下……我以为看花了眼，抬手在眼睛上揉了揉，再看玻璃罩下的颜秋红，她不仅眼皮在动，而且还睁了开来！

不可思议……太不可思议了！

我对颜秋红哭成泪人的一对儿女大声地说：别哭了，你们看，你妈没有死，你妈睁开眼睛了！

哭着的儿女不相信眼前的事实，听我一说，先还围着颜秋红的，待看见颜秋红越睁越大的眼睛时，都惊恐地往后退了，退了几步，这才醒悟过来，他们受苦的妈妈到鬼门关前转了一圈，又回到人间来了。

一对儿女明白了这个事实，复又扑向罩着颜秋红的玻璃罩子，在上面啪啪地直拍，原来悲悲戚戚的号哭，变成了惊喜的呐喊。

儿子喊：妈，妈……

女儿喊：妈，妈……

孙二平和我帮忙的朋友也都喜出望外，招呼我们一齐动手，把罩着颜秋红的玻璃罩子揭了开来。

我去摸颜秋红的手，感到了她手的温热。

像她的一对儿女一样，我也大声地叫了她：秋红……颜秋红！

循着我的叫声，颜秋红把她的眼睛转向了我……的的确确，在殡仪馆的焚尸炉前，死了的颜秋红又活过来了。

7

喜出望外!

面对死去活来的颜秋红,所有人的神情都只能用这一个词来代替了。

获得消息的人们,哪怕是来殡仪馆送亲人的,在这一刻都无法抑制好奇的心思,向颜秋红所在的灵堂跑来了,原来清寂的小灵堂一下塞满了人。

我和孙二平扶着颜秋红从阴冷的遗体床上坐起来,我们还想扶着她,把她从遗体床上挪下来,可她却突然推开我们,伸手扯乱整容师给她梳得水滑的头发,散散地遮在脸面上。她说话了,说话的声音像我返乡回到坡头村时,在批斗颜秋红她妈先生姐的会上,她妈先生姐说话的声音一样,非常男人。

颜秋红说得一字一顿,铿锵有力。

她说了,我知道有人告我,联名告我哩,你们知道吗?我早就做好准备了,我不怕你们告,你们告不倒我。退一步说,就是你们把我告倒了又能怎么样?我的老婆,我的儿女,我早就把他们弄出国了,他们拿了绿卡成了华侨了,你们知道吗?我一个人我怕啥……嘿嘿,给你们说哩,我这叫裸体做官,你们懂吗?裸体做官……我都裸体做官了,我有啥怕的呢?精尻子撵狼,我是没啥好怕的了!

别人听得明白听不明白我不知道,但我是听明白了,颜秋红发出的男声,可就是陈仓城每天报纸上有,电视、电台上有的本市一把手门家奇的声音呢!

我们这位门书记主政陈仓的工作有些年头了,他最先在一家国有企业当工程师,工作是很有些成就的,三十岁不到,就已获评全国劳动模范。此后,他升任该企业的厂长,再后来进入市政府大院,从副市长干起,干到了市长、市委书记,是个手腕很铁的人物,从来是说一不二的,他讲的

话都是重要指示，指示谁上天去摘星，谁就得立马把铁路竖起来当作梯子，爬上去给他摘。

坊间关于门家奇书记的传言很多，虚虚实实，谁知道哪一个是真，哪一个是假……可是颜秋红死去活来，却学着门书记的声音自己说了。

我想起乡间百姓的说法，怀疑可是门家奇书记的魂魄附在了颜秋红的身上？

这可不好，太危险了，要是有人把颜秋红坐在遗体床上说的话，传给大权在握的门书记，他随便找个理由，把你一个颜秋红不收了监才是怪事。

要不是颜秋红死了几日才活过来，我真想伸出手把她的嘴捂住，捂得她出不来气。

但她似乎更来状态，把门家奇书记的腔调学得越来越像，声情并茂，说到关键处，还配合手势，在眼前挥一下、劈一下，做得依然特别到位。

颜秋红还说，我把马头岭水库的水引进城错了吗？啊，大家手捂心口想一想，陈仓城缺水缺成了啥样子，大家不该忘记吧？每到伏天，市上就要组织车辆从郊县拉水进城，大家桶提盆端，提着端着回家做饭吃。千方百计引进了一家大型工业企业，意向都签了，人家到咱陈仓考察，一说水，人家立马抬屁股走人。我必须把马头岭水库的水引进城里来……我没有想到，狗日的水管子爆了，爆了一回不成，接着还爆……这太害人了，我不想水管子爆，我没把质量关把好，我错了，我给大家检讨还不成？

我……颜秋红学说着门书记的话，学说着把自己还说哭了。

我想，我是必须制止颜秋红再学说下去了，她再学说下去，真就捅下娄子了，到时还可能害了我呢。

我给颜秋红说：咱不学说了，咱回家吧。

孙二平也在一边帮腔，说：你听你说的都是啥嘛！你万幸死去又活过来，咱高兴呀，咱高兴了说咱的话好不好。

颜秋红哪里听得了别人劝,她依旧沉浸在自己的学说中……每学说几句,就有围观的人群向她喝彩,说她学说得好,学说得对,学说到人的心坎上了。

其中有个特别沉闷的声音还说,今天听到真话了。人不到阴间走一圈,说的都是假话,走一回回来了,才有真话说出来。

我还看见一个熟悉的身影,他是在市委办公室工作来着,平时我们新闻记者写个门家奇书记活动的消息,就都要找到他,由他逐字逐句地审,审结了,签上他的大名,我们才能拿回报社发稿。他夹在纷乱的人群里听了一阵,挤出人群,掏出手机又是发短信,又是打电话……不用多想,他是在向有关人员汇报颜秋红的情况了。

我给孙二平使着眼色,还让他们的一对儿女帮忙,想把坐在遗体床上的颜秋红挪下来,找个避人的地方,或是找辆汽车,拉了她回家。可是奇怪,我们挪不动颜秋红,她像是铆在遗体床上的一颗钉子,任凭我们怎么费力,都不能挪动一丝一毫,而她依然不管不顾地学说着门家奇书记的话。

颜秋红说得动了情,说他当个书记容易吗?他是想给人帮忙的,特别是你陈仓证券公司的经理,你现在变成鬼了,我对不起你!你想了没有,如果你不变鬼,就是我变鬼。你女人长得好,她来求我,让我保你一命,我答应了她,我这人没记性,面对好看的女人,心里就会长毛,总想能得到她……唉唉,我是干柴烈火,她是寒冰冷雪,我得不了手,就只能哄她。而她也是好哄的,把我哄她的话当真了,到枪子儿敲了你的头,你女人才醒过来,知道我并没帮助你,她就找我闹,你说她能闹个啥结果?给你说,你人一死,她啥啥的结果都闹不出来……

我额头上的汗一定如黄豆一样往下流了。

我是害怕了,那么瘦的颜秋红坐在遗体床上,怎么就那么重!而且我还害怕,害怕事情已经难以收场了!

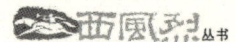

围观的群众听着颜秋红非常男人的学说，明知她学说的是门家奇书记的腔，却还在起劲地鼓噪和号叫。大家是觉得新鲜吧，这样的新鲜，比在影剧院里看任何一台戏都新鲜。我是这么想的，而且我还想到，大家有一种解气的情绪在其中，对门家奇书记，平常日子中，大家有意见也只能忍气吞声。让一个死去活来的人学说他，确实是解气的，太解气了。

殡仪馆的大门外传来警笛尖锐的嘶鸣声，割心锥肉般向颜秋红所在的灵堂扑来。黑白相间的警车来的不是一辆，而是一串子，迅速地围在灵堂外面，嗵嗵嗵嗵跳下一个个威风凛凛的警察来，他们拨开重重人群，直抵颜秋红坐着的遗体床边。这时的颜秋红已经把她假借门家奇书记的话学说完了，人乏得像个抽了筋的瘦皮囊，又是哈欠，又是眼泪，扑到她身边的警察轻轻地一动手，就把她提了起来。

像我担心的那样，颜秋红被警察控制起来了，我也被警察控制起来了，同时还控制了颜秋红的丈夫孙二平。

8

事发突然，颜秋红死去活来，学说着门家奇书记的声音大揭他的问题，我只想到会出事，却没有想到会是这么严重。

不过还算好，没有把我和孙二平直接关进黑屋子，而是控制在一家招待所的房间里。我对这家招待所是比较熟悉的，是一个行业的疗养院，我当着记者，要写个大稿子，就会到他们这里来。这里环境不错，人少安静，伙食做得也很可口。我和孙二平被控制在这里，一日三餐都好，蛋奶肉一样不缺，好像是有人给这里的厨师做过交代，他们把给我和孙二平的蛋奶肉做出了不同的风味和花样。对此我倒不太觉得特别，孙二平就不一样了，他感慨这里的伙食，是他一生吃过的最为"夸张"的饭食。我想他说的该是真心话，一个农民，原来的打工汉，哪里会有这么丰盛的吃喝，便是有，自己也是舍不得的。被人控制起来了，却能饭来张口，张口又都是美食，他到哪里找这样的好事呀？孙二平复仇似的胡吃海喝，把他吃得肚儿圆圆的。不过，这也是我和孙二平被控制起来后过了几天的事，头两天，我和孙二平都没胃口，什么好吃的都只刨上两口，就放到一边。但不论吃与不吃，孙二平总要唉声叹气，给我说他死的心都有了。

孙二平是担心着颜秋红的，不晓得她被关在了哪里。他们会打她吗？她刚刚死去活来，身体是非常虚弱的，她挨得了他们的打吗？他担心着他们的一对儿女，离却了爸爸妈妈，他们可咋办呀？学还上着吗？中学的功课太重了，一天都不敢落的，落下来就不好赶了……孙二平这也担心，那也担心，到最后还担心起了我。

孙二平说他烂杆一个，提起一串子，放下一摊子，没啥好担心的，我就不同了，我是新闻记者，无冕之王呢，平白无故地被关起来，有事没事都把脸伤了，这以后可怎么到人面前去呀？

应该说，孙二平对我的担心没有错，我在黑屋子里担心的正在于此。当时，警察在殡仪馆抓我的时候，我和他们辩论过，还说了我的身份，可人家不听你的辩论，也不理你的身份，抓住你就不容你挣扎，拖着拉着塞进呜呜大叫的警车，而且还给我和孙二平戴上手铐，直到控制在招待所里才把手铐卸下来。

在招待所的房间里，我不想听孙二平叨叨，紧闭着嘴巴，哀伤地想着死去活来的颜秋红，想着她在学说门家奇书记的问题。一想到这些，我的脑子就犯迷糊，我想不明白，咋就这么奇怪呢？颜秋红一个打工的农村妇女，死都死了，却又活了过来！活过来就活过来吧，她咋就知道门书记的事？不遮不掩地大说特说，她这不是受了神的指示，怎么可能做出这样的事情。

我想得头疼，想不明白就不想了，又不能把耳朵塞起来，就听孙二平没头没绪地说他和颜秋红的悾惶，他一会儿坡头村，一会儿陈仓城……一会儿农民可怜，一会儿农民工可怜……说的事儿呢，一会儿种粮食不挣钱，一会儿打工挣不来钱，有一点儿收入呢，不是打白条子给你欠着，就是硬着头皮给你拖着……我承认孙二平说的这些事都存在，但我烦听这些事，在我工作的陈仓晚报社，总有农民或是农民工结伙反映这些问题，有反映就有报道，刚报道一起，问题还没解决，就会有更多的来访者，这样的问题太多太多，让人听得疲倦，让人听得厌烦。我很想堵了孙二平的嘴，不让他说这些事，但我又觉得，唯有孙二平不住嘴的絮叨，也还能现出一点儿生气。

孙二平絮絮叨叨地说着，突然说起了农民工进城后的家庭生活，这倒使我精神一振，觉出一些新鲜来。

孙二平没说别人，说的是他和颜秋红。

他们租住在城中村的一间民房里，四口人打个转身都困难，晚上睡觉，从来都是他和儿子一个被窝，他和颜秋红在城里谁都没碰过谁。他们原来想，这么一天天熬着，他们把夫妻间的那点儿事都忘记了。可是那次"五一"黄金周，颜秋红打工的仓储公司的员工们放假旅游去了，颜秋红贪图节日期间的双倍工资，留下来看管仓库。孙二平怕她腾不出身子吃饭，在家割了点儿肉，剁成馅儿，和着韭菜，给颜秋红包了一碗饺子，热腾腾端了去，让颜秋红吃。在他们夫妻俩的生活中，这是破天荒的一次。孙二平有心给颜秋红包饺子吃，颜秋红被感动了，她就自己吃一个，也给孙二平喂一个，夫妻俩一会儿吃得春心荡漾。到一碗饺子吃得不剩几个时，两张散发着饺子香味的嘴巴咬在一起，原来忘记了的夫妻之事像是突然醒过来的恶兽，强烈地冲击着他们夫妻的神经，他们顾不得说话，一个扒着一个的衣服，只有几下，就都把对方扒得精赤条条一丝一线都不挂了。

偌大的仓储库房仿佛他们夫妻的婚床，他们纠缠在一起，在那堆积如山的货架空隙里翻过来，滚过去……事后回忆，孙二平说他那次是太享受了，他觉得颜秋红就如一池秋水，漫溢开来，把他泡在其中，又是风吹浪卷，又是雨打山啸……他们几乎都要死了。

风平浪静之后，孙二平和颜秋红没有立即起身穿衣，他们相互依偎着，靠在货堆上，颜秋红哭了，孙二平也哭了。

四目哭得谁也看不见谁时，孙二平和颜秋红听到了一声吼喝。

吼喝声是严厉的：看把你们受活的！

孙二平和颜秋红仿佛刀戳一般，惊恐地睁开泪眼，看见站在他们身边的人是仓储公司的保安。颜秋红认识他们，她凄然地笑了一下，刚才的紧张和无措立即去了大半，她伸手取来衣服，和孙二平穿戴起来。

保安不认识孙二平，紧绷着脸盯着他，让孙二平身上火烧火燎地难受，根本不敢抬头看人。

颜秋红为孙二平解围了，说：我娃他爸么，来给我送饭……你们看，碗里还剩着饺子哩。

保安们乐了。都是出门打工的人，保安是保安的岗位，仓储保管是保管的岗位，平时来往称不上密切，但也是熟悉的，知道颜秋红的老公也在陈仓城打工，他们夫妻有需求了，不在自己家里做，却在仓储库房里做，做了还把自己伤心得哭天抹泪，你叫他们能不乐嘛！

这一乐，颜秋红就让孙二平请保安的客，她这样做有她的道理，她是想堵住保安的嘴，不让他们把这件事说出去，丢人还是小事，丢了岗位才是大事呢。

孙二平能咋办呢？他像罪犯获得大赦一样，屁颠屁颠地张罗着给保安请客……孙二平说：咱他妈亏不亏，自己和自己老婆亲热，还要请别人的客。

我在孙二平这么说话时，没出声地笑了一下。

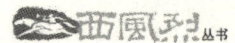

孙二平在说这话时，头是埋着的，脸红得像一张红纸，他感觉到了我的笑，说：你笑了？我给你说，你要笑哩。你看你进来一句话都不说，你要急死我吗？

我听孙二平说着话，接着又笑了一下。我是被孙二平感动了，在横遭控制的屋子里，吃喝好又怎么样，人身又没有自由，后事又没法料想，孙二平是真的为我担心了，并真的关心着我，我不能不对孙二平有所表示。

我说：你可怜呀。

孙二平说：我知道我可怜。那你可怜吗？你和我一样，也是可怜呀。

我说：活人总是可怜的。

孙二平说：你说对了。

孙二平不等我回话，他就又说上了，他是自说自答。他说，你也不问我为啥有了你的电话不给你打？我知道你是等着我给你打电话的，我不给你打，是颜秋红不让我打。你知道她为啥不让我打吗？你不知道，颜秋红的心里一直是有你的，你知道吗？

我打断了孙二平的话，说：别关上几天把你关出病了，你瞎胡说。

孙二平说：我没胡说。

我说：那你就是发烧了。

孙二平说：我也没发烧……你不想想，那么好吃的天鹅蛋，颜秋红咋就只给你一个人吃。

我和孙二平没法再说话了，就只有默然，像刚被控制在屋子里时一样，我是一言都不发了……孙二平也是，说了那些话后，像是把他肚子里藏着的话都说完了，也是不再多话，沉默着只等来人问话，或是来人送饭。

就在刚才，送饭人给我和孙二平送来了两大碗的油泼面，外加一荤一素两个菜，还有一疙瘩大蒜，这可正是我和孙二平馋的呢。

可口的饭菜不仅能激发人的食欲，也还可以激发人说话的欲望。孙二平一口油泼面，就着一口菜地吃着，他就又不能抑制地说开了。

孙二平说：你想过没有，颜秋红可像她妈先生姐？

我默然着，嘴张了几张没有说出话来。

9

我们被控制着不知道，陈仓市沸反盈天的舆论，确实把颜秋红看成无所不知、无所不能的先生姐了。

颜秋红的死去活来，还有她在殡仪馆学说着门家奇书记的事，如果她没有先生姐的天赋气质，她能做到吗？绝对不可能！颜秋红做到了，她就是先生姐！这样的新闻，不用上报纸，不用上电视，仅凭民间口传，就已传得沸沸扬扬了，没有人不知道。

被控制着的颜秋红情况可好？我不知道。想她学说的是门书记，人家门书记大权在握，她就是成了先生姐，还能强得过门书记。这是孙二平的担心，也是我的担心，却突然地，从送饭给我们的人嘴里，听到一个惊破天的消息。

消息是：门家奇书记夜访颜秋红了。

传消息的人是给我们送饭的人。他给我和孙二平此前已经传话，说是颜秋红也在这里控制着。他给我和孙二平还说，颜秋红捎话让我们放宽心，没有啥了不起的事。但我和孙二平哪里放得下，为了安慰颜秋红，也给她捎了话，说我们能吃能喝，几天时间我们都吃胖了，吃白了。

给我们送饭的人是位上了些年纪的男人。显然的，他被颜秋红死去活来的事情所震慑，一来二去，给我们传上话后，就还套上了近乎，想要知道颜秋红可有特异功能，不然人死了，都已推到焚尸炉口上，怎么还会活

过来？

我珍惜送饭人给我们传话的机缘，我给他说，颜秋红有没有特异功能不好说，但她死去活来，应该有她特殊的地方，最起码她阳寿未满，老天还不想收她。

和送饭人能放开说话，让我和孙二平有种如释重负的轻松。想一想，初被控制起来时，也是这个送饭人，他就一直绷着个脸，公事公办地把饭送来，往我们待着的房间桌子上一放，淡淡地扫我们一眼，转身就走，好像怕他站久了，也遭了我们一样的罪。

过了些日子，送饭人和我们有了话说，守在门口看着我们的人，也都放松了警惕，和我们说话了。

看守是轮着班的，轮到傍晚看守我们的是位白胖的人，我猜他是公安人员，看守我们穿的便衣。轮到他值班，总还要进到房间来，和我们开几句玩笑的。

起初，白胖的看守人看我们吃得不错，就调侃说：吃得不错啊。

我不理他，孙二平却忍不住，说：是不错呢。

白胖的看守人就又说：睡得怎么样？

我仍不理他，孙二平就还回答他：睡得不咋样。

白胖的看守人说：睡得不咋样！想啥呢？

我不能忍，呛他了：想着死呢。

白胖的看守人说：想死？你们可别这样想，我这人胆小，千万不要吓着我。再说，你们死得了吗？死了还得活过来的。

我观察这个看守人，觉得他这人不坏，和我们调侃，就是为了消除对抗，他不想在看守我们时出什么差错。

他调侃我们，我没笑，孙二平笑了，白胖的看守人也笑了。我看得清楚，孙二平的笑有点儿巴结，有点儿无奈，看守人的笑则有些隐秘，有些诡异。就在送饭人放开和我们大说了一场后，又轮到他来值班了。他这次还带了几张打印的东西,给了我让我看。

白胖的看守人真是嘴贫,他说:你把一条好新闻耽搁了。

我没有着急看他给我打印的东西,抬头惊奇地看着他。

白胖的看守人说:你是记者我知道,你看我给你打印的东西你就知道了。

听他说的,我低头在打印的东西上扫了一眼,一种职业的习惯让我叫苦不迭,遗憾不已。我的嘴角轻轻扯了一下,知道自己是在嘲讽自己了,这个爆炸性新闻,即使我未被控制,也是不敢写的。

这条新闻写的就是颜秋红死去活来的事。从打印的东西上看,这是一条网络新闻,最初由网络写手曝出来,挂到自己的博客上,被热爱上网的人看见了,不断点击,后来又被外地的纸质媒体公开报道,这就成了一个热点新闻。为此我是要感谢互联网了,在信息时代,以它特殊的功能,向公众及时迅速揭示各种事实的真相。

我像活吃一只猛兽般读着打印的东西,发现这位网络写手不仅写出了颜秋红死去活来的新闻,还链接了他在互联网上搜索到的另外两条同质化新闻。

链接新闻写得有鼻子有眼,一个讲的是贵州省万重大山里面,在上个世纪末,有位中年男子死了三日,停尸在灵堂里,他的停尸床前有一个古旧的供桌,白天供在桌子上的梨枣和花馍,到了深夜,就都不知去向,大家心里疑惑,以为是鼠猫糟害了,就都没有多想,照样补上去。第三日的夜晚,值守灵堂的亲眷夜半内急,睁眼发现供桌上的供品又没了踪影,他还好奇着,猛一回头,却发现死了的人端直坐在灵堂床上,一手举着梨枣,一手抓着花馍,大嚼大咽,吃得狼吞一般。他吃得急了,有一口馍噎在喉咙口,半天不能下咽,就还伸手指着值守他的亲眷,让他端水给他来喝。值守亲眷大为惊骇,愣怔在原地,大张着嘴,说不出话,喊不出声,只觉得裤裆里热流滚滚,把他憋了半晚上的一泡尿,一滴不剩地撒在了裤子里……再一个讲的是，甘肃省定西一个蛮荒小村，有个产后的小媳妇突然丢下嗷嗷待哺的婴孩撒手人寰，让和和美美的一家人顿然陷入无限哀痛的境地中。她的男人呼天抢地，说她死了，闭上眼睛什么都看不见了，撇下他和娃娃，可咋活人呀？男人的怀里还抱着小肚大饥的婴孩，他不知生离死别的惨痛，只知小肚挨饿的难受，自然要哇哇号哭。男人摇着哭闹不止的婴孩，又还对停尸几日的婴孩母亲大诉衷肠，说你睁开眼睛看看，看你娃可怜谁管呀？也许是这句话起了作用，死了的母亲慢慢地睁开了眼睛，转动着眼珠子，找着她哭哭啼啼的孩子。男人不敢相信，又不敢不相信，而这时，哭闹的婴孩也不哭了，扑腾着手脚，要往母亲的怀里钻。男人把婴孩送到了母亲的怀里，母亲的手便抬了起来，解着她衣服上的扣子，露出圆乎乎胀鼓鼓的乳房来，让她的婴孩嘴里叼着一个，手里还捉着一个……哦，死去活来，原来并不鲜见。

鲜见的是颜秋红，她死去活来后，仿佛脱胎换骨一般，有了种莫名的变化，太神奇、太诡异了。

写颜秋红的网络写手，便毫不吝啬地写了她的神奇和诡异，说是一个死去活来的人，神奇、诡异得居然能够知道她不可能知道的事，而且还要化作事中人，把他不可告人的事纤毫不差地公开出来。

也就在我和孙二平看到看守人送给我们打印的东西后不久，让人畏惧的门家奇书记秘密地到控制着我们的招待所来了。

他来看颜秋红了。

我事后才知道，威风八面的一个人在见到颜秋红时，却还谦卑地躬了一下腰，脸色也温和得像是颜秋红的一位邻家大哥。

门家奇说：你知道我是谁吗？

颜秋红没有应声，只微微地点了点头。

门家奇说：我想你理解我让你住在这里的意思吧？

颜秋红仍然没有应声，她轻轻地摇了摇头。

门家奇说：你身体不好，让你住在这里补一补。怎么样？这里的饭菜还好吧。听说你睡得也不错。

颜秋红哑巴了一样，坚持不说话，甚至连点头和摇头都免了。不过她从心里承认，被控制在这里，吃得好是事实，但说她睡得不错，却不是事实。她睡得很不好，头几天几乎整夜整夜睁着眼，思前想后，觉得像做了一场春秋大梦，梦醒后是很害怕的。幸好有派来的医生陪在她的身边，细心地给她检查身体，适当地给她用药，使她的体力渐渐恢复，到后来，她才能很好地睡觉了。

陪着颜秋红的医生是个面情很软的人。她福福态态的一张脸又白又干净，陪了颜秋红许多日子，总是找着机会和她说话。

医生说：你是个奇迹呢。

颜秋红感激她，说：啥奇迹嘛，你把我说糊涂了。

医生说：你死去活来，咋还知道那么多事？

颜秋红说：我能知道啥事？

医生说：你都说了，你还装啥？

颜秋红说：我说啥了，我装？

医生也不认真与她计较，只说让她吃好喝好，养好她的身体。颜秋红养得身体不错了，这就迎来了门家奇书记。说实话，颜秋红真不知道门家奇什么事，对他那样一个有权的人，颜秋红只在电视上看到过，她怎么能知道他的事呢？当然，坊间的传说，她倒有些耳闻，仅此而已。突然面对了人家，听着他关切的问候，颜秋红不是不想回答他，而是紧张得不知怎么回答他。

此时此刻，颜秋红几乎要全身心地感谢门家奇了，感谢他来看望她，还有他的关心和照料。

她这样的神态，门家奇是看出来了。

门家奇浅笑了一下，把一个报纸包推在颜秋红的手边，说：不好意

思,让你难为了些日子,你可以回家了,回去把身体再养养,养好了。

门家奇的话才说罢,他就转身出门去了。

颜秋红抓起身边的报纸包,撕开一角,发现竟是一笔巨款,一笔让她目瞪口呆的巨款。

10

门家奇被"双规"了!

听到这个消息,我是吃惊的,但不是特别吃惊。关于门家奇的传言,也就是颜秋红在殡仪馆学说的那些事,我在报社私底下没少听说。他自作自受,是该有这一劫的,只是不偏不倚发生在颜秋红死去活来、学说了他的事之后,我不知道,因此会给颜秋红增加多少神秘的色彩。

这个时候,颜秋红已经离开了陈仓城,回到坡头村的老家去了。我也从被控制的招待所回到了报社,做着我的记者工作。

是报社的领导从我被控制的招待所把我领出来的。那天,一直比较欣赏和照顾我的报社领导,把招待所我们住的房门推开,他是人未进来,咋咋呼呼的声音先进来的,好你个项治邦,给报社玩失踪吗?躲到招待所里,让我可是好找!

听着报社领导的咋呼,我知道我没事了。本来也是,我有什么事呢?我帮助自己的旧相识处理丧事,好好的却把我控制起来,我太冤枉了。

我粗粗地算计着日子,在招待所里我被控制着都有九天了。

没出息的我想着自己的冤枉,竟不由自主地落了泪。

报社领导拥着我,从招待所一出来便回了家,他说你休息几天吧,过两天我再来看你。

我没听报社领导的话，也不顾家里的阻拦和劝说，在家洗了澡换了身干净衣服，当天就去报社上了班。我不知道我为什么这么做，是为了表现？还是为了证明？我真的不知道，但就在我跨进报社大门的一刹那，我平时熟得碰破头的同事都有那么一会儿的愣怔，接着又都热情地扑上来，和我又是握手又是拥抱，这让我就很感动了。

几天不明不白地被控制，我需要同事们的握手和拥抱，这对我无疑是个最大的安慰。接下来好几天，我像要弥补缺失的工作似的，埋头在我所热爱的新闻工作中，下农村搞了篇农村医疗问题的调查，又到企业就科技创新方面的问题，搞了一个报告……我用紧张的工作占住我的心，不去多想发生过的不幸。

但是，孙二平打电话来了，他说颜秋红说了，要请我一顿酒。我含糊地答应着，说我有时间了就过去。

什么时候有时间呢？我的托词能骗谁呢？连我都骗不了。于是，我就去了。

这之前，孙二平已经打过几次电话了，他说我再拖时间，颜秋红怕要骂他窝囊鬼了，请个人都请不来。孙二平还说，他们一家要回坡头村去了，哪里的黄土不埋人，陈仓也不是啥洞天福地。

我是跑新闻的，听孙二平在电话中不断叨叨，就在一次采访路过孙二平和颜秋红租住的城中村时，脚一斜拐了进去。对这些城中村的环境，我是知道的，往往是外来人口数倍于城中村里的人口，他们中有像孙二平和颜秋红一般的打工者，也有走街串巷收破烂的，当然还有开饭馆做小生意的，夹杂其中的也不乏卖淫的小姐和撬门扭锁的小偷，五方杂厝，什么样的人都有，而且是，村容村貌一片狼藉，到处流污水，到处堆垃圾……我就在这样的环境中找到了孙二平和颜秋红租住的院落。

看我从逼仄的门道里走进来，正在院子里一张小桌前坐着的孙二平热情地迎上来，抱怨我来了，咋不提前告诉他。我说我又不是啥大人物，来

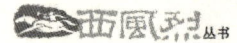

看你还弄个打前站的。孙二平就还嘴说我少见多怪,现在来看他颜秋红的人,还确实是要预约的呢。几日不见,一对恓恓惶惶打工的人鸟枪换炮,还真抖起来了。

院子里的小桌旁还坐着两个人。

孙二平给我小声说,他们都是约了才来的。孙二平还用嘴把他们租的房间给我努了努,并小声告诉我,正有人在房子里问事哩。

哦!颜秋红果然捡起她妈的旧业,做起先生姐了。

过去的颜秋红对先生姐的行当是很有点儿不齿的,便是她的亲娘做着那样的事,她也照样瞧不起。她在自己的心里种下了理想的种子,她是要好好读书,考大学,让自己成为一个城里人。她的那个理想破灭后,也没想过接她妈的班当先生姐。她和她的丈夫到城里打工来了,她是要用他们的勤劳和辛苦,为他们的儿女和他们自己,创造一个新的生活呢。

可她做不到,仿佛命定了一样。她只有做先生姐了。

坐在院子里的小桌旁,孙二平给我既敬茶又敬烟,我们坐在一起,听来问事的人说着颜秋红的神奇。

一个说他正在投标一项工程,他得问问先生姐,看那个工程可有希望?如果有,他就给人塞钱了,这是投资,塞得出去,才能挣得回来。

一个说他借了人家一个肚子,想给他生个带把把的。现在,他借的这个肚子大了,担心大肚子里装的还是女娃娃,那他可就惨了。他借人家一个肚子二十万,图的就是给他生个儿子呢。

什么稀奇古怪的事情,当了先生姐的颜秋红能说得清楚?我不能相信。我等在院子里,想要和颜秋红说,这种哄人的勾当,最好不要做。

房子里问事的人出来了,在孙二平的安排下,等在院子里的一个人又进了房子……如此反复循环,到天黑时,院子里等着问事的人先先后后进了颜秋红的房子,又先先后后出了颜秋红的房子……我想,接下来我有时间和颜秋红说说话了。

颜秋红一直没出她租住的房子，但她神奇地知道我在院子里等着。在她给人把事说完以后，她在房子里喊起我的名字，说你大记者怕没被人晾过吧？你看我，太不礼貌了，把我们的项大记者晾在院子里一下午。

孙二平听见了颜秋红的喊声，招呼我和他一起进了他们租住的房子。我看见了颜秋红，她和在殡仪馆躺在遗体床上的样子很不一样，虽然体量还是那么瘦弱，但面皮是红润的，眼睛也神采焕发。她整理了几条烟，有好猫，有芙蓉王，还有红中华，她说她还有事，人家的车已走在路上了，这些烟送给我抽，大记者哩，一个字一个字地，还不都是烟熏出来的。

果然如颜秋红所说，有辆档次很高的小轿车开进了城中村，把颜秋红贵宾一样的接走了。孙二平陪着我，很不好意思地说：走，咱们也喝两盅去。

我想拒绝孙二平的好意，转眼一想，我还有话要问，就和他出了门，在城中村找了个小饭店，点了几个小菜，要了几瓶啤酒，我们俩便大吃大喝起来。

孙二平喝酒很快，一杯接一杯，菜没多吃，就已把几瓶啤酒喝得见了底，给我说话时，舌头也便大得乱搅和……他给我说，白天来向颜秋红问事的人，都是平头百姓，问的也都是鸡毛蒜皮的家常事。晚上了，接颜秋红去的，你猜都是啥人？他妈的都是当官的。我给你说，他们在人前人模狗样的，到了颜秋红的面前，就都稀泥一摊，把颜秋红当成真正的神仙了，出手那个大方，不瞒你说，我这辈子想都没敢想……我的一对儿女都转到市上最好的一中去了，住宿吃饭也不要咱管，都是当官的出面办，该免的免了，不该免的也免了。

昏昏沉沉，我是喝得也有些高了。

11

异地审判,曾经威风八面的门家奇被判十二年监禁。在此之前,坡头村来了几个代表,把离别村子多年的颜秋红,请神一般请了回去。

村上来的人是孙天欢。他到了陈仓城,先去找了冯岁岁和曹喜鹊,商量着又来找到我,拉着我,要我和他们一起去见颜秋红。他们所以拉我一起去,觉得我有面子,去了好给颜秋红说话。这种难为人的事,一般我是不会动脚的。但我奈何不了他们几个的软缠硬磨,被他们拉拉拽拽地就也去了。我去了一句话没说,都是他们几个代表说的。他们的观点很鲜明,说得也很在理,你一句,他一句,都说颜秋红当了先生姐,是坡头村的风水呢。她该回去,把村子的风水再旺一旺。

颜秋红没有立即答应他们,她偏着脑袋,用她神神秘秘的眼睛看着我。我知道她想听我怎么说,但我躲着她的眼睛,还是不对此事表达任何意见。

事情有些僵,孙天欢抓耳挠腮,冯岁岁跺脚叹气,曹喜鹊仰天摇头……他们一筹莫展,正不知怎么办好时,颜秋红说话了:跑了这么远的路,看把你们累的。

颜秋红一说话,孙天欢、冯岁岁、曹喜鹊他们便看到了希望,追着颜秋红的话一哇声地说:不累不累,我们不累。

孙天欢、冯岁岁、曹喜鹊他们这么说了,就还话赶话地又说:只要你回坡头村,我们自己抬个轿子把你往回抬,我们都不会累。

颜秋红晓了。她说:那咱就回么。

回村的事就这么定了下来。颜秋红准备了几日,就和孙天欢、冯岁岁、曹喜鹊他们回了村,独留孙二平在陈仓城里,专心照顾他们的一对儿女读中学。靠着先生姐一个人的收益,孙二平是再不需要自己下苦力了。他辞了城市保洁员的职业,尽心尽意地照料着他们的儿女,也是因为上的好学校，还因为一对儿女肯学习，三年时间不到，兄妹俩就都考上大学走了。

城里没了牵挂，孙二平就也收拾了家当，准备回坡头村住了。临走前，孙二平约了我，要和我再喝一顿酒，我答应了他。这一次，我们省略了小饭馆，改在陈仓越做越大的合欢酒店，订了一间雅座，要了冰镇辽参、腊鸡翅、蒜片黄瓜等几个很好的小菜，又点了西凤十五年陈酿，我们俩便一碰一碰地吃喝起来。

我端起酒杯和孙二平碰，说：祝贺你。

孙二平不解，问：祝贺我个啥？

我说了，祝贺你们一对儿女都上了大学，也祝贺你和颜秋红幸福美满。我是这么说的，却又想起孙二平和颜秋红在仓储库房被保安抓的那件事，不觉脸上堆满了笑，便又说，以后在自己家里，你咋折腾，都不怕被人抓了。

孙二平的酒杯和我也碰上了，他怨我哪壶不开提哪壶，咱说些高兴的事多好。

确实也是，孙二平要回坡头村，我真该和他说些高兴事哩。

我给孙二平说：回去问颜秋红好。

孙二平说：她好着哩。你不知道，颜秋红她从来没有现在这么好。她有钱，大白天有大白天来人送钱，大黑天又有大黑天来人送钱……我们家门前的大皂角树上，拴的都是红绸带子。

我不明白，问孙二平：什么红绸带子？

孙二平说：是红绸带子，一条带子五六块，上面印了字，都是来问事的人，买了拴在大皂角树上的。

这是我孤陋寡闻了。

颜秋红被请回坡头村后，以她为中心，村里雨后春笋般发展起了许多相关产业。原来沉寂了的村落突然又热闹了起来，红绸的祈愿带子是一

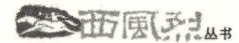

项，还有高香和烧纸也是一项；来村里问事的人，路远的要住宿、要吃饭，特色农家乐就也是一项；村委会正在做规划，要把坡头村当作一个神秘文化旅游观光村来打造呢。

如此变化，倒的确要让人刮目相看了。

但我对此是有怀疑的。

孙二平不让我怀疑，他给我说，有些事神鬼难料，颜秋红死去活来，像她妈一样做了先生姐，我开始也是怀疑的，可那么多人问她事，她都给了回答，而且反馈回来的信息是，她给说的事，有些是很准的呢。看我脸上还有疑惑，孙二平往他的大嘴里倾了一口酒，说是自然了，也有问不准的事，那能怪谁呢？怪他问事的人心不诚，礼不到……这么给我解释着，孙二平就还鼓励我向颜秋红问事。

我说了：我问啥事？

孙二平说：你装糊涂……没想想你都啥年纪了，还当着个记者，东奔西跑，你就甘愿受累不想进步了？

百思不得其解的先生姐呀，想我也许真的该向她问问事哩。

2012年9月8日初稿于扶风野河山
2013年6月5日改定于扶风野河山

想像一棵树（代后记）

树不是哑巴。树是会说话的，而且还会笑，还会哭，知道疼，知道痒……因为，树是有生命的，与人一样的生命哩！

起小的时候，父母亲给我过满月，他们把我抱到村街上，给我拜干大了。这是地方上的风俗，满月时的儿娃子都要拜干大的，出门碰上的头一个人，不论这个人是谁，光脸麻脸，有钱没钱，权大权小，碰上谁就是谁，就要拜成自己的干大呢。这不是个小事情，儿娃子不懂事不晓得，父母是知晓的，还有爷爷奶奶，其中的利害，他们就更知晓了。所以，一般人家在给儿娃子拜干大时，像现在的人制作节目一样，都要预先导演一番的。事前，把家里相中的干大好吃好喝请上一顿，再给人家的口袋里塞上几个，说好了，什么时候从他们家的门口走一走，儿娃子抱出门，刚好就能碰见他，把他拜成娃的干大。

预先计划好要被拜成干大的人，自然要有足够的脸面，最起码，要在村子里说得起话，借得上力，是个有权有势的人，或者是有知识有文化的人……懂事后，我发现，像我一般的儿娃子，没有谁的干大瘸了一条腿，瞎了一只眼，自然也没有拜了狗、拜了猪做干大的。

我很不幸，唯独我没有拜上一个体面的人，而是拜了一棵榆树做了干大。

父亲去世早，我没法问他其中的原因，但母亲一直活到了八十五岁，最后无疾而终。我有太多的机会来向母亲询问的，特别是在每年拜干大的日子，母亲陪着我去给榆树干大磕头献祭，我便忍不住想要从母亲的嘴里问个究竟。但我没法开口，我看见母亲用她的眼睛一会儿看着我，制止着我的询问，一会儿又躲着我，回避着我的询问。我把爬出喉咙、站在舌尖上的询问，就这么一次次地咬死在我的牙齿上。直到母亲也要丢下我，去找我的父亲时，母亲才给我说了我拜榆树做干大的事。

母亲说：都怪你爸那个短寿死的。

母亲说：你爸说了，求一个活人拜，哪一个大活人又真的愿意做你娃的干大？做了干大又哪里真的把你娃当干儿子？假的，都是假的，倒不如就拜一棵树，风里挺得住，雨里挺得住，雪里挺得住，霜里也挺得住……树倒是比人更有担当，树倒是比人更久长。

母亲说：这是命，我看你娃混得就不错，是得了榆树干大的福了呢！

母亲最后的揭秘让我感到醍醐灌顶，让身在西安大堡子的我，遥想乡下小堡子里我的榆树干大，竟然不能自禁地流了一脸的泪。

我回到了关中西府的小堡子。

像我起小祭奠榆树干大一样，我买了烟酒，还买了香表，要来认真拜一拜我的榆树干大了。可是，我找不见我的榆树干大了……像我的榆树干大一样，我们村还有一棵老皂角树，以及一棵老合欢树、一棵老梧桐树和一棵老苦楝树。这些大树相互勾连，相互照应，仿佛村里不死的魂灵，为村子撑起一处又一处的阴凉，春天来了，风舞一身翠色，到了冬天，又会换上一身银装。每一棵树，都有一道自己的风景，它们以自己的方式，记忆着自己的风流，也记忆着村子的风流……然而，让人哀伤的是，村子里除了老皂角树，我的榆树干大和别的一些老树，都被挖进城里去了。

大树进城，它们适应得了那里的环境吗？

没有什么适应不适应的，你不看看，村里的人差不多都进城去了。人在城里适应得了，树在城里也就适应得了。给我这么说话的，是现任村长冯甲亮，是他想方设法卖了这些老树的。

没有了老树的村子，是那么的空！我不知别人是何感受，但我知道我的心是痛的，很痛很痛的呢！提着我拜干大的烟酒和香表，在没有了榆树干大的那个坑槽边，我把一瓶酒都灌进树坑里，然后又点燃了香表和烟，我期望曾经生长了榆树干大的坑槽，能再生出一棵榆树来。

是的，我的榆树干大长在坡头村里，也是经历过一些苦难的。刀刻一般铭记于心的一次苦难，就发生在上世纪六十年代初。那时候的全国大饥荒，我们村自然不能例外，在村里人吃光了粮食，仅以糠菜填肚子的时候，大家的眼睛都盯上了我的榆树干大。我看得懂村里人的眼睛，仿佛一把把锋利的刀子，捋尽了榆树干大的叶子，然后又去砍榆树干大的头颅，又去扒榆树干大的皮，对我的榆树干大实施剥皮刮肉的残害。有几次，我就这样从梦中惊醒过来，哭着去看我的榆树干大。终于，在我一次惊醒过来去看我的榆树干大时，让我心惊肉跳的事还是不可避免地发生了：在村里干部的主持下，村里人把我的榆树干大拦腰锯断，砍成一段一段的断枝和碎片，分给村里人去填他们饿得粘成一张皮的空肚子了。

我为我的榆树干大而伤心。不过还好，来年春天，失去了头颅，只剩下半截身子的榆树干大，又神奇地从它的断头处，生出一片浓郁的绿色来，并且一年一年地生，一岁一岁地长，后来又生长得如以前一样茂盛了。

村长冯甲亮的父亲冯岁岁非常懊恼儿子的作为。还有冯杏儿的母亲曹喜鹊，也很怀念被冯甲亮卖进城里的一棵树。

这是一棵合欢树呢。我在村里的时候，听到村里人言三语四地议论过冯岁岁和曹喜鹊，便恶作剧地在合欢树上刻了一个桃子，让一根利箭穿过桃子，一头挑着"岁岁"两个字，一头担着"喜鹊"两个字。我的这一杰作长在合欢树上，开始倒不怎么醒目，长着长着，就像合欢树的一部分似的，越长越鲜明。村里人看得见"岁岁喜鹊"的刻画，冯岁岁和曹喜鹊自然也看得见，而且他俩还都知道，合欢树上关于他俩的杰作，是我的作为。可是他俩却并不因此而记恨我，和我闹不愉快，相反的，他俩还把我看成了知己，与我相处得非常好，直到我离开村子，都是如此。

我回到村里祭拜我的榆树干大，冯岁岁找着了我，曹喜鹊也找着了我，为我没法很好地祭拜我的榆树干大而感到抱歉，并向我打问，刻了"岁岁喜鹊"字样的合欢树进城后栽植到了哪里。

面对着悲伤的冯岁岁和曹喜鹊，我很无奈地摇着头，但是他俩没有放弃找寻合欢树下落的想法，给我出着主意，说我在报社当记者，耳目多，一定要帮他俩找到合欢树。我答应了他俩，回到我工作的城市，向我的朋友放出话来，让大家都操上心，替我寻找一棵进城来的合欢树……功夫不负有心人，多半个月后的一天，高新区一家饭庄的经理给我打了电话说，我找的那棵合欢树，进城来就栽在他们酒店门前。我喜出望外，赶去要看个究竟。我是看见那棵合欢树了，同时还在合欢树下，看见了冯岁岁和曹喜鹊。

生长在坡头村的合欢树树上，是有一窝喜鹊的。冯岁岁和曹喜鹊不知合欢树的去向，失去了合欢树而无枝可栖的喜鹊，却比人聪灵那么一点点儿，约略知道合欢树的去向。冯岁岁和曹喜鹊很偶然地发现了这一秘密：在他俩沉浸在悲痛之中，探寻合欢树去向的日子里，无枝可栖的喜鹊总是追着他俩，在他俩的头顶上喳喳喳喳说个不停。喜鹊说什么呢？从迷茫中猛然醒悟过来的冯岁岁和曹喜鹊跟着喜鹊走，一路的艰辛，一路的危险。在喜鹊的引导下，俩人找见刻着他俩名字的合欢树时，就不约而同地张开双臂，像对黄昏而恋的情人一般，紧紧地抱在了一起。

我把冯岁岁和曹喜鹊的这一幕拍进了照相机里。

冯岁岁和曹喜鹊给我解释说，他们背了一辈子相好的名声，到如今，才算第一次你抱了我，我抱了你……我相信他俩说的是实情，过去，他们虚有相好的名声，现在有了条件，是能够真的成为相好了呢。曹喜鹊的丈夫死得早，冯岁岁的老伴也过世几年了，天造地设，他俩光明正大地在一起，也没别人说的啥话了。

我支持和鼓励他俩成为相好。

避开反对他俩相好的子女，他俩死心塌地想要和进城来的合欢树，在城里好好地生活下去，当然还有引导他俩找见合欢树的那对喜鹊……喜鹊在合欢树上给自己垒起了新巢，冯岁岁和曹喜鹊也在那家饭店里找到了工作，一个新的、美满的生活场景像一幅美丽的风景画一样，展现在了冯岁岁和曹喜鹊的面前。可是非常遗憾，转过年来，城里的树都发了芽，唯独合欢树没有，还有在合欢树上筑巢居住着的喜鹊，不知食用了什么有害的东西，双双跌下树来……合欢树死了，喜鹊也死了，冯岁岁和曹喜鹊依靠着死了的合欢树，一人手里捧着一只喜鹊，眼里满含着泪水，显得那么茫然无措，显得那么可怜无助！

没有进城的老皂角树，奇迹般地活出了它的第二春。

三人合抱不住的老皂角树就生在颜秋红的家门前，不知为什么会突然生出一股白烟，从树身的空洞里冒出来，直冲天际而去。颜秋红的娘就说了，黑煞神不高兴了，是谁惹了黑煞神呢？这可不好，赶紧给黑煞神看香呀！黑煞神不是别的什么，就是老皂角树自己，我们小堡子无人不知黑煞神皂角树的厉害，它也是我们村里的一尊守护神。我小的时候，贪玩把自己玩丢了，父母亲去求黑煞神，上了香，才祈求了两句，玩丢了的我就从皂角树的空身子里打着哈欠爬了出来。

求黑煞神皂角树，是必须请颜秋红的母亲来求的，她是我们坡头村一带声名赫赫的先生姐哩。我们坡头村那一带地方，男人家给人算卦看风水，就要尊敬地称其为先生，而女人家也天才地能够给人算卦看风水，就再尊敬地给她加上一个"姐"字，称她为先生姐。

是为先生姐的女儿颜秋红却不那么看，她瞧不起她的母亲先生姐。就在我和颜秋红一起在村里读书的时候，她在我的跟前没少诋毁她母亲，说她母亲装神弄鬼，把自己弄得都不是人了。她是不要做鬼的，她要做人。

发誓做人的颜秋红送埋了老去的先生姐母亲，和丈夫孙二平，带着他们的一对儿女，到城里打工来了。一心做人的颜秋红，和丈夫孙二平怎么都无法做好人，城中的现实生活，让颜秋红做人的大梦，一次次化为了泡影，他们夫妻打工在城市里，连想要做爱的一处地方都没有……为了一次肌肤之亲，他们惊恐不安，因此还使颜秋红生出一场怪异的病来，诈死后被送到殡仪馆里，就要推进焚尸炉了，却自己醒过来，口无遮拦地揭露着这个城市里一个罪恶的秘密，使这个城市威风八面的市委书记锒铛入狱，而颜秋红自己，因此华丽转身，成为一个她母亲那样的先生姐了。

做人有什么好呢？倒不如做鬼好。

做人谁把你当人了？做了鬼，倒被人神仙一样敬上了！

成了先生姐的颜秋红，生活境遇大为改观，穿得光光鲜鲜的生意人，还有同样光光鲜鲜的公家人，都拜倒在了先生姐颜秋红的脚下，听她指点他们的生意和政治前途……钱、钱、钱，钱如流水一样往先生姐颜秋红的家里涌，村长冯甲亮可不傻，他组织起全村的力量，租借了一台花红柳绿的大花轿，张张扬扬地从城里请回了神仙般的颜秋红。先生姐颜秋红没有让村里人失望，太多太多的人求到坡头村来，来找先生姐颜秋红算卦看风水。大车小车，风一样地吹来，又风一样地刮去……四面八方而来的汽车和人流填塞着坡头村，使坡头村成了远近闻名的农家乐经营村，村里人因此都富了起来。

在村子里，我很是惊异这样的变化。我站在黑煞神老皂角树下，抬头久久地凝望着。重获新生的老皂角树，被来人你一根红绸带子、他一根红绸带子，密密匝匝地拴了起来，使我都看不见老皂角树的绿叶了，涌入我眼睛里的，全是一团火一样的红，飘飘摇摇，让我有种说不出的伤心。

坡头村里的梧桐树呢？还有苦楝树，都如我的榆树干大、合欢树和老皂角树一样，都有与人生死相牵的故事。这所有的故事，交响出一曲人与树、乡村与城市的现实活剧来，让我有机会和大家一起感受变革中的土地，以及民生的许多情愫，并因此而有所醒悟和思考。

2013年9月25日于西安曲江

图书在版编目（CIP）数据

风流树／吴克敬著．--西安：太白文艺出版社，2013.11

ISBN 978-7-5513-0623-2

Ⅰ．①风… Ⅱ．①吴… Ⅲ．①长篇小说-中国-当代 Ⅳ．①I247.5

中国版本图书馆CIP数据核字（2013）第262811号

风 流 树

作　　者	吴克敬
责任编辑	韩霁虹　闫　瑛　彭　雯
封面设计	可　峰
版式设计	钱克方
出版发行	陕西出版传媒集团 太白文艺出版社 （西安北大街147号　710003） E-mail:tbyx802@163.com 　　　　tbwyzbb@163.com
经　　销	陕西新华发行集团有限责任公司
印　　刷	西安市建明工贸有限责任公司
开　　本	787毫米×1092毫米　1/16
字　　数	200千字
印　　张	15.25
版　　次	2014年1月第1版第1次印刷
书　　号	ISBN 978-7-5513-0623-2
定　　价	25.00元

版权所有　翻印必究
如有印装质量问题，可寄印刷厂质量科对换
邮政编码　710100